KENNETH OPPEL

TRADUCTION DE LORI SAINT-MARTIN

Le
PRODIGIEUX

Québec Amérique

Projet dirigé par Stéphanie Durand, éditrice

Conception graphique : Nathalie Caron
Révision linguistique : Diane-Monique Daviau et Chantale Landry
Mise en pages : Andréa Joseph [pagexpress@videotron.ca]
Illustrations : Anouk Noël

Québec Amérique
329, rue de la Commune Ouest, 3ᵉ étage
Montréal (Québec) H2Y 2E1
Téléphone : 514 499-3000, télécopieur : 514 499-3010

Nous reconnaissons l'aide financière du gouvernement du Canada par
l'entremise du Fonds du livre du Canada pour nos activités d'édition.

Nous remercions le Conseil des arts du Canada de son soutien. L'an
dernier, le Conseil a investi 157 millions de dollars pour mettre de l'art
dans la vie des Canadiennes et des Canadiens de tout le pays.

Nous tenons également à remercier la SODEC pour son appui financier.
Gouvernement du Québec – Programme de crédit d'impôt pour
l'édition de livres – Gestion SODEC.

Nous reconnaissons l'aide financière du gouvernement du Canada
par l'entremise du Programme national de traduction pour l'édition
du livre, une initiative de la *Feuille de route pour les langues officielles
du Canada 2013-2018 : éducation, immigration, communautés*, pour nos
activités de traduction.

Conseil des Arts   Canada Council   **SODEC**
du Canada   for the Arts   Québec

Catalogage avant publication de Bibliothèque et Archives nationales
du Québec et Bibliothèque et Archives Canada

Oppel, Kenneth
[Boundless. Français]
Le Prodigieux
Traduction de : The boundless.
Pour les jeunes
ISBN 978-2-7644-2863-4 (Version imprimée)
ISBN 978-2-7644-2864-1 (PDF)
ISBN 978-2-7644-2865-8 (ePub)
I. Saint-Martin, Lori. II. Gagné, Paul. III. Titre. IV. Titre : Boundless.
Français.
PS8579.P64B6814 2015   jC813'.54   C2015-940071-6
PS9579.P64B6814 2015

Dépôt légal : 2ᵉ trimestre 2015
Bibliothèque nationale du Québec
Bibliothèque nationale du Canada

Original title : *The Boundless*
Copyright © 2014 by Firewing Productions Inc.

© Éditions Québec Amérique inc., 2015.
quebec-amerique.com

Imprimé au Québec

Pour Julia, Nathaniel et Sophia

CHAPITRE 1

LE DERNIER CRAMPON

Trois heures avant l'avalanche, William Everett, assis sur un cageot tourné à l'envers, attend son père.

La petite ville n'a même pas encore de nom. Cloué à un poteau de travers au bord de la voie, un panneau bâclé, peint à la main, proclame seulement : Mille 2553. La peinture a coulé sous chacun des chiffres et des lettres. Hier, quand Will et sa mère sont arrivés, le chef de train a crié :

— Terminus ! Gare d'Adieu !

Will s'est demandé si « Adieu » était le nom de la ville ou si l'homme voulait simplement dire « Bon débarras ! ».

La gare se compose d'une simple plate-forme en bois ouverte aux quatre vents. Il y a un château d'eau et un hangar à charbon pour alimenter les trains. Un fil relie un poteau télégraphique à une cabane de fortune, où le chef de gare somnole sur un tabouret, la porte de guingois bien fermée à cause du froid de novembre.

On dirait que la petite ville vient tout juste d'être découpée dans la forêt. Derrière Will se dresse un méli-mélo de maisons en bois sommaires, en retrait d'une rue où la boue et la neige s'entremêlent. On voit un magasin général, une église et une vaste pension, où sa mère attend. Elle est fatiguée, après les cinq jours de voyage depuis Winnipeg, et Will aussi. Mais il en a assez des espaces exigus et surpeuplés. Il lui faut être seul et respirer de l'air frais.

Il est crotté. Ses cheveux ont besoin d'un bon shampoing. Il n'en est pas absolument certain, mais il a peut-être encore des poux; il a des démangeaisons derrière les oreilles. La veille, l'unique baignoire de la pension était très en demande, et il n'a pas eu son tour.

Sur les planches où reposent ses bottes, quelqu'un a gravé les initiales de deux amoureux au centre d'un cœur approximatif. Will se demande s'il gravera un jour les siennes de cette manière. Il resserre son col. Sous ses aisselles, le tissu élimé laisse passer le froid. Il est trop maigre, dit sa mère. Pour l'instant, son corps souhaite être ainsi et pas autrement.

Au moins, il a chaud aux pieds. Ses bottes sont moins anciennes que le reste. En revanche, les lacets se défont sans cesse, même avec un nœud double.

Will observe les rails, si luisants qu'ils semblent tout neufs. En pensée, il voit son père aider à la pose de ces longues barres d'acier. Il les suit vers l'ouest, où une forêt dense et enneigée les engloutit rapidement. Son regard se hisse vers les vertigineuses montagnes – on jurerait que le monde brandit ses poings serrés pour repousser les humains. Comment creuser un passage dans une nature aussi hostile? Des nuages caressent les pics glacés, peignent des ombres remuantes le long des versants traversés de sillons de roc et de neige.

C'est de là que son père viendra. Peut-être aujourd'hui, peut-être demain. Et Will sera là pour l'accueillir.

De la poche de son manteau, il sort son crayon et son carnet à dessins. C'est un carnet maison, constitué de morceaux de papier d'emballage que sa mère rapporte de l'usine de textiles. Will a appris à les plier et à tailler les bords de manière à former des cahiers de seize pages. Il suffit ensuite de quelques points de couture rapides pour les relier. Il retire son gant usé à la corde pour mieux tenir son bout de crayon.

De l'autre côté des rails, dans un espace par ailleurs vacant, sont montées deux grandes tentes et quelques autres, plus petites. Au milieu des tentes, on voit des charrettes, dont certaines sont encore chargées de valises et de cageots. Des chevaux flairent le sol hirsute. Sur la plus grande des tentes, on lit : LE CIRQUE DES FRÈRES KLACK. Quelques hommes à l'aspect miteux érigent des baraques. L'écho de leurs coups de marteau se répercute sur les collines, formant une plainte solitaire.

Will mâchouille un moment son crayon, puis, d'une main hésitante, esquisse la scène. Il entreprend ensuite de capter la texture et les plis de la toile des tentes, la lumière changeante sur les contreforts.

— Qu'est-ce que tu dessines ?

Levant les yeux, il aperçoit, campée devant lui, une fille d'à peu près son âge. Pourquoi ne l'a-t-il pas entendue venir ? Elle porte une robe gris terne, et ses cheveux blonds et raides, séparés au milieu et tirés vers l'arrière, sont attachés en deux nattes.

— Rien de spécial, dit-il en refermant son carnet.

Avec appréhension, il constate qu'elle se rapproche. Il n'est pas très doué pour engager la conversation, en particulier avec les inconnus. En particulier avec les filles.

Sous ses épais sourcils, la fille a des yeux bleu-gris et vifs. Lorsqu'elle sourit, Will distingue un léger espace entre ses dents de devant. Bien que moins parfaite et jolie que Theresa O'Malley, elle a quelque chose de frappant : Will ne peut pas la quitter des yeux. Il réussirait peut-être à cerner son charme en la dessinant. Mais il est plus doué pour les objets que pour les gens. Les gens vous échappent.

— Je peux voir ?

Il n'aime pas montrer ses dessins. En temps normal, il les cache, notamment aux autres garçons, pour qui le dessin est un passe-temps de fille. Cette fille-ci, patiente, attend. Son visage rayonne terriblement.

Il ouvre son carnet.

Elle écarquille les yeux.

— Bon sang ! Ce que je donnerais pour dessiner aussi bien ! Qui t'a appris ?

— Personne. Moi, je suppose.

Deux ou trois ans plus tôt, il est tombé malade et a dû garder le lit pendant des semaines. Pour se distraire, il a inventé un jeu. Peu importait le sujet qu'il dessinait – une chaise, une chemise sur un crochet, une chaussure –, il faisait comme si ses yeux étaient la pointe d'un crayon posé sur le papier. Très lentement, il suivait du regard le contour de l'objet et, en même temps, déplaçait son crayon sans jeter un seul coup d'œil au papier. Il était si absorbé qu'il en oubliait ses yeux aussi brûlants que des braises et ses membres doulou-reux. Le temps n'existait plus. Souvent, l'exactitude des sil-houettes qu'il avait tracées à l'aveugle l'étonnait : elles étaient beaucoup mieux, en tout cas, que celles qu'il aurait pu créer en fixant la page. Une fois guéri, il a continué de dessiner. Son carnet l'accompagne maintenant partout.

Sans lui demander la permission, la fille lui prend le carnet et le feuillette.

— Hé! s'écrie Will.

— Ça aussi! Où est-ce? demande-t-elle en montrant un pont sur chevalets en construction au-dessus d'un défilé profond.

— Quelque part dans les Rocheuses.

Elle semble si amicale et si fascinée qu'il ne peut pas lui en vouloir.

— Tu travailles au chemin de fer? demande-t-elle.

Il rit à cette idée, mais il est flatté qu'elle le croie assez vieux et assez fort pour occuper un emploi.

— C'est mon père. Il construit le Canadien Pacifique, explique-t-il avec fierté. Je dessine les scènes qu'il me décrit dans ses lettres.

— Tes dessins sont tellement beaux qu'on jurerait que tu les as réalisés sur place.

— Non, je ne suis jamais allé nulle part.

Il ne lui avoue pas qu'il entend offrir ce carnet en cadeau à son père. Il espère que papa l'appréciera, qu'il le conservera en souvenir de ses aventures ferroviaires.

La fille tourne une page et s'arrête.

— C'est un sasquatch?

Il hoche la tête.

— Ton père en a vu un?

— Regarde.

De sa poche, Will sort son trésor le plus précieux : une
dent jaune, au bout recourbé et pointu, que son père lui a
envoyée des mois plus tôt.

— Celle-ci appartenait à un grand mâle qu'on a dû abattre.

Elle l'examine de façon très attentive.

— Beaucoup croient que les sasquatchs n'existent pas.
C'est peut-être une dent d'ours.

Will s'indigne.

— Une dent d'ours ? Jamais de la vie ! Bien sûr qu'ils
existent, les sasquatchs. Même que, dans les montagnes, ils
causent toutes sortes d'ennuis.

— Il est parti depuis combien de temps, ton papa ?

— Trois ans. Mais c'est terminé pour lui, maintenant.
Nous sommes venus l'attendre ici. Nous déménageons dans
l'Ouest.

Elle suit le regard de Will jusqu'aux sommets et garde un
moment le silence.

— Tu vis ici ? demande-t-il.

— Je suis juste de passage.

— Tu attends quelqu'un, toi aussi ?

Leur logeuse leur a appris que la ville serait bientôt inondée d'hommes venus des camps de travail.

La fille secoue la tête d'un air mystérieux et descend du
quai. Les ouvriers ont laissé une longue planche posée sur
deux chevalets branlants. Elle bondit dessus. Les bras tendus

en croix, elle s'avance, un pas après l'autre, le menton levé. Au milieu, elle effectue un appui renversé.

À la vue de son long pantalon-culotte, Will rougit. Il sait qu'il devrait détourner les yeux, mais il est si ébahi qu'il ne peut pas s'empêcher de regarder. En équilibre sur les mains, la fille marche jusqu'au bout de la planche, puis elle en retombe sur ses pieds et salue.

— Tu fais partie du cirque! s'exclame-t-il. Tu es acrobate!

— Funambule.

Elle redescend sur le plancher des vaches, puis remonte sur le quai.

— Tu marches sur un fil, tu veux dire?

Will n'est allé au cirque qu'une seule fois, pour son anniversaire, et il a été fasciné par les artistes qui marchaient sur la haute corde de chanvre.

— On m'appelle la Petite Merveille, confie-t-elle en plissant le nez. C'est un nom idiot. Seulement parce que j'avais six ans quand j'ai commencé. Un jour, je vais traverser les chutes du Niagara. À mille cent pieds de hauteur! Mais ce que je veux par-dessus tout, c'est devenir une virtuose de l'évasion. Ni chaînes ni serrures pour me retenir.

Devant les ambitions de la fille, Will reste bouche bée.

— Essaie de me capturer, dit-elle. Je réussis toujours à me libérer.

— Je te crois, répond-il timidement.

— Agrippe-moi par le bras. À deux mains!

Elle saisit les mains de Will et les place sur le haut de son propre bras.

Maladroitement, Will referme les doigts.

— Plus fort !

Il accentue la pression.

Au moyen d'un geste simple et rapide, elle se dégage, si vite que Will n'a rien vu.

— Impressionnant, dit-il.

D'un geste de la tête, il désigne les tentes de l'autre côté des rails.

— Qui sont les frères Klack ?

— Uriah et Crawford. Crawford, le cerveau de la famille, est mort. C'est un spectacle ambulant plutôt médiocre. Mais, pour le moment, ça m'occupe.

Soudain, Will se sent puéril. Contrairement à son père, il n'a vécu d'aventures que dans sa tête ou dans son carnet à dessins. Cette fille donne l'impression d'appartenir à un autre monde. La regarder, c'est comme entrevoir un chemin inconnu : Will a aussitôt envie de l'emprunter jusqu'à l'horizon, de voir ce qu'il y a au bout.

— Tu pourrais devenir artiste, affirme-t-elle en montrant le carnet. C'est ton rêve ?

— Je ne sais pas, répond-il, de nouveau tout timide et triste de ne pas déborder de projets et de rêves. Je fais ça comme ça, c'est tout.

— C'est bête de ne pas exploiter ses talents.

— Je ne suis pas si doué que ça.

— Moi, je trouve que oui.

Les joues de Will s'enflamment de nouveau. Pourquoi rougit-il si facilement ? Une vraie malédiction. Pour changer de sujet, il demande :

— Alors tu connais toutes sortes de trucs ?

— Comme quoi ?

— Tu peux faire un numéro de disparition ?

— Évidemment, dit-elle après une légère hésitation.

— Vas-y, dans ce cas.

— Je n'ai pas encore envie de disparaître.

Quand Will sourit, l'un de ses yeux se ferme plus que l'autre.

— C'est de la frime, hein ?

Elle arque les sourcils d'un air hautain.

— C'est impoli d'accuser quelqu'un de mentir.

— Je ne t'ai pas acc…, commence-t-il.

Au loin, le sifflet d'une locomotive retentit et Will se lève avec impatience. Il aperçoit le train, encore au loin, mais il vient du mauvais côté.

— Ce n'est pas ton père ? demande la fille.

Will secoue la tête.

— Viens au cirque, ce soir, propose-t-elle.

— C'est combien ?

Il sait que maman se fait du souci pour l'argent. Depuis toujours.

— Pour toi, rien du tout, dit-elle. Viens avec tes parents. Dis à l'homme devant l'entrée : « *Jeg inviterte.* »

— C'est un code secret du monde du cirque? demande Will, tout excité.

— Ça veut seulement dire «Je suis invité» en norvégien.

— Tu es norvégienne?

— À moitié norvégienne et à moitié française, lui confie-t-elle en haussant les épaules.

Pour Will, c'est un mélange très exotique.

— J'aimerais beaucoup y aller, dit-il.

Le train, qui laisse entendre un autre coup de sifflet, s'approche lentement. Le chef de gare se lève de son tabouret et sort de la cabane.

— Tu vas présenter ton numéro de disparition? demande Will à la fille.

Elle sourit.

— Promets-moi de venir.

Jetant un coup d'œil, Will se rend compte qu'il ne s'agit pas d'un train de marchandises. Il ne compte que deux wagons, mais ils ont l'air luxueux.

— Je me demande qui voyage dans celui-là, dit-il.

Lorsqu'il se retourne, la fille s'est éclipsée. Il balaie les environs des yeux et ne la voit nulle part. La locomotive passe devant lui en longeant le quai. Elle ne s'est tout de même pas jetée sur les rails! Peut-être est-elle vraiment capable de se volatiliser. Will s'aperçoit qu'il ne sait même pas son nom...

Et elle a gardé la dent du sasquatch! Frénétiquement, il plonge la main dans sa poche pour en être bien sûr. Vide. Le train s'immobilise. Le mécanicien et le chauffeur descendent de la locomotive et crient des ordres aux manœuvres.

— Elle a besoin d'être abreuvée et nourrie, les gars !

Will court le long du quai pour contourner le train. Peut-être parviendra-t-il à rattraper la fille. Un homme surgit soudain du wagon de passagers et Will le percute de plein fouet avant de s'étendre de tout son long. En se relevant tant bien que mal, il aperçoit des chaussures scintillantes, bien campées sur le quai.

— Désolé, monsieur ! lance-t-il à l'attention du gentleman.

C'est un type à la forte carrure. Pas étonnant qu'il ne se soit pas effondré. Il arbore une moustache et une barbe taillées avec soin. Sur sa tête carrée, ses cheveux ne commencent qu'au milieu du crâne. Son veston et son manteau élégants se tendent sur son ventre ferme. Will est surpris de découvrir dans ses yeux de l'amusement et non de la colère.

— Tu es rudement pressé, petit.

— Désolé, monsieur, mais… il y a une fille… qui m'a pris quelque chose…

— Ah ! Elle a dérobé ton cœur ?

Le visage de Will s'empourpre.

— Non, bredouille-t-il, honteux. Ma dent de sasquatch.

— Ah bon ? lance le gentleman, intrigué.

Se penchant, il ramasse le carnet à dessins de Will, un peu tordu. Il hausse les sourcils en examinant les croquis.

Will donnerait n'importe quoi pour disparaître, avec ou sans une bouffée de fumée. Mais il est hors de question qu'il reparte sans son carnet. Et il ne peut tout de même pas exiger de l'homme qu'il le lui rende.

— Jolies images, déclare celui-ci. Si je comprends bien, un membre de ta famille travaille au chemin de fer.

Will s'oblige à regarder l'homme dans les yeux.

— Mon père, monsieur. Je l'attends.

Will a l'impression d'avoir déjà vu ce gentleman. Mais où ?

— Il est là-haut, dans les montagnes ? Comment s'appelle-t-il ?

— James Everett.

Le gentleman esquisse un geste bourru de la tête.

— Un homme de qualité.

Will se demande si l'homme lui joue un tour.

— Vous le connaissez ?

— Bien sûr. Je me fais un point d'honneur de connaître mes meilleurs employés. J'administre le Canadien Pacifique. Je m'appelle Cornelius Van Horne.

Van Horne lui tend la main. Pendant un moment, Will est paralysé. Bien sûr qu'il le connaît, cet homme ! Il a vu sa photo dans les journaux. Son père a mentionné son nom dans ses lettres. Depuis cinq ans, Van Horne surveille les moindres aspects de la construction du chemin de fer. À la fois directeur général, ingénieur, visionnaire – et, selon le père de Will, un maître implacable. Toutefois, Will sait aussi par son père que l'homme avait ouvert un chemin dans la forêt vierge avec un sac de quarante livres sur le dos et franchi à gué une rivière aux eaux tumultueuses. Will lui serre la main. La poigne du baron des chemins de fer est à la fois rapide et forte.

— Comment t'appelles-tu ? lui demande Van Horne.

— William Everett, monsieur.

— Tu n'as pas vu ton papa depuis longtemps, n'est-ce pas?

— Oui.

— J'ai une proposition, William Everett. Pourquoi n'embarquerais-tu pas avec nous? Nous montons dans les montagnes.

Il hausse les sourcils et son front haut se plisse sous l'effet d'un soudain élan d'espièglerie.

— Tu surprendras ton père et tu seras de retour avant la tombée de la nuit. Et, avec un peu de chance, tu mettras la main sur une autre dent de sasquatch.

Will sent un mouvement en lui, celui d'une porte qui s'ouvre. Parce qu'il a rencontré la fille du cirque, peut-être, ou encore en raison de la vue de ces montagnes nouvelles, qui marquent l'entrée d'un monde à la fois neuf et dangereux? Il a le pressentiment, en tout cas, que sa vie tout entière va en être bouleversée. Celle de son père a été si riche en aventures… Si Will tente quelque chose d'audacieux, peut-être son père sera-t-il impressionné. En plus, il y a des lustres que Will ne l'a pas vu. Comment peut-il laisser passer une occasion pareille?

— J'ai le temps d'aller prévenir ma mère? demande-t-il.

Comme pour lui répondre, le chef de train passe la tête par la fenêtre du wagon et crie:

— En voiture, monsieur!

— Tu viens, Will Everett? lance Van Horne. Ça te fera une bonne histoire à raconter, non? On a toujours besoin d'une bonne histoire à soi.

Le baron des chemins de fer pivote sur ses talons et remonte à bord.

Will jette un coup d'œil à la pension, où sa mère l'attend, puis aux montagnes. Le train siffle. Will grince des dents et inspire bruyamment. Il lance un regard au chef de gare, qui l'observe avec curiosité.

— Vous voulez bien dire à Lucy Everett que je suis monté au camp où travaille mon père? Elle loge chez Mme Chester!

Et l'affaire est entendue. Il court vers les marches du train.

Dans le wagon, il s'arrête brusquement. Il a aussitôt le sentiment d'être miteux, de jurer dans le décor. Jamais encore il ne s'est trouvé dans un salon aussi chic, au milieu de messieurs aussi bien mis. Ils arborent des rouflaquettes et des hauts-de-forme et des gilets. Ils baignent dans la fumée de cigare et les arômes de brandy. Et tous le dévisagent.

— Je constate que vous avez pris un petit vagabond avec vous, Van Horne, dit l'un d'eux.

— Attention à ce que vous dites, Beddows, réplique sèchement Van Horne. Je vous présente William Everett, fils du poseur de rails. Il vient pour retrouver son papa.

Will remarque que l'un des hommes ouvre une fenêtre. Il a du mal à croire qu'il sent plus mauvais que la fumée de leurs cigares. Pourtant, il donnerait n'importe quoi pour se fondre dans le papier peint en velours.

Van Horne, cependant, pose une large main sur son épaule et commence les présentations, un sourire satirique flottant sur ses lèvres.

— William, le barbu ici présent est M. Donald Smith, président du Canadien Pacifique. Cet autre barbu est Walter

Withers. Et l'homme *extrêmement* barbu que tu vois là est Sandford Fleming, un autre de nos ingénieurs et arpenteurs…

Et ainsi de suite. Will ne retient rien du tout. Il se contente d'esquisser un mouvement de la tête en tentant de soutenir le regard de ces hommes célèbres et fortunés. Il sent ses entrailles se tordre.

— Et cet homme imberbe, conclut M. Van Horne en désignant un grand monsieur aux cheveux noirs frisés, est M. Dorian.

— Comment vas-tu, Will?

Contrairement aux autres hommes, il s'approche de Will et lui serre la main. Il a des pommettes exceptionnellement hautes, la peau d'une teinte chaude et un regard sombre et pénétrant.

— Bien, merci, murmure Will.

— M. Dorian ici présent s'est entiché d'un de mes tableaux, explique le baron des chemins de fer, qui se dirige vers le mur du séjour où est accrochée une huile. J'ai admiré tes dessins, mon garçon, dit-il en souriant. Donne-nous ton avis. C'est un beau tableau?

Will l'étudie. Une maison en hiver, quelques traîneaux. Un forgeron occupé à ferrer un cheval.

— Il me plaît, déclare-t-il.

M. Dorian penche la tête.

— J'en offre un bon prix.

— Le prix n'y est pour rien, réplique M. Van Horne en riant. Je refuse de m'en séparer. Cette œuvre est ma fierté. Votre cirque ne compte-t-il pas déjà assez de babioles?

— Certaines babioles sont plus belles que d'autres, répond M. Dorian.

Sa voix grave trahit un très léger accent. *Français?* se demande Will.

— Vous travaillez pour le cirque installé près de la gare?

La question lui a échappé. Peut-être connaît-il la fille et sera-t-il en mesure de lui dire son nom.

— Non, hélas.

— J'ai entendu dire qu'il misait sur une bonne funambule, déclare Will en jouant les connaisseurs.

— Ah bon? Eh bien, je suis sans cesse à la recherche de nouveaux talents.

Au grand soulagement de Will, les hommes reprennent le fil de leurs conversations. Il gagne l'extrémité du wagon, où il s'installe sans bruit. Il observe et tend l'oreille. Par crainte de passer pour un mal élevé, il n'ose pas sortir son carnet à dessins.

Le dénommé Withers est sans doute photographe, car son adjoint et lui vérifient sans cesse le contenu de quelques caisses en bois renfermant un appareil photo et toute une panoplie d'autres accessoires.

Le train frissonne et s'élève dans les montagnes. Depuis Adieu, Will n'a pas aperçu la moindre habitation humaine. Souvent, il ne distingue que les hauts pins qui se dressent le long de la voie ferrée. Par moments, les arbres révèlent, en se clairsemant, un haut rocher escarpé et anguleux, embrasé par le soleil, ou une cataracte d'eaux noires dévalant du haut d'une falaise. Will sursaute lorsque le train s'engage sur un pont sur chevalets et qu'il entrevoit, des centaines de pieds plus bas, une gorge accidentée où l'eau tourbillonne.

Un serveur apporte un repas composé d'escalopes de poulet froides, de légumes vapeur et de petites pommes de terre bouillies. Aussitôt servi, Van Horne désigne Will à l'homme qui, à contrecœur, dépose devant lui une assiette et une serviette de table. Pendant un moment, Will se contente de fixer la nourriture en se demandant comment il est censé manger. Puis il se rend compte que l'épaisse serviette est enroulée autour du couvert.

Imitant la façon dont les hommes tiennent leurs fourchettes et leurs couteaux, Will s'efforce de manger proprement. La nourriture est délicieuse, de loin supérieure aux vagues machins bouillis que leur a servis Mme Chester la veille. Un peu de sauce tombe sur son veston. Il tente de l'éponger avec sa serviette, mais ne réussit qu'à l'étendre davantage. Aussi frotte-t-il le plus fort possible jusqu'à ce qu'elle disparaisse pour de bon.

— J'ai un carnet à dessins, moi aussi, annonce M. Van Horne en s'asseyant près de Will. Qu'est-ce que tu en dis, hein ?

Il tient dans ses mains un livre magnifiquement relié. Le papier est si riche et si crémeux que Will ne peut se retenir de le caresser. Sur deux pages s'étendent des croquis d'une machine si extraordinaire que Will a besoin de quelques secondes pour comprendre ce qu'il a sous les yeux.

— C'est une locomotive ?

— Absolument.

— Elle ne peut quand même pas être si grande ?

— Dès qu'elle sera construite, elle parcourra ces rails. C'est moi qui te le dis. Peut-être que tu monteras un jour à bord.

— Van Horne, lance Sandford Fleming, on peut dire que vous avez l'art d'éventer les secrets.

— Ce secret-là, réplique M. Van Horne en gratifiant Will d'un clin d'œil, rien ne nous oblige à le garder. Moi seul peux construire ce train et je le ferai. Et, qui sait, peut-être un jeune homme comme William le conduira-t-il un jour.

— Vous l'appellerez comment, monsieur?

— *Le Prodigieux.*

Un homme à l'énorme barbe blanche laisse entendre un rire grondant.

— L'aménagement de la voie a dix fois failli nous acculer à la faillite… et le pays avec nous. Votre goût du risque m'émerveille.

— Je suis insatiable, Smith, réplique Van Horne. Et sans cet appétit, nous n'aurions pas terminé le chemin de fer.

— Sans parler de la chance pure et simple, lance Smith. Une partie de poker, messieurs?

Le wagon s'assombrit et Will croit qu'ils se sont engagés dans un tunnel. En jetant un coup d'œil par la fenêtre, il aperçoit des arbres, si denses que leurs branches frôlent le wagon et cognent contre lui.

— Pourquoi ces arbres n'ont-ils pas été émondés? demande Van Horne, furieux. La dernière fois, déjà, j'ai donné mes ordres. Ce n'est pas…

On entend un bruit sourd et sonore. Will, en se retournant, entrevoit dans la fenêtre une forme sombre qui se hisse rapidement sur le toit.

— Messieurs, nous avons un invité importun, déclare Van Horne en sortant un pistolet de son veston.

— Qu'est-ce que c'est ? demande Will, la gorge serrée. Un...

— Oui. Baisse la tête et éloigne-toi des fenêtres, lui ordonne Van Horne.

Pétrifié, Will voit les autres hommes dégainer à leur tour. Sandford Fleming décroche une carabine d'un râtelier et la charge. Vite, ils foncent vers les fenêtres, baissent les vitres et sortent la tête et les épaules du wagon. Plissant les yeux, ils visent et tirent.

Malgré les détonations assourdissantes, Will entend le martèlement frénétique de pas au-dessus de sa tête. Les poutres de bois frissonnent sous le poids considérable de la créature.

Accroupi sur le sol, Withers, le photographe, promène son regard à gauche et à droite. Son adjoint gémit doucement. M. Dorian, le seul homme qui ne soit pas armé, se tient calmement au centre de la pièce, affichant un air légèrement amusé.

— Vite, messieurs, s'écrie Van Horne. S'il atteint la locomotive, il tuera notre mécanicien.

Les hommes rechargent leurs armes et redoublent d'efforts. La fumée de la poudre pique les yeux de Will. Les bruits de pas résonnent toujours sur le toit, progressant vers l'avant, puis ils s'interrompent.

— Je ne le vois nulle part, crie l'un des hommes.

M. Dorian saisit la dernière carabine sur le râtelier et, d'un pas calme, s'avance vers l'avant du wagon. Il tend l'oreille, ses pommettes colorées de rouge, puis tire un seul coup de feu à travers le plafond.

On entend un boum retentissant sur le toit, suivi de grattements. Will pivote sur lui-même au moment où une silhouette brune se profile devant la fenêtre. Courant, il entrevoit une créature colossale et velue, effondrée à côté de la voie. Il se sent fiévreux et son cœur s'emballe. Il s'assied.

— Tiens, ça calme les nerfs, dit Van Horne en lui tendant un petit verre de brandy.

Will l'accepte d'une main tremblante et le vide en une seule gorgée brûlante.

— Nous y sommes presque, l'informe Van Horne en lui donnant une petite tape sur l'épaule.

Le baron des chemins de fer se tourne alors vers M. Dorian.

— Bien joué, monsieur. Vous êtes un homme plein de ressources.

Les vitres remontent, les armes disparaissent, les cigares se rallument, une nouvelle tournée de brandy est servie. Au fur et à mesure que le train grimpe, le trajet devient plus pénible. Le train bondit sur les rails inégaux, grince dans les virages. Malgré les deux poêles du wagon, la température refroidit. Contemplant le paysage de granit et de forêt et de neige, Will se demande s'il aurait dû rester à Adieu.

Au bout d'une trentaine de minutes, la locomotive laisse entendre un dernier coup de sifflet et commence à ralentir.

— Bon, messieurs, demande Van Horne en se levant, vous êtes prêts à écrire une page d'histoire?

Lorsque le train s'immobilise, Will laisse les hommes sortir en premier. Il espère que Van Horne lui dira où trouver son père, mais le baron des chemins de fer semble l'avoir oublié. Will reste seul.

— Dégage, dit le serveur en grimaçant.

Will descend du wagon. Ici, pas de quai. Que du gravier. Malgré le soleil, il fait froid à cette altitude. De part et d'autre des rails, la neige est épaisse. Le parfum des pins lui pique les narines. Il se remplit les poumons et se met à marcher.

À gauche de la voie ferrée, le terrain descend en pente douce au milieu d'une forêt clairsemée qui se termine par un précipice abrupt. D'en bas monte le rugissement d'une rivière en crue. Devant Will, à droite des rails, on a abattu quelques arbres pour aménager le camp de travail.

De la fumée monte des cheminées des baraques branlantes. Des hommes tournent en rond. Will est trop timide pour crier le nom de son père. Mieux vaut aller jusque-là, suppose-t-il, et demander à quelqu'un, mais cette perspective l'effraie un peu.

Les dignitaires de la compagnie de chemin de fer marchent sur les rails vers une foule qui s'assemble. Withers, le photographe, ferme la marche, son adjoint et lui ployant sous le poids de leur matériel.

— William ?

Levant les yeux, Will voit quelqu'un s'avancer vers lui. Non pas un gentleman, mais un ouvrier de grande taille, coiffé d'une casquette. Le soleil et le vent ont tanné son visage, et il est plus mince que l'homme que Will dessine et redessine de mémoire depuis trois ans. Mais lorsque James Everett esquisse son sourire de guingois reconnaissable entre tous, il est, brusquement et sans contredit, le père de Will.

— Will! s'écrie-t-il en le serrant fort dans ses bras.

Sous les vêtements qui sentent le moisi, la poitrine et les bras de son père sont aussi durs que le granit qu'il a fait sauter dans les montagnes. Will se sent parfaitement en sécurité.

— M. Van Horne m'a dit que tu étais monté dans le wagon de la compagnie!

— C'est lui qui m'a invité!

James Everett secoue la tête.

— Celle-là, c'est la meilleure.

— Un sasquatch a sauté sur le toit!

— Ça ne m'étonne pas. Où est ta mère?

— Elle attend à Adieu.

— Bien. Elle sait que tu es ici, au moins?

— Je lui ai envoyé un message.

Son père le tient à bout de bras.

— Tu as grandi. Bientôt, tu me dépasseras. Un beau jeune homme, de la tête aux pieds.

Will sourit en essayant de se reconnaître dans les traits de son père... et constate la ressemblance, là, dans le sourire de guingois. Will est bâti comme lui, même s'il lui reste beaucoup de poids à prendre. Il a les cheveux roux de sa mère, mais les grandes mains de son père. Ce dernier lui rappelle ces arbres qu'il a vus dans le train de Winnipeg, ceux qui prospèrent dans l'adversité, deviennent plus forts et plus obstinés.

— Je t'ai apporté quelque chose, dit Will avec hésitation.

Il craint que son père n'apprécie pas son cadeau, qu'il le juge puéril. Il tend la main vers le carnet à dessins, au fond de sa poche, mais on entend une cloche sonner.

— Tu me montreras ça après la cérémonie, d'accord ? dit son père. Ça va commencer. La pose du dernier crampon.

Le dernier crampon. C'est une expression que Will a souvent lue dans les journaux et dans les lettres de son père. Elle est si évocatrice qu'elle reste en suspension dans l'air, tel l'écho d'un coup de tonnerre.

Will laisse le carnet à dessins au fond de sa poche. Son père l'entraîne vers la foule de plus en plus dense. Will sourit, heureux du poids de la main de son père sur son épaule. Un second camp de travail se dresse à bonne distance du premier. Là, pas de baraques en bois. Que des tentes et de misérables appentis, où des Chinois boivent du thé et entassent leurs possessions dans des sacs en lambeaux.

— Ils n'assistent pas à la cérémonie ? demande Will.

— Pas eux, répond doucement son père. Ils n'aiment pas beaucoup le chemin de fer et je les comprends. Ils occupaient les emplois les plus dangereux et ont perdu un grand nombre des leurs.

Puis Will voit une chose qui l'oblige à s'immobiliser pour mieux regarder. Une tête enfoncée au sommet d'un haut poteau. Des mouches tourbillonnent autour de la chair en putréfaction et, pendant un moment, Will croit qu'elle est humaine. Puis il aperçoit des plaques de fourrure galeuses et décolorées par le soleil.

— Un sasquatch ? demande-t-il à son père.

James Everett hoche la tête.

— Celui-ci est venu rôder l'autre soir. Il a tué un des dynamiteurs chinois et s'apprêtait à l'entraîner avec lui.

— Pourquoi a-t-on mis sa tête là ?

— Certains hommes croient que c'est une façon de les effrayer, mais ça ne donne rien. Pas depuis que nous avons commencé à leur tirer dessus.

Will a si souvent lu les lettres de son père qu'il les connaît presque par cœur. L'année dernière, lorsque les premières équipes sont entrées dans les montagnes, les autochtones les ont mis en garde contre les *sasq'est* ou hommes-branches. Bon nombre d'ouvriers n'y ont vu que d'absurdes superstitions. Ils ont eu tort. Les jeunes, arrivés les premiers, se sont révélés une nuisance : ils chipaient du bois dans les tentes-réfectoires, jouaient avec les outils des ouvriers à la façon de singes comiques. Les adultes, cependant, n'avaient rien de drôle.

— Allez, viens, dit son père.

Ils ont rejoint les premiers rangs de la foule. Son père joue des coudes pour s'approcher. Personne ne semble s'en offusquer, car il a un bon mot pour chacun. Les hommes disent : « C'est ton fils ? » et « Vous vous ressemblez comme deux gouttes d'eau ! » et « Laissez-le passer, vous autres ! » Peu après, Will se tient debout derrière les dignitaires avec qui il a voyagé. Coiffé de son haut-de-forme, M. Smith est le plus grand d'entre eux. Will voit M. Van Horne dire quelques mots à l'homme à la barbe féroce. Tendus sur leurs amples ventres, leurs manteaux de laine sont boutonnés jusqu'au cou.

De part et d'autre des rails se trouvent les ouvriers, humblement vêtus, comme le père de Will. Certains fument et tous donnent l'impression d'avoir grand besoin d'un bain chaud et d'un bon repas.

— Sommes-nous prêts, messieurs ? demande Withers, penché sur son appareil photo.

Will voit Van Horne s'avancer.

— Ce formidable chemin, tonne-t-il, parcourra notre nouveau pays d'un océan à l'autre. Messieurs, vous avez travaillé longtemps et très fort pour qu'arrive ce moment et vous méritez tous une part de notre gloire. Soyez fiers, car aucun autre projet d'une telle envergure ne sera réalisé de notre vivant… Aujourd'hui, vous entrez dans l'histoire, pour l'éternité.

Will applaudit avec les autres.

— Pour achever cette entreprise colossale, M. Donald Smith, président du Canadien Pacifique, posera le dernier crampon !

D'autres acclamations fusent au moment où M. Smith s'avance, armé d'un marteau de forgeron argenté.

Un malingre représentant du chemin de fer s'approche avec un long étui orné et recouvert de velours.

Will a l'impression que tous les hommes s'avancent d'un pas vers l'objet. Ils laissent entendre un hoquet collectif, tel un souffle de vent de montagne. Will se hisse sur la pointe des pieds au moment où Smith sort de l'étui un crampon de six pouces. Impossible de s'y méprendre : il a le lustre mat de l'or et l'éclat des diamants qui, incrustés d'un côté, forment un nom qu'il ne peut pas voir.

— J'ai entendu dire qu'il vaut plus de deux cent mille dollars, déclare d'un ton amer un homme posté derrière Will. Je n'aurais pas assez de dix vies pour gagner la moitié de cette somme.

En se retournant, Will découvre un homme de l'âge de son père, avec des cheveux vaguement roux et une barbe un peu grisonnante. Il a des yeux bleu glacier. Son nez donne l'impression d'avoir été brisé plus d'une fois.

— Si vous voulez mon avis, c'est criminel de dépenser autant pour un crampon, surtout que nous travaillons depuis deux mois comme des esclaves sans que le wagon de la paie soit passé. Je parie que Van Horne a été payé, lui.

L'homme fixe Will en haussant les sourcils d'un air de défi et le garçon se détourne.

Calmement, le père de Will déclare :

— En fin de compte, Van Horne a respecté ses promesses envers nous, Brogan. Il a tenu sa part du marché.

— Disons qu'il a eu la meilleure part, concède Brogan en reniflant.

— Prêt quand vous l'êtes, monsieur Smith, lance Withers, campé derrière son gros appareil.

Donald Smith positionne le crampon au-dessus de l'ultime plaque d'acier et empoigne le marteau de forgeron.

— On ne bouge plus ! crie le photographe. Et, monsieur Smith, je dois vous demander de garder la pose une fois que vous aurez tapé sur le crampon.

Smith s'élance et se fige.

— Et… merveilleux ! s'exclame le photographe.

Smith, cependant, a raté la cible et Will constate qu'il a courbé le crampon au lieu de le planter comme il faut.

Van Horne rit de bon cœur.

— Smith, vous avez passé trop de temps derrière un bureau, on dirait.

— Laissez-moi le redresser, monsieur, dit l'adjoint en tentant vainement de sortir le crampon avec ses mains.

Van Horne s'avance et l'arrache d'un geste rapide. Il prend le marteau des mains de Smith et, d'un coup sec, redresse le crampon d'une valeur inestimable en l'appuyant contre le rail.

— À vous l'honneur, Van Horne, lance Smith, beau joueur. Plus que quiconque, vous vous êtes investi dans ce chemin de fer.

— Peut-être, dit Van Horne en parcourant la foule des yeux avant de les poser sur Will. Mais il est destiné à la jeune génération, qui s'en servira longtemps après notre disparition. Que dirais-tu d'essayer, mon garçon ?

Will sent tous les regards peser sur lui, plus intenses que la lumière du soleil.

— Vas-y, murmure son père, une main sur son dos. Tu en es capable.

— Oui, monsieur ! répond Will, si nerveux que sa voix résonne beaucoup plus fort qu'il l'avait escompté.

Il s'approche et ses jambes lui semblent étrangement coupées du reste de son corps.

Il s'empare du marteau de forgeron que lui tend Van Horne.

— Une main en haut, lui dit calmement le baron des chemins de fer. Serre fort. Remonte le marteau jusqu'à la hauteur de ton épaule. Ne quitte pas le crampon des yeux.

De si près, Will peut lire le mot qu'épellent les diamants incrustés sur le côté : « Craigellachie ».

— C'est le nom que je donne à cet endroit, explique Van Horne. Maintenant, tape !

Will bande ses muscles et s'exécute.

Seules les acclamations poussées par la foule lui apprennent qu'il a réussi.

— Bravo, mon garçon ! s'écrie Van Horne. Le dernier crampon !

— Tu as fini le chemin de fer, Will ! lui dit son père en lui tapant dans le dos.

— À nous le Pacifique ! s'écrie Donald Smith.

Sur les rails, le sifflet de la locomotive de la compagnie résonne. Les hommes sortent leurs pistolets et tirent dans les airs. Les versants chargés de neige répercutent les détonations : on croirait entendre le crépitement d'un grand feu d'artifice.

Lorsque le calme revient, le grondement est si bas qu'il est à peine audible, mais Will, lui, le perçoit. Alarmé, il se tourne vers son père. Les mains en visière, James Everett fixe le sommet. Will voit une plaque de neige immaculée se froncer et se détacher en une masse irrégulière. Un doux brouillard blanc se soulève, semblable à de l'écume de mer, poussant devant lui une crête énorme et grandissante.

— Avalanche ! hurle James Everett en montrant la neige du doigt. Avalanche !

C'est le chaos : les hommes courent se mettre à couvert, interrogeant du regard la neige qui dévale dans l'espoir de deviner l'endroit où elle frappera. « Pas par là ! » crie-t-on. « Restez près de la paroi rocheuse!» Withers s'empare de son appareil photo et de son trépied et, sur les talons des dignitaires, court vers la locomotive.

— Déplacez le train! Faites-le reculer! hurle Van Horne. Abritez-vous, les gars! Aux galeries, aux galeries! C'est la meilleure solution!

— Par ici! dit le père de Will en détalant.

Will sait que les galeries ont pour but d'empêcher la neige d'obstruer les voies qui serpentent à flanc de montagne, mais sont-elles assez solides pour résister à une avalanche?

Le roulement de tonnerre s'accentue. Courant derrière son père, il trébuche et tombe lourdement sur les rails. Encore ces satanés lacets! Il essaie de se relever, mais le bout de sa botte est coincé sous l'une des traverses. Une sensation de brûlure lui parcourt la cheville.

— Papa!

Son père se retourne et revient vers lui en courant.

— Ta cheville est cassée? demande-t-il, haletant.

— Coincée.

Il essaie de dégager le pied de Will, mais ne réussit qu'à aviver la douleur.

Le sol commence à trembler.

— Tant pis! Tant pis! Il n'y a qu'à détacher le lacet et à sortir ton pied.

Will voit son père lever les yeux sur la neige, puis regarder son pied, ses doigts tirant sur le lacet.

— Ça y est presque… Sors ton pied.

En poussant un cri de douleur, Will obéit et son père l'aide à se relever.

— Appuie-toi sur moi.

Non loin de là, Will aperçoit un homme qui, penché sur la voie, tente d'arracher un crampon à l'aide d'une pince à levier. Puis, levant les yeux sur la neige, il comprend qu'il est trop tard. Son regard croise celui de son père.

— Désolé, lance Will au moment où le vent saturé de neige les atteint.

— Reste en surface ! lui crie son père, malgré le vacarme. Nage !

Son père disparaît dans le blizzard et Will court, la douleur dans son pied oubliée. Il avance à l'aveuglette. Le sol est un tapis blanc qui se dérobe sous ses pas. Il chancelle, conscient que la moindre chute lui serait fatale. Il se projette vers l'avant en se débattant comme un fou dans l'espoir de rester au-dessus du tourbillon de neige. Il le pousse, le roue de coups avec sa masse terrifiante. Pas le temps d'avoir peur. Il est un animal sauvage qui se démène dans l'espoir de rester sur le dessus. Il est enseveli, refait surface, essaie de respirer, bousculé par les muscles puissants de l'avalanche.

Un objet long et étroit passe à côté de lui et le décapite presque… et il se rend compte qu'il s'agit d'un bout de rail tordu. Sur sa droite, il devine l'ombre floue de son père qui nage un moment près de lui avant de s'éclipser de nouveau. Dans le blizzard, il entrevoit les hautes branches d'un arbre à moitié enseveli et il tente de s'y accrocher, mais il est entraîné plus loin. Il a conscience d'être emporté vers les bois clairsemés, juste au bord de la gorge.

D'autres branches se profilent devant lui et cette fois il parvient à s'y agripper. Son corps est secoué de toutes parts par la redoutable force de la neige, mais il refuse de lâcher prise, même quand sa tête est recouverte et que la neige envahit ses narines. Il suffoque, tente de reprendre son souffle.

Puis c'est l'immobilité et le silence. Will détache une de ses mains de l'arbre et s'en sert pour dégager son visage. Il projette son bras vers le haut et, grattant fébrilement, se libère. De la neige comprimée fond dans son col, glisse le long de son dos et de sa poitrine. Il entrevoit un coin de ciel bleu et gonfle avidement ses poumons. Lentement, il s'extirpe de la neige pour se blottir dans les bras de l'arbre.

Grelottant, il voit se déployer devant lui un paysage transformé. Parmi les arbres, dont certains ont été renversés, la neige s'élève sans doute à vingt pieds d'épaisseur. Le sol est jonché de débris : branches, rails d'acier jaillissant çà et là, traverses en bois. Au-delà des bois, ni la voie ferrée ni les galeries ne sont visibles. Le soleil brille. En chœur, les oiseaux recommencent à pépier gaiement. Will songe au carnet à dessins dans la poche de son veston trempé par la neige, aux traits de crayon qui s'estompent sur le papier mouillé.

Des arbres monte un bruit tel que Will n'en a jamais entendu, une série de hululements bourrus, inhumains, qui se terminent par une sorte de soupir lugubre.

— Ça va, Will ?

Une vingtaine de pieds plus loin, son père se retient à un arbre.

— Je vais bien !

— J'arrive ! lance son père.

C'est à ce moment qu'ils le voient. Un peu plus haut sur le versant, dépassant de la neige, se trouve le crampon en or.

Un froissement attire l'attention de Will. Un homme couvert de neige s'accroche à un arbre voisin. Une écharpe enroulée sur son visage ne laisse voir que ses yeux.

— Ça va? lui crie le père de Will.

L'homme se contente de lever une main. Ses yeux, remarque Will, sont rivés sur le crampon en or.

— Au secours!

Ce cri-là, assourdi, provient du bas de la pente où, à moins de quarante pieds du perchoir de Will, le sol plonge dans le défilé et la rivière aux eaux tumultueuses en contrebas. Will plisse les yeux. Tout au bord du précipice, suspendu à un pin grêle qui ploie, les jambes ballant dans le vide, Cornelius Van Horne.

— Tenez bon, monsieur! lance le père de Will. J'arrive!

Il se tourne vers l'homme à l'écharpe.

— Viens m'aider, toi!

L'homme ne bronche pas.

Des arbres montent de nouveaux hululements bourrus.

— Qu'est-ce que c'est? demande Will.

Instinctivement, cependant, il sait.

— La branche ne tiendra pas très longtemps! lance Van Horne avec un calme étonnant.

— Papa? fait Will.

La peur se répand en lui, tel un froid glacial.

— Reste où tu es, Will. Ça ira.

Will voit son père descendre vers le baron des chemins de fer en plantant ses pieds et ses mains dans la neige pour se ralentir. Du côté droit, un énorme amoncellement de neige grommelle, grince et se déverse dans la gorge. Will éprouve les vibrations dans son corps. La neige accumulée au bord du pré-cipice risque à tout moment de dégringoler.

— Ça ira, monsieur, dit le père de Will en atteignant le pin grêle.

Il enroule ses jambes autour du tronc et tend la main vers Van Horne.

— Je saisis votre poignet et vous prenez le mien, mon-sieur.

Le baron des chemins de fer est un homme corpulent et Will entend son père gémir sous son poids. Cramponné à l'arbre, James Everett tire.

Dans sa poitrine, le cœur de Will, qui voit son père se débattre au bord du précipice, est un petit animal pris de panique. Van Horne étire son autre main et empoigne une branche solide, puis il tire de son côté. Au bout d'une minute, au prix d'efforts surhumains de la part des deux hommes, le baron atteint le tronc et s'y accroche fermement. La tête appuyée sur l'écorce, ils reprennent leur souffle.

Will expire et entend un bruissement derrière lui. En se retournant, il voit l'autre homme descendre vers le crampon en or. Il regarde Will et porte un doigt enflé à sa bouche.

— Chuuut.

Il cueille le crampon dans la neige.

— Nous nous comprenons bien, toi et moi, pas vrai? chuchote-t-il à l'intention de Will. Tu appelles et je vous retrouve, puis je vous égorge, ton père et toi. Compris?

Terrifié, Will se contente de fixer le visage voilé de l'homme, l'étroite bande de peau de part et d'autre de ses yeux bleu glacier.

Je te connais, songe Will, qui tient sa langue.

Le dénommé Brogan tourne sur ses talons et entreprend tant bien que mal de remonter. Il effleure une branche cassée dont le bout tressaille et lui agrippe la cheville.

En grognant, Brogan tente de se dégager, mais la branche fléchit et s'allonge. À la manière d'un arbre mutant surgissant de la terre, un long bras s'étire et donne naissance à une épaule osseuse et à une tête étroite, parsemée de neige. Entraîné soudain dans l'autre sens, Brogan pousse un cri horrifié.

Au moment où le sasquatch s'extirpe de la neige, une odeur pestilentielle parvient aux narines de Will. Il comprend maintenant pourquoi les autochtones appellent ces créatures les hommes-branches : leurs membres fins et pourtant puissants semblent faits des mêmes matériaux indestructibles que la forêt de montagne.

Will réalise que c'est un jeune, nettement plus petit que lui. Bien que la gueule de la bête soit grande ouverte et ses crocs dénudés, Will se demande si elle attaque Brogan ou si elle se contente de lui grimper dessus, à la façon d'un homme qui tente d'éviter la noyade. Brogan frappe le sasquatch. D'une poche, il sort un long couteau et poignarde la créature à l'épaule. Elle s'écroule en laissant entendre un terrible cri strident.

Pendant un moment, Will pense que la cime d'un arbre s'est cassée, car un objet très mince et très grand atterrit dans la neige à côté de Brogan. Mais ce n'est pas un arbre. C'est une furie de sept pieds tombée du ciel pour protéger son petit. Will sent ses entrailles se liquéfier sous l'effet de la peur. Les bras de la créature sont de vastes branches noueuses, et ses pieds griffus, des racines raboteuses. La femelle sasquatch se penche, saisit Brogan par un bras et une jambe et, d'un geste ample, le lance dans les airs. Le crampon en or tombe de ses vêtements et atterrit dans la neige, près de Will. Brogan lui-même poursuit sa trajectoire dans les airs, glisse sur la neige en poussant un cri de terreur et tombe dans la gorge.

La poitrine haletante, la sasquatch jette un coup d'œil à son petit et se tourne vers Will.

— Papa ! hurle Will.

— Ne bouge pas ! crie son père. Ne lui tourne pas le dos ! J'arrive !

Cramponné à l'arbre, Will voit la sasquatch secouer la neige de son corps velu.

— Elle veut juste récupérer son enfant, Will, lui lance son père. Montre-lui que tu n'es pas une menace. Ne la regarde pas dans les yeux.

Will sent un tremblement et voit la neige glisser lentement à côté de son arbre vers le précipice. De vastes plaques de neige plongent dans l'abysse. Le pin de son père, laissant entendre un craquement sinistre, s'incline vers le défilé.

— Ça cède ! crie Will en voyant la surface neigeuse se plisser tout autour de lui.

— Nagez ! crie le père de Will à Van Horne.

Les deux hommes entreprennent de remonter vers Will. En glissant, la neige les heurte. Aux yeux de Will, les hommes ne semblent pas bouger, mais ils luttent contre la marée.

En se retournant, Will constate que les deux sasquatchs se laissent descendre vers lui, portés par le courant de neige. Will se réfugie du côté éloigné du tronc. Sur la neige, le crampon en or passe et Will le saisit.

— Nous arrivons, Will! crie son père derrière lui.

Les sasquatchs, cependant, vont plus vite. Incapable de se retenir, Will regarde la créature en face et découvre des yeux aussi vieux et impitoyables que la montagne.

— Recule, Will! hurle son père.

Mais alors retentit une détonation.

Par-dessus son épaule, Will voit un pistolet fumant dans la main de Van Horne.

La mère sasquatch s'effondre dans la neige et son corps inerte est emporté par le courant. Le jeune pousse un cri frénétique et s'élance vers Will, la gueule grande ouverte.

Un énorme filet tombe et se referme sur le petit sasquatch. La créature se cogne à l'arbre et se débat en aboyant. Will se met hors de sa portée.

— Ne tirez pas! crie une voix venue des arbres.

M. Dorian apparaît, chaussé de raquettes, en compagnie de trois hommes qui portent d'épaisses cordes sur leurs épaules. La neige s'est enfin stabilisée.

— Nous l'avons, messieurs. Tout va bien, lance M. Dorian. Attrapez les cordes!

Les hommes les lancent et Will s'accroche à l'une. On remonte M. Van Horne et son père à côté de lui.

— Will, demande son père, ça va ?

Will hoche la tête, incapable de répondre.

— Eh bien, Dorian, dit Van Horne, haletant, vous n'êtes pas venu uniquement pour ma peinture, n'est-ce pas ?

— Je suis venu pour plusieurs raisons, réplique M. Dorian. Pour assister à l'achèvement du plus grand chemin de fer du monde… et pour capturer un sasquatch destiné au plus grand chapiteau du monde.

CHAPITRE 2
LE PRODIGIEUX

Trois ans plus tard

— Quelle est la longueur exacte du train ?

— Combien de passagers transporte-t-il ?

— Terminera-t-il son voyage inaugural à l'heure ?

Debout sur le quai, à côté de la gigantesque locomotive, Will et son père font face au barrage de questions posées par les journalistes. Bien que la journée d'avril soit fraîche, Will sent la chaleur de la puissante chaudière.

— Eh bien, messieurs, commence le père de Will en souriant avec aisance aux reporters, *Le Prodigieux* est tout bonnement le plus long train du monde. Lorsque nous aurons fini d'atteler les derniers wagons, la locomotive en tirera neuf cent quatre-vingt-sept.

— Est-elle assez forte ? lance un journaliste au corps anguleux.

Le père de Will prend un air ahuri.

— Assez forte ? Regardez-la, messieurs !

Will la contemple, lui aussi. La locomotive fume, son haleine brûlante, soufflée par les vastes cheminées de sa chaudière

haute de trois étages, se recroquevillant dans le ciel. Sur le quai
de la gare, il sent le tremblement de sa puissance contenue à
grand-peine. Noire et massive, elle donne l'impression d'avoir
été forgée par le tonnerre et la foudre. C'est un galion d'acier
posé sur neuf essieux soutenant des roues imposantes. Derrière
le foyer dépassent les échafaudages sur lesquels des hommes
couverts de suie attendent de jeter du charbon dans la chaudière et de mettre *Le Prodigieux* en branle.

— C'est la plus puissante locomotive du monde, précise le
père de Will à l'intention des reporters. Elle réussirait à tirer la
lune de son orbite si seulement nous étions en mesure de l'y
arrimer. Quant à sa force, sachez que, à supposer que vous
décidiez de faire le trajet à pied, il y a plus de sept milles entre
elle et le fourgon de queue. Selon notre manifeste, 6 495 passagers prendront place à bord. Et je crois bien ne plus avoir de
chiffres à vous fournir, messieurs !

Des applaudissements et des rires bon enfant s'élèvent de
la foule mouvante. Will n'a encore jamais vu la gare si bondée.
La moitié des habitants d'Halifax sont venus assister au grand
départ.

Will observe son père avec envie. Lui aurait été pétrifié.
Son père, en revanche, répond avec décontraction, compose
des phrases complètes, sans jamais hésiter. Will a pris l'habitude de le voir bien habillé, frayer avec des hommes influents,
mais, encore maintenant, il s'étonne un peu de la métamor-
phose de son père et des changements que leur vie a connus au
cours des trois dernières années.

Derrière la foule réunie, quelques photographes s'affairent, leurs appareils juchés sur des trépieds. Will espère que

les journalistes n'ont plus besoin d'eux. Mais ce n'est pas encore terminé.

— Est-il vrai, monsieur Everett, que M. Van Horne, juste avant de mourir, vous a chargé d'accroître son empire dans le Pacifique ? Malgré la recommandation de son conseil d'administration, qui privilégiait un candidat plus aguerri ?

Will remarque que les narines de son père, lorsqu'il inspire, se compriment.

— Je suis honoré que M. Van Horne m'ait attribué un poste de confiance, répond-il. Et mon désir le plus ardent est que ses paquebots franchissent le Pacifique avec autant de panache que ce train traversera notre nation.

— Certains laissent entendre que Le Prodigieux est trop imposant.

Le père de Will rit.

— Comment est-ce possible ?

— Trop long pour les virages, trop lourd pour les ponts, trop haut pour les tunnels.

Will voit un éclair d'indignation traverser le visage de son père.

— En construisant ce chemin de fer, monsieur, Cornelius Van Horne a sans cesse eu les yeux tournés vers l'avenir. Il a esquissé les plans du Prodigieux bien avant la pose du dernier crampon. Ce train correspond point pour point à celui qu'il voyait circuler sur ces rails.

Will se rappelle le jour où M. Van Horne lui a montré ses croquis dans le wagon de la compagnie et lui a demandé son opinion. Au fil des ans, le baron des chemins de fer s'est fréquemment attablé chez eux et il a toujours trouvé un moment pour bavarder avec Will. Tout semblait l'intéresser : les insectes, les batailles, les jeux de hasard, les artistes célèbres.

— Le trajet est-il sûr ? lance un autre journaliste. On raconte que le muskeg peut avaler un train tout entier.

— Pas celui-ci.

— Les montagnes, alors ? insiste le reporter. Les avalanches. Le sasquatch.

— Je ne vous conseillerais pas de faire le trajet à pied, répond le père de Will, mais, à bord du *Prodigieux*, vous serez parfaitement en sécurité. Maintenant, avec votre permission, messieurs...

— Vous n'êtes pas inquiet à l'idée de transporter le fourgon funéraire de M. Van Horne pour le voyage inaugural ?

Will fixe son père en se demandant comment il va répondre. James Everett secoue la tête.

— Pas du tout. M. Van Horne souhaitait que, après sa mort, sa dépouille traverse le pays sur le chemin de fer qu'il a construit.

— Et où son corps reposera-t-il pour l'éternité ?

— Il ne se reposera pas, justement. Comme l'homme lui-même, il restera en mouvement, traversera et retraversera le pays à jamais.

Des murmures étonnés parcourent la foule, et Will voit quelques personnes échanger des coups d'œil nerveux. Pour lui aussi, c'est du nouveau.

— Si vous avez peur des fantômes, continue le père de Will, je peux vous assurer que nous compterons sur la protection du spectre le plus valide et le plus bienveillant qui soit. Si vous voulez bien m'excuser maintenant…

— Est-il vrai que le crampon en or se trouve dans le cercueil?

— Merci, messieurs, et bonne journée à vous!

— Que pense votre fils de sa participation au voyage inaugural?

Les poumons de Will se vident d'un coup. Les journalistes le dévisagent, silencieux et pleins d'attente. Pendant ce qui lui semble une éternité, son esprit reste vide. Puis il prend une grande inspiration et essaie d'imiter le sourire de son père.

— Ce sera toute une aventure, dit-il.

— Mesdames et messieurs, en voiture! crie son père en guidant Will parmi la foule.

Le cœur toujours battant, Will passe devant la locomotive et le tender à trois paliers, rempli de charbon et d'eau.

— À quoi sert-il, celui-ci? demande-t-il en montrant à son père le petit wagon attelé derrière le tender.

— C'est un wagon-dortoir, répond ce dernier. Pour les mécaniciens et les aides-mécaniciens qui conduisent la locomotive.

Le suivant, Will le connaît déjà. Les gens sont si nombreux à s'agglutiner autour de lui qu'il ne peut pas s'approcher pour lire l'inscription qui figure sur son flanc en acier noir. Un colosse monte la garde et ordonne aux badauds de ne pas y toucher.

Will a assisté aux funérailles. Son père était au nombre des hommes qui ont transporté l'énorme cercueil le long de l'allée.

Dans la vaste cathédrale, au milieu des dignitaires, des politiciens et des magnats en tous genres, Will s'est senti petit et
insignifiant. Il avait beaucoup aimé M. Van Horne. On a prononcé de nombreux beaux discours sur lui, mais ils portaient
tous sur ses réalisations et ses services à la nation. Rien sur
l'homme que Will avait connu.

— Nous y sommes presque, l'informe son père, tandis
qu'ils longent des wagons à l'aspect anonyme qui, suppose
Will, servent au transport des bagages et des membres de
l'équipage. Plus que quelques wagons.

Et, soudain, ceux-ci se transforment du tout au tout.
Coquilles scintillantes d'acajou et de laiton et de verre imma-
culé, ils s'élèvent avec grâce, sur deux étages, au-dessus des
rails.

— Voici le nôtre, dit le père de Will devant le premier
wagon de grand luxe.

Will grimpe sur l'élégant marchepied en fer qui donne
accès à une petite plate-forme protégée par un auvent. Un
commissionnaire en gants blancs les y attend.

— Bienvenue à bord, monsieur Everett, dit l'homme à son
père avant de saluer Will d'un geste de la tête. Et monsieur
Will. Vous êtes dans le premier compartiment de première, à
droite.

— Merci, Marchand, lance le père de Will.

Will franchit l'épaisse porte en bois sur les talons de son
père. La pièce sent le tapis neuf et le bois verni. Du côté gauche,
un étroit couloir lambrissé muni de larges fenêtres et d'une
main courante en laiton traverse le wagon.

Ce n'est pas la première fois que Will monte dans un train, tant s'en faut, mais, en parcourant leur compartiment, il est bouche bée. Il a l'habitude des sièges aux coussins confortables, mais il a sous les yeux un petit salon muni de fauteuils et de canapés et de tables basses et de lampes électriques et de vases débordant de fleurs fraîches.

— Maman adorerait, dit Will.

En imagination, il la voit caresser le papier peint en velours rouge, pousser un petit soupir ravi à la vue du tapis de Perse et admirer les toiles de soie à pompons, discrètement baissées pour cacher la cour de triage.

— Oh, elle était très bien installée à bord du *Columbia*, dit son père.

Six semaines plus tôt, elle est partie dans l'Ouest avec les jumeaux et la gouvernante pour installer leur nouveau foyer à Victoria.

Will ouvre une porte et passe la tête dans une salle de bains tout en porcelaine et en laiton poli.

— On descend nos lits pour la nuit? demande Will en examinant les murs à la recherche de poignées.

— Non, répond son père en ouvrant une autre petite porte.

Will avait cru que c'était celle d'un placard. Elle révèle plutôt un élégant escalier en fer forgé.

— Nos chambres sont à l'étage.

— À l'étage!

Will grimpe en vitesse jusqu'à un court couloir dans lequel se découpent deux portes. La première s'ouvre sur ce qui constitue sans doute la chambre principale, car elle est équipée d'un grand lit, un lit en bonne et due forme et non une couchette escamotable comme dans un Pullman traditionnel. Derrière la seconde, il aperçoit sa chambre : un lit à une place, une table de chevet, une armoire.

Will entreprend d'ouvrir chaque tiroir et chaque porte. Tout est merveilleusement conçu de manière à tirer le meilleur parti possible de l'espace exigu. Un peu comme à bord d'un navire, suppose-t-il, une sorte de long et étroit paquebot terrestre mû par la vapeur, d'un bout à l'autre du continent. Le plus beau, c'est que la chambre possède une large fenêtre par laquelle, de son lit, il pourra admirer le paysage.

Il éprouve un élan d'excitation irrépressible. Il veut que le train s'ébranle tout de suite. Il veut partir. Mais, étrangement, traverser le pays d'un océan à l'autre et commencer une nouvelle vie dans une nouvelle ville ne lui semble pas suffisant. Il a déjà changé de ville, habité de nouvelles maisons plus grandes. Il rêve d'autre chose.

En bas, il trouve son père qui, assis devant un bureau à cylindre, écrit. Au terme des trois dernières années, cette image de lui – son dos, ses épaules fortes, sa tête baissée et le grattement de la plume sur le papier – lui est par trop familière. Quand son père est à la maison, et non en voyage, évidemment.

— Il est dans le cercueil ? demande Will.

Son père lève distraitement les yeux.

— Le crampon en or, précise Will.

Son père esquisse un sourire amusé.

— Tu comptes faire carrière dans le journalisme ?

— Tu dois être au courant, lance Will. Tu étais l'un des porteurs.

Son père l'examine avec soin.

— Eh bien, tu as le droit de savoir, je suppose. Après tout, c'est toi qui l'as posé.

— Et sauvé après l'avalanche.

Will le voit encore dans ses rêves, ce crampon. Il le cherche sans cesse. Il croit savoir où il se trouve. Il reçoit des indices. Des gens lui disent qu'il est au sommet de la colline ou qu'il le trouvera après le prochain tournant. En se dépêchant, il mettra la main dessus. Mais les rêves se terminent toujours de la même façon : il s'apprête à tourner, il s'apprête à gravir la colline, puis il se réveille, sans avoir réussi.

— Oui, lui dit son père. Il a tenu à ce que le crampon soit enterré avec lui. C'est un renseignement confidentiel.

— Naturellement, répond Will. Pourquoi, puisque j'ai moi-même l'intention de le dérober, en parlerais-je à d'autres ?

Will se demande toujours si son père apprécie son sens de l'humour – c'est un homme si grave –, mais James Everett a un rire bref.

— J'ai un peu de travail. Pourquoi n'irais-tu pas explorer le train ? Lorsque nous serons en route, je te retrouverai dans le wagon panoramique, où se tiendra la réception de bienvenue.

Will quitte leur compartiment et s'engage dans le couloir en se serrant contre le mur pour laisser passer les dames et les messieurs et les stewards qui transportent des valises. Il ouvre la porte du bout du couloir et se retrouve dehors, sur une petite plate-forme. Il s'avance jusqu'au wagon suivant, dont le steward de faction ouvre la porte.

Après dix minutes, il a perdu le compte des wagons de première qu'il a traversés. Tous portent le nom d'hommes célèbres : Macdonald, Pied-de-Corbeau, Champlain, Brock, Van Horne. Il se demande si, un jour, l'un d'eux portera le nom de son père.

Dans le wagon nommé en l'honneur de Vancouver, il découvre une confortable bibliothèque, avec de longues tables de lecture et des lampes aux abat-jour verts. Entre les fenêtres, les murs sont tapissés d'étagères en noyer. Une jolie bibliothécaire lève les yeux. Will ne dit rien, mais elle lui intime quand même le silence.

Après la bibliothèque, le couloir débouche sur un salon de barbier où un homme aux favoris luxuriants, renversé dans son fauteuil, fait tailler les poils de son nez. Viennent ensuite un luxueux salon de beauté, la boutique d'un tailleur, le stand d'un cireur de chaussures et un magasin qui propose des articles divers, des cigares aussi bien que de la poudre somnifère DeWort.

Le train semble interminable et Will est conscient d'avoir à peine entamé la visite des seuls wagons de première classe. On dirait une ville roulante. Le wagon suivant abrite une salle de jeux. Une queue de billard à la main, des hommes tournent autour des tables en maugréant à cause des soubresauts de la Bourse.

Au bout d'un autre couloir, Will ouvre la porte d'un gymnase aux murs tapissés de carreaux bleus et dorés qui ressemble à un bain turc. Il entre et s'assied sur un exerciseur complexe, puis tire sur des leviers. Il se relève sans donner à l'appareil l'occasion de l'écarteler ou de le démembrer.

Vient ensuite un énorme salon équipé de fauteuils en cuir, de petites tables et de tapis épais. Une lumière oblique filtre par les stores inclinés. Au plafond, de grands ventilateurs remuent l'air en silence. Des serveurs en gilet noir se penchent discrètement pour prendre les commandes. Dans un coin, un homme joue une mélodie sur un piano à queue. Par petits groupes, de nombreuses personnes, déjà bien installées, conversent en buvant du thé ou du café.

Plein d'espoir, Will cherche quelqu'un de son âge, mais en vain. Passant encore d'un wagon au suivant, il pénètre dans un nouveau salon, celui-là muni d'escaliers.

C'est donc lui, le fameux wagon panoramique! De part et d'autre, les murs sont entièrement faits de verre trempé et, pour le moment, recouverts de rideaux de mousseline qui cachent la cour de triage. Derrière un énorme comptoir de zinc en demi-cercle se tient un barman en uniforme. De la vapeur lui sort par le cou. Will s'approche en vitesse. Son père lui a parlé de ce barman, entièrement mécanique et alimenté par la vapeur qui actionne les pistons du *Prodigieux*.

L'automate sert un monsieur. Il saisit le verre entre ses doigts mécaniques, assez fort pour bien le tenir, mais pas assez pour le casser. Puis, en laissant fuir une bouffée de vapeur, il tend la consommation au client.

— Un whisky, s'il vous plaît, dit Will devant le barman mécanique.

La machine reste immobile. Cette attitude est déconcertante dans la mesure où, sur son visage en plâtre, on a peint une expression sympathique, mais immuable.

— Whisky, répète Will.

— Que diriez-vous d'un soda au gingembre? demande la machine.

Will sursaute. Puis il aperçoit, un peu plus loin, un barman en chair et en os qui essuie le comptoir.

— Belle tentative, petit.

Will attend que la machine lui verse son soda, puis il apporte son verre à l'étage. Le plafond en verre incurvé du wagon panoramique offre une vue imprenable. Seules quelques personnes y ont pris place, peut-être parce qu'il y fait un peu frais. Un homme écrit une lettre sur une élégante table escamotable. Au fond, une porte donne accès à une terrasse de grandes dimensions. Will sort et s'appuie à la rampe en laiton.

Le train, constate-t-il avec surprise, s'est déplacé à son insu. Les wagons de première classe sont sortis de la gare pour permettre aux passagers de deuxième de monter à leur tour.

Il suppose que *Le Prodigieux* devra s'avancer encore un peu pour accueillir les passagers de troisième classe. Et il y a aussi les colons, qu'on n'autorise même pas à utiliser le quai de la gare. Du haut de son perchoir, il distingue, au-delà de l'immeuble qui abrite la gare, les voies d'évitement en gravier: elles sont envahies par des passagers humblement vêtus transportant de vieilles valises cabossées, des boîtes à moitié défoncées et des bébés emmaillotés qui pleurent. Will a l'habitude de les voir à Halifax. Chaque semaine, des bateaux venus des quatre coins du monde les débarquent au quai 21.

Tout autour de lui, dans la vaste cour de triage, on prépare des wagons de marchandises et des fourgons à bagages qui seront attelés au *Prodigieux*, à mesure qu'il s'avancera.

Will mâchouille son crayon d'un air méditatif, puis il sort son carnet à dessins. C'est un objet magnifique et délicat, que le voyage lui donne l'occasion d'étrenner. Les pages sont assez épaisses pour accueillir des aquarelles, mais il préfère encore faire des esquisses au crayon.

Il voit un garçon debout sur un vieux wagon couvert tout rouillé qui salue de la main. Et, pendant un instant, Will a le sentiment de se saluer lui-même à travers le temps. Avant d'être riche, il a été pauvre. Trois ans plus tôt, il habitait dans une pension de Winnipeg, adossée à la cour de triage.

Il ne regrette pas leur vieil appartement, avec ses parquets froids où il se faisait des échardes, ses fenêtres étroites et le couloir qui sentait le chou bouilli et les chaussettes mouillées. Il pense souvent à ce que lui a dit Van Horne devant la gare d'Adieu. On a tous besoin d'une bonne histoire, d'une histoire à soi.

Ce jour-là, dans les montagnes, on lui a donné une histoire, grandiose par-dessus le marché. Il a alors eu le sentiment que sa vie allait débuter pour de bon, qu'il vivrait enfin ses propres aventures, peut-être en compagnie de son père. Mais, presque aussitôt, son histoire a déraillé et il s'est contenté de regarder la vie de son père rouler gaiement sur les rails.

Après l'avalanche, M. Van Horne a conféré au père de Will le titre d'ingénieur au sein de la compagnie Maritime Line. Moins d'une semaine plus tard, ils ont déménagé, non pas à l'ouest, comme prévu, mais à l'est, au-delà de Winnipeg. À Halifax, en l'occurrence. Leur nouvel appartement était propre et clair et spacieux. Des meubles flambant neufs, achetés dans des magasins, y côtoyaient leurs lits, leurs tables et leurs fauteuils miteux.

C'était un avancement considérable et c'était, selon le père de Will, la façon qu'avait trouvée Cornelius Van Horne de le remercier de lui avoir sauvé la vie. Mais il est bientôt apparu clairement que le baron des chemins de fer avait d'autres projets pour James Everett, dont il vantait les talents exceptionnels. Peu de temps après, le père de Will a de nouveau avancé au sein de la hiérarchie. Il occupait désormais le poste de directeur régional adjoint de Maritime Line.

Ensuite, ils ont emménagé dans leur première maison, non loin du parc Point Pleasant. Ils y avaient leur propre jardin. Les chaussures de Will luisaient davantage; ses habits avaient un plein complément de boutons et se refermaient mieux à la hauteur du cou. De l'école publique, il est passé à une petite académie privée.

Will était enchanté. Il n'avait plus honte de bien réussir à l'école. Mais il ne se sentait pas à l'aise au milieu des enfants d'hommes d'affaires et de politiciens fortunés. Il restait en marge.

Néanmoins, un professeur d'arts plastiques l'encourageait et, une fois la semaine, lui donnait une leçon supplémentaire, après l'école. Le dessin, qui avait été son passe-temps, est devenu sa passion.

À la maison, on a retenu les services d'une cuisinière et d'une femme de ménage. Ses parents ont commencé à recevoir leurs nouveaux amis et à participer à des activités mondaines un peu partout en ville. Sa mère s'est glissée dans sa nouvelle vie aussi facilement que dans ses nouvelles robes du soir.

Et, pour la première fois de la vie de Will, son père dormait le plus souvent à la maison. Parfois, cependant, c'était comme s'il vivait encore très loin. Il passait le plus clair de son temps au bureau; quand il rentrait, du travail l'attendait, d'énormes registres et livres qu'il devait éplucher.

À force de le harceler, Will parvenait parfois à le convaincre de parler de l'époque où il posait des rails ou de ses aventures dans les montagnes. Will avait alors le sentiment de renouer avec son père d'avant, celui qu'il avait inventé à partir de ses lettres, en tout cas. Will ne se lassait pas de ces récits. Mais ils lui faisaient de plus en plus l'effet d'histoires comme dans les livres, d'histoires que ses parents étaient pressés d'oublier.

Puis son père a eu de nouveau de l'avancement, et ils se sont établis dans une maison encore plus grande, dont la pelouse manucurée descendait jusqu'aux eaux du bras de mer du Nord-Ouest. Un jour, un piano a fait son apparition dans le salon et, avec lui, une vieille petite dame dont l'haleine sentait la naphtaline, chargée d'initier Will à cet instrument. Il détestait le piano. Il a eu beau piocher sur les touches et massacrer ses gammes, sa mère ne l'a pas laissé abandonner ses leçons pour autant. Un jour, son père a menacé de traîner l'instrument dans la cour et de le démolir à coups de hache. Will a attendu avec impatience, *désespérément*, souhaitant par-dessus tout que son père réduise la chose en petit bois, mais ce dernier a changé d'idée et est remonté dans son bureau.

Le mois dernier, il a reçu sa plus importante promotion : directeur général de la nouvelle société de navigation de la compagnie de chemin de fer, dont le siège social se trouvait à Victoria, d'où appareillaient les grands navires à destination de l'Orient. C'est pourquoi ils allaient une fois de plus traverser le continent tout entier pour entreprendre une vie nouvelle.

Rapidement, Will dessine les vieux wagons couverts à la limite de la cour de triage. Il se surprend à esquisser, au lieu d'un garçon, une fille qui se tient en équilibre sur les mains.

Il n'a jamais récupéré sa dent de sasquatch.

L'après-midi s'achève lorsque *Le Prodigieux* se met enfin en route. Sur la terrasse du wagon panoramique, Will sent se lever le vent vif de l'Atlantique. Déjà, les wagons de première longent le bassin de Bedford. Will sait que, à des milles de là, hors de sa vue, on s'affaire à atteler les derniers wagons.

La terrasse est bondée à présent. En entendant le sifflet strident de la locomotive, il sent l'excitation le gagner, au rythme des bielles du train. La cheminée de la locomotive crache un énorme panache de vapeur.

Tchou...

Et encore.

Tchou-tchou... *tchou*-tchou-tchou...

Et le train s'ébranle enfin. Rien à voir avec les secousses poussives d'avant. Cette fois, la locomotive tire pour de vrai.

Tcha-tcha-tcha... *tcha*tchatchatcha...

Le train prend de la vitesse, et la colonne grisâtre s'élève haut dans le ciel printanier ; en alternance, les pistons laissent échapper de plus petites bouffées de vapeur.

Tcha-tch-tch-tcha-tch-tch-tchtchtchtchtchtchtchtch...

Ils sont enfin en mouvement !

— Champagne, monsieur ? demande un serveur qui lui tend un plateau rempli de flûtes.

— Merci, dit Will en se servant.

Il prend une petite gorgée, savoure les arômes de noisette bien coulants avant de laisser les bulles descendre dans sa gorge. Il sourit, satisfait de lui-même. Il n'a pas réussi à déjouer le barman, mais il a trompé ce serveur. Et pourquoi pas ? Tout le monde lui dit qu'il fait plus vieux que son âge. Aussi grand que son père, désormais, il le dépassera sans doute. Son premier verre de champagne.

Il ferme les yeux. Il va quelque part. Et il a un plan.

Sauf que son père n'est pas encore au courant.

CHAPITRE 3
SOIRÉE DE
DIVERTISSEMENTS

De retour dans le compartiment de première, Will et son père s'habillent pour le souper. Depuis ses années de poseur de rails, le père de Will a pris du poids, mais il a encore fière allure avec sa barbe parfaitement taillée et ses yeux perçants.

Will a l'impression de porter une armure : sa chemise est si amidonnée qu'elle craque quand il bouge.

— Je ne peux pas venir dans la locomotive avec toi ? demande-t-il.

— Impossible, William. Je te l'ai déjà dit.

Pour le voyage inaugural du *Prodigieux*, son père agira comme chef mécanicien. Demain, dès la première escale, il montera dans la locomotive et la pilotera en alternance avec l'autre mécanicien. Lorsqu'il ne sera pas en service, il dormira non pas dans le compartiment de première, mais bien dans le wagon-dortoir fuligineux accroché tout juste derrière. C'est lui qui conduira le train dans les Rocheuses. Après demain, Will ne le reverra pas avant la ville de la Porte des lions.

Pas de surprise. Il est au courant depuis le début. Mais il en a quand même gros sur le cœur : on l'abandonne, une fois de plus.

— Au fond, tu seras beaucoup mieux ici, derrière, lui dit son père en redressant le nœud papillon de Will. Tu as faim ?

Ils quittent leur compartiment et se joignent au défilé des passagers qui se dirigent vers le wagon-restaurant. Pendant que son père échange des civilités avec les autres messieurs, Will, une fois de plus, cherche du regard des garçons et des filles de son âge. Il est imberbe et il a le sentiment de détonner.

Au cours des dernières années, il a vu quelques restaurants huppés, mais aucun qui soit plus opulent que celui-ci. Bien que long et étroit, il donne l'impression d'être aussi vaste qu'un palace, avec des murs recouverts de miroirs et un plafond peint qui imite le ciel, jusqu'à des angelots qui, sur les côtés, jettent des regards furtifs. Des escaliers en colimaçon donnent accès à des galeries qui font le tour du wagon. Juchée sur un petit balcon, une femme chante des airs d'opéra.

Le serveur guide Will et son père jusqu'à leur table. D'un grand geste du bras, il dépose des serviettes sur leurs genoux et leur tend une mince plaquette en cuir. Will contemple la carte, indécis, à cause des réflexions qui tourbillonnent dans sa tête.

— L'agneau, s'il vous plaît, dit-il enfin au serveur. À point.

Dès que son père a passé sa commande, Will, hésitant, dit :

— J'ai pensé à l'année prochaine.

— Moi aussi, réplique son père. Après tes études, j'aimerais que tu joignes les rangs de la compagnie.

James Everett hausse les sourcils et sourit, comme s'il venait d'offrir un cadeau à Will.

— Qu'est-ce que je ferais ? demande Will, interloqué.

— Tu débuterais à titre de commis, j'imagine. Mais tu avancerais vite, à condition de montrer des aptitudes.

En imagination, Will voit son crayon noter des chiffres dans un grand livre au lieu de dessiner.

— Je ne sais pas, murmure-t-il.

— Comment ça ?

Will avale sa salive.

— Je ne suis pas sûr d'en avoir envie. Il y a une école des beaux-arts à San Francisco, très réputée. J'espérais y aller.

— Étudier pour devenir artiste ?

Will hoche la tête.

— Tu as du talent, Will, déclare son père en fronçant les sourcils. Aucun doute là-dessus.

Will est presque convaincu que son père ment. Il ne s'est jamais beaucoup intéressé à ses dessins. Il se demande même si son père a conservé le carnet à dessins qu'il lui a offert dans les montagnes.

— Ce que j'aimerais, poursuit son père, ce serait te voir appliquer tes talents comme ingénieur ou comme architecte pour le compte de la compagnie. Pense à tout ce que tu pourrais créer ! Je t'ai vu admirer cette locomotive…

Will hoche la tête.

— Elle est très impressionnante.

— Le CP aura besoin d'hommes pour concevoir la nouvelle flottille de paquebots et les ponts qui permettront à nos voies ferrées de s'étendre aux quatre coins du monde. On évoque même la possibilité de mettre au point une structure qui enjamberait le détroit de Behring et nous permettrait de rallier l'Asie par voie terrestre.

Will rectifie la position de ses couverts.

— Je ne crois pas. Ce n'est pas ma vocation.

— Ta *vocation*? Ridicule. Un homme fait ce qu'il doit faire, cherche à s'élever au-dessus de sa condition, pour subvenir aux besoins de sa famille.

On pose l'agneau devant Will. C'est un de ses plats favoris, mais, soudain, il a perdu l'appétit.

— On ne peut pas gagner sa vie comme artiste, Will, poursuit son père. Ta mère et moi avons été heureux de te laisser peindre et dessiner, en dilettante. Mais les artistes? Ils vivent une vie de misère.

— Ça ne me dérange pas d'être pauvre, réplique Will. Nous avons été pauvres, autrefois.

— Et il n'y a pas de honte à ça, concède James Everett qui, remarque Will, balaie le wagon des yeux. Mais c'est de la folie de rechercher l'indigence quand on peut prétendre à mieux.

— C'est ma voie, laisse simplement tomber Will.

Son père l'examine de près et Will croit un instant déceler de la sympathie dans son regard. Mais alors James Everett renifle.

— William, mon garçon, c'est, je crois, une entreprise stérile.

Will se force à prendre une bouchée. La viande, lourde, goûte le sang. Il la fait descendre avec de l'eau.

— J'ai répondu à toutes tes attentes, dit-il. J'ai étudié avec application…

— Et pourquoi pas ? riposte son père, exaspéré. Tu as eu une occasion, une occasion rare, de poursuivre des études supérieures. T'appliquer était la moindre des choses.

— Oui, je sais, dit Will en suivant du bout du doigt les petits motifs sur la nappe afin de mettre de l'ordre dans ses pensées, et j'en suis reconnaissant. Et j'ai travaillé fort. J'ai aussi étudié le piano pendant un an parce que maman y tenait, même si j'avais horreur de ça.

— Tu faussais horriblement.

— Par exprès. Le dessin est ma passion.

Son père hausse les épaules.

— Et tu dessines tous les jours. Tu n'as qu'à continuer. *Après* ta vraie journée de travail.

— Ça ne suffit pas. J'ai besoin de formation. C'est ce qu'a dit M. Grenfell. Je sais *copier* des choses. Comme peintre, je suis encore très mauvais. Et mes personnages sont toujours ratés. Il leur manque… *quelque chose.*

— Et tu t'imagines que cette école chic de San Francisco va arranger les choses ?

— Je ne le saurai pas sans l'essayer.

— Ah ! Et tu comptes sur moi pour financer cette expérience téméraire ?

— Je me débrouillerai tout seul.

— Vraiment ?

Will sent ses joues s'enflammer.

— Pourquoi pas ? À mon âge, tu travaillais, toi.

— Avec les mêmes avantages que toi, jamais je n'aurais fait ce que j'ai fait.

— Et la construction du chemin de fer ? Tu l'as décrite comme une aventure fabuleuse.

Will prend une grande inspiration.

— Je veux vivre ma propre aventure.

Pendant un moment, son père regarde derrière Will.

— Tu as vu comment c'était dans les montagnes, William. Des hommes rudes accomplissant un travail éreintant. Les engelures en hiver, le fléau des moustiques en été. La nourriture immonde. Les paies en retard. Avec le risque, chaque jour, d'être taillé en pièces par un sasquatch ou pulvérisé par une explosion…

Plus doucement, il ajoute :

— Ce jour-là, tu aurais pu mourir, là-haut. Ta mère était furieuse contre moi. Nous ne voulons pas d'une vie de misère pour notre fils. Tu n'es pas équipé pour ce genre d'existence.

Will sent une fois de plus un pincement d'humiliation, bien que ce ne soit pas la première fois que son père s'exprime de la sorte. Il croit son fils trop timide, trop sensible. Trop *mou*.

— Je ne sais pas encore pour quoi je suis fait, répond-il avec calme. Mais j'ai l'intention de le découvrir.

Après le repas, Will et son père se dirigent vers le salon de la Porte des lions, qu'on a transformé en théâtre pendant le repas. Des rangées de chaises tapissées de velours sont disposées devant une petite scène sur laquelle se dressent, de part et d'autre, des paravents japonais.

Will s'assied à côté de son père. Leur souper s'est achevé dans une atmosphère de silence tendu. Rien n'a été décidé.

D'autres hommes entrent d'un pas nonchalant avec un cigare et un verre de porto ou de brandy, leur femme à leur bras. Will aperçoit un agent de la Police montée en uniforme écarlate.

— C'est Sam Steele? demande-t-il à son père.

— Il a aidé à maintenir la loi et l'ordre dans les camps de travail en montagne. Nous l'avons donc invité à prendre part au voyage inaugural.

Pour Will, c'est comme voir une image arrachée dans un livre. Steele est vraiment aussi colossal et puissant que dans les récits le concernant.

— Au moins un agent sera de tous les voyages, explique son père. Pour patrouiller dans les wagons.

Lorsque tous ont pris place, un petit homme bien mis grimpe sur l'estrade et les spectateurs se taisent.

— Mesdames et messieurs, bienvenue à bord du *Prodigieux*, le plus grand et le plus glorieux train du monde.

On entend des applaudissements polis et quelques « Bravo! » bourrus.

— Je m'appelle M. Beecham et je suis le chef de train. Je suis ravi d'accueillir un si distingué aréopage d'invités pour notre voyage inaugural. Dans ce wagon est réunie la fine fleur de notre pays. Salut à vous, bâtisseurs de la nation! Pour célébrer votre première nuit à bord, nous vous avons concocté un programme qui saura vous divertir, vous ravir et même vous emballer ! Mais d'abord, nous allons entendre quelques vers de notre poète lauréat, sir Allen Nunn.

Aussitôt que le célèbre écrivain se lève et commence à déclamer, l'attention de Will part à la dérive. Le poète semble évoquer le geste d'arracher des mauvaises herbes dans un jardin, mais Will ne pourrait jurer de rien. La voix de l'homme bourdonne, monte et descend avec la monotonie du ressac.

De quelque part monte le fracas anormalement assourdissant d'une chasse d'eau. L'eau glougloute et gargouille pendant un long moment, le son traversant les murs par un enchevêtrement invisible de tuyaux. Tous les spectateurs tentent d'ignorer le bruit et Will se mord les lèvres. Malgré tout, il ne peut retenir une explosion d'hilarité dans sa bouche.

L'historien qui suit le poète est plus intéressant. Il évoque la construction du chemin de fer. Will connaît la plupart des histoires, mais, au moins, elles ont le mérite d'être divertissantes.

— Certains d'entre vous ont peut-être remarqué les dimensions du train à bord duquel nous prenons place, déclare M. Beecham en remontant sur la scène. Notre ville roulante comporte des wagons de première, de deuxième et de troisième classes et d'autres encore destinés aux colons. Derrière eux s'alignent des fourgons de marchandises qui s'étirent sur des milles. Mais parmi ces fourgons se cache une petite ville, un chapelet de quatre-vingts wagons appartenant au Zirkus Dante, de renommée mondiale. *Le Prodigieux* transporte le cirque jusqu'à la ville de la Porte des lions, où il amorcera sa tournée du continent. Et, ce soir, nous avons le plaisir d'accueillir le maître de piste, qui nous éblouira et nous confondra par son ingéniosité. Mesdames et messieurs, M. Dorian !

Will se redresse. Du couvert de l'un des paravents émerge l'homme de cirque qu'il a rencontré trois ans plus tôt. Très digne, il s'avance vers le centre de l'estrade, les mains jointes derrière le dos.

Des préposés tamisent les lampes à gaz. Seul M. Dorian est brillamment illuminé.

— Mesdames et messieurs, je ne crois pas à la magie. Elle n'existe pas. On appelle « magie » les mystères inexpliqués de notre monde. Le chemin sur lequel nous roulons est jalonné de merveilles. Arrachés à la nature sauvage, ces rails nous conduiront d'un océan à l'autre, à travers des paysages rarement vus par l'homme civilisé. Et cette route d'acier nous a révélé des choses qui, croyions-nous, relevaient de la légende. Les muskegs avaleurs de train, le wendigo mangeur d'hommes de la forêt boréale. Un léviathan lacustre, peut-être, ou encore le puissant sasquatch.

Le silence règne dans le wagon, et William distingue le *tagadam* des roues sur les rails, semblable au tressaillement de son cœur dans sa poitrine. Il est bien placé pour savoir que le sasquatch existe vraiment. Et son père, dans ses lettres, a évoqué certaines autres de ces créatures mystérieuses, lui a raconté des histoires forgées à partir d'autres histoires. Il s'était toujours demandé jusqu'à quel point il devait y croire.

— Oui, mesdames et messieurs, poursuit M. Dorian, notre monde regorge de merveilles, et j'ai moi-même été témoin de phénomènes qui vous étonneraient et vous terrifieraient. Mais laissez-moi vous parler d'une merveille d'un autre genre.

Après une pause théâtrale, il s'avance vers les spectateurs.

— Le mesmérisme, l'art de l'hypnotisme, est l'une des forces les plus redoutables qui soient. Les monstres et les armées ne sont rien à côté de la puissance des yeux d'un homme, de la force qu'il mobilise lorsque ses sujets sont prêts à lui obéir de leur plein gré… écoutent sa voix, regardent ses yeux et acceptent de l'écouter et de l'écouter encore…

Will se demande si on a encore tamisé l'éclairage, car le visage de M. Dorian semble plus brillant qu'avant. Et il a pleinement conscience des yeux noirs insondables de l'homme, de sa bouche qui l'invite à faire quelque chose, mais il ne sait pas quoi puisqu'il n'entend plus rien jusqu'au moment où…

Il parcourt des yeux l'intérieur du wagon, qui semble soudain mieux éclairé, et s'aperçoit qu'il est debout, en même temps que toutes les personnes présentes. Il ne garde aucun souvenir d'avoir bougé, et les autres semblent aussi stupéfaits que lui. On entend çà et là quelques halètements et des gloussements nerveux.

— Pardonnez-moi, mesdames et messieurs, dit M. Dorian en souriant. C'est très grossier de ma part, mais je vous ai simplement suggéré de vous lever et vous avez obtempéré avec une louable obligeance. Veuillez vous rasseoir, je vous en prie. Vous êtes trop aimables.

Chacun se rassied en souriant d'un air niais.

— C'est un truc, grommelle un homme impassible entre ses moustaches.

— Pas du tout, monsieur, répond M. Dorian. Uniquement le pouvoir du mesmérisme. Vous voulez bien m'aider à en faire la démonstration ?

Le moustachu agite la main d'un air maussade, mais les volontaires sont nombreux. Sidéré, Will voit défiler devant M. Dorian une succession de personnes qu'il plonge dans une sorte de transe. Une femme pépie comme un canari, une autre chante une berceuse de son enfance, un homme croit gravir une échelle et souffle comme un bœuf à chacun de ses pas imaginaires.

Chaque fois que M. Dorian demande un nouveau volontaire, Will regrette d'être aussi timide. Il aime bien l'idée d'être hypnotisé – être un autre, ce serait comment ? –, mais pas celle d'être observé par de si nombreuses personnes.

— Mesdames et messieurs, continue M. Dorian, je ne crois pas à la magie, je vous le répète, mais je crois aux pouvoirs de l'esprit humain. Et nous comptons parmi nous, je crois, un esprit supérieur. M. Sandford Fleming, n'est-ce pas ?

— Absolument, monsieur.

Will étire le cou et reconnaît l'« homme extrêmement barbu » que lui a présenté M. Van Horne à bord du train de la compagnie. La barbe de M. Fleming, encore plus florissante qu'à l'époque, si une telle chose est possible, s'évase sur son col, si bien qu'il donne l'impression de ne pas avoir de cou. Will remarque que l'épouse de M. Fleming se tient à bonne distance de lui.

— Je vous applaudis, monsieur, déclare M. Dorian. Au cas où vous l'ignoreriez, mesdames et messieurs, M. Fleming est le génie à qui on doit les notions d'heure standard et de fuseaux horaires. À l'ère de la foudre et de la vapeur, nous nous déplaçons à une vitesse telle qu'il est devenu nécessaire de rajuster le temps, d'heure en heure, durant notre course sur le continent. Il est remarquable, n'est-ce pas, qu'il puisse être dix heures et, la seconde suivante, neuf heures ? Et, si je ne m'abuse, nous sommes sur le point de franchir un tel fuseau horaire, n'est-ce pas, monsieur Fleming ?

— C'est juste, confirme l'homme.

— Vous êtes-vous déjà demandé, mesdames et messieurs, ce qui arrive au moment où nous *traversons* un fuseau horaire ? Perdons-nous ou gagnons-nous vraiment une heure ? Apparaît-elle ou disparaît-elle ? Comment le temps peut-il être altéré ? Il est certain qu'on ne peut pas le changer. Et je crois, monsieur Fleming, que vous êtes aussi le créateur de l'expression « temps cosmique », lequel est le même partout dans le monde.

— Vous avez une fois de plus raison, dit l'homme.

— Nous avons donc le temps standard, qui change sans cesse, au fur et à mesure que nous avançons, et le temps cosmique, qui demeure constant. Quel étrange phénomène ! Lorsque nous franchissons des fuseaux horaires à une certaine vitesse, il y a un moment où la réalité rattrape le temps cosmique. Je vous invite tous à consulter vos montres.

Will, en même temps que tous les hommes réunis dans la salle, sort docilement sa montre de poche.

— Observez bien le mouvement de la trotteuse autour du cadran. Et n'oubliez pas que nous sommes sur le point de gagner une heure ! Vous allez reculer dans le temps de toute une heure ! Est-ce vrai ? Bien sûr que non, et pourtant... Voyez !

Will fixe la vitre de sa montre. La trotteuse se déplace régulièrement.

Tic... tic...

— Regardez bien, maintenant, lance M. Dorian d'une voix grave. Elle progresse régulièrement. Ne la perdez pas de vue...

Tic... tic...

— Elle bouge et bouge encore; elle connaît le chemin, énonce la voix de Dorian, qui semble venir de très loin. Regardez-la bien, mesdames et messieurs.

Et alors Will écarquille les yeux. La trotteuse se penche en avant, mais elle ne bouge plus : elle fait du surplace. Pendant combien de temps? Il ne saurait le dire, car il ne peut détourner les yeux. Confusément, il entend des hoquets de surprise dans la pièce. Quelques personnes bredouillent :

— C'est impossible!

Et alors la trotteuse se remet en mouvement. Will, en clignant des yeux, regarde de nouveau M. Dorian.

— Que s'est-il passé, mesdames et messieurs? Je vais vous le dire. Vos corps, comme toute la matière présente dans cette salle, se sont simplement rajustés à la nouvelle réalité, à la nouvelle heure. Et si je vous disais que j'ai profité de ce léger bégaiement du temps pour déambuler parmi vous et vous soulager de certains objets à votre insu?

— Absurde! s'écrie quelqu'un.

— Vraiment? répond M. Dorian.

Et il sort un portefeuille de sa poche.

— Cet objet portant le monogramme HD vous appartient, monsieur, n'est-ce pas?

— Comment diable...

— Et j'ai ici vos boutons de manchette en jade, monsieur!

— Incroyable! lance l'homme en fixant ses manches déta-
chées.

Will et son père rient jusqu'à ce que M. Dorian les montre
du doigt.

— Et j'ai ici, appartenant à ce monsieur, là-bas, une clé à
l'aspect important accrochée à une chaînette.

Will cesse de sourire en voyant l'inquiétude se peindre sur
le visage de son père.

— Je vous invite maintenant à venir récupérer vos effets
personnels, dit M. Dorian. Et, je vous en prie, n'oubliez pas de
reculer vos montres d'une heure!

— Allez, dit son père calmement, va la chercher.

Le cœur de Will bat à se rompre.

Avec impatience, son père lance:

— Dépêche-toi!

Will se lève et, en s'avançant, sent son cœur émettre
quelques battements paniqués. Que, sur scène, M. Dorian
semble encore plus grand qu'au naturel, n'arrange rien. Le
maître de piste sourit en tendant la clé à Will et lui serre la main,
mais il omet de la libérer. Cet éclair dans ses yeux signifie-t-il
qu'il l'a reconnu?

— Et puisque vous êtes déjà là, jeune homme, puis-je vous
demander de m'assister pour mon dernier numéro?

Will est bouche bée.

— Excellent! s'exclame M. Dorian. Et maintenant, mesdames et messieurs, accueillez la virtuose de l'évasion du
Zirkus Dante, l'incomparable Maren la Miraculeuse!

Une fille portant des habits colorés et extravagants émerge du fond de la scène, semblable à un oiseau exotique. Will n'a encore jamais vu de femme maquillée de façon aussi voyante : elle a les lèvres rouges, les sourcils soulignés au charbon. Ses jambes et ses bras sont nus. Will sent ses joues s'embraser.

— Les cadenas glissent sur elle ! Les chaînes sont impuissantes à la retenir ! proclame M. Dorian.

Elle apporte avec elle un bout de corde et quelques lourdes chaînes.

— Je sais, mes amis, que vous vous dites que ce sera un numéro truqué. C'est pourquoi j'inviterai ce jeune spectateur à ligoter Maren avec cette corde et ces chaînes, comme il l'entend.

La fille tend les objets à Will.

— Examinez-les d'abord, ordonne M. Dorian. Assurez-vous qu'elles sont solides.

Will tire sur elles, mais il est distrait par la fille, qui lui sourit. Il y a un petit espace entre ses dents de devant. Ses yeux ont une vivacité et un éclat qui ne sont pas de simples reflets des lampes à gaz.

— Qu'est-ce que je dois faire ? demande-t-il.

— Attache-moi, répond-elle.

Nerveusement, il commence à saucissonner le corps de la jeune femme avec la corde.

— Serrez davantage, jeune homme, je vous en prie ! s'exclame M. Dorian.

— Je ne veux pas lui faire mal, lance Will.

Des rires fusent dans la salle.

— Tu ne me feras pas mal, lui dit-elle à voix basse. Vas-y.

— C'est toi, n'est-ce pas? chuchote-t-il.

Elle hoche la tête, presque imperceptiblement.

Il enroule la corde à plusieurs reprises.

— Tu as ma dent de sasquatch, murmure-t-il.

— Je sais.

Will entortille les chaînes autour d'elle et les referme au moyen de lourds cadenas, puis il s'assure qu'ils sont bien fermés.

— Merci, jeune homme. Maintenant, si vous voulez bien vous écarter un peu…

Le regard de la fille croise le sien, puis elle se tourne face à l'auditoire.

D'un grand geste du bras, M. Dorian lance sur elle un énorme foulard de soie et la transforme en un cocon géant qui se tortille au rythme des chaînes cliquetantes. Will perçoit le souffle régulier de la fille.

— Bon, je crois que ça suffit! s'exclame M. Dorian au bout d'à peine quinze secondes.

Avec impatience, il empoigne le foulard et tire dessus d'un coup sec.

Les spectateurs tressaillent, car la fille n'est plus là. Il ne reste que la corde et les chaînes en tas sur le sol.

— Mesdames et messieurs, crie M. Dorian en saluant avec son chapeau, vous avez été témoins de la Disparition!

Les applaudissements fusent encore lorsque M. Beecham, le chef de train, saisit Will par le bras et lui dit :

— Tu peux maintenant regagner ta place, mon garçon.

Will voit M. Dorian se diriger à grandes foulées vers le paravent et s'éclipser.

— Je veux leur parler.

— William ! lance son père.

En se retournant, Will le voit qui le regarde, plein d'attente.

— Où logent-ils ? demande Will à M. Beecham.

Dans sa hâte, il en oublie d'être nerveux.

— Ce soir, ils occupent des chambres de deuxième classe. Demain, ils profiteront de l'escale pour regagner leurs propres wagons.

— Will ! s'écrie de nouveau son père.

Will n'a qu'une seule envie : courir derrière Maren et lui parler. À contrecœur, il revient vite auprès de son père.

— La clé, lui dit celui-ci.

Will la sort de sa poche et la pose dans la main de son père.

— J'ai une question à poser au magicien, dit Will.

Son père semble un peu surpris, mais il hoche la tête.

— On se revoit dans le compartiment.

Will se met en route en se faufilant parmi les gens et les fauteuils. Dans le wagon panoramique, la foule s'est un peu éclaircie, mais elle s'épaissit de nouveau à l'approche du wagon-restaurant. La fille ne peut pas avoir beaucoup d'avance sur lui. Au-delà des cuisines, un enfant, étendu sur le sol, pique une crise de nerfs, tandis que sa mère, lasse, le cajole pour le convaincre de se relever. Will enjambe le petit. Il aperçoit un steward.

— L'homme de cirque et son assistante? demande-t-il. Vous les avez vus?

— Ils sont passés il y a quelques minutes.

Will court dans le train qui roule à vive allure. Au fond d'un autre wagon, il ouvre la porte sur une nuit étonnamment froide. Un serre-frein en salopette se tient debout dans le coin de la petite plate-forme, le bout de sa cigarette jetant un éclat orangé. Il salue Will sèchement.

Derrière la porte suivante, il découvre un jardin, où il fait aussi chaud que dans une serre. De hautes plantes l'encerclent. Sous le plafond de verre surélevé, des oiseaux pépient. Ça sent l'été. Des lanternes électriques éclairent un sentier pavé. Il passe en coup de vent devant une fontaine qui gargouille.

Will traverse au pas de course un salon envahi par la puissante odeur du cigare. Dans le wagon suivant, il ralentit pour ne pas glisser sur le bord de la piscine. L'eau est multicolore et, interloqué, il s'arrête pour observer les poissons exotiques qui dardent à gauche et à droite. En y regardant de plus près, il se rend compte qu'ils se trouvent dans un aquarium peu profond aménagé sous la piscine.

Il poursuit sa route, longe un petit cinéma où il reconnaît l'arôme du maïs soufflé et des amandes rôties. Comment Maren et M. Dorian ont-ils pu prendre une avance pareille? Le train, qui vibre, frissonne et fume sur sa route d'acier, semble interminable. Devant la buanderie, il respire une odeur de savon et d'eau de Javel.

En sueur, il débouche devant une porte massive, sur laquelle est écrit : VERS LES COMPARTIMENTS DE DEUXIÈME CLASSE. Avec empressement, il agrippe la poignée, mais elle refuse de tourner. Il essaie de nouveau, cherche un loquet. Un steward au costume amidonné sort d'un vestibule, une plume à la main.

— Je peux vous aider, monsieur ?

— J'aimerais entrer, s'il vous plaît, répond Will.

— Ce sont les wagons de deuxième classe, ici, monsieur.

— Oui. Je souhaite parler à quelqu'un.

Le steward sourit avec patience.

— Vous avez un billet de deuxième classe, monsieur ?

— Non.

Comme s'il tentait d'expliquer une situation à un très jeune enfant, le steward précise :

— Dans ce cas, vous ne pouvez pas entrer dans cette section. Les portes restent verrouillées. C'est plus commode pour tout le monde.

Will voit le porte-clés accroché à la ceinture de l'homme.

— L'homme du cirque est bien passé, lui.

— Oui, bien sûr, monsieur, mais c'était prévu.

— J'ai quelque chose à lui demander.

L'homme hoche la tête avec sympathie.

— C'est la politique du train, monsieur. Les portes entre les classes doivent rester fermées.

Pendant un moment, Will songe à lui dire qui est son père et à exiger que la porte soit ouverte, mais il ne peut s'y résigner.

— S'il y a un message, je le transmettrai avec plaisir.

— Non, je vous remercie.

Qu'écrirait-il, de toute manière ? Il secoue la tête, imagine.

J'aimerais récupérer ma dent, s'il te plaît.

P.-S. Je veux te parler depuis trois ans. Tu as fait un numéro de fil de fer, puis tu as disparu. Tu es la personne la plus remarquable que j'aie rencontrée.

Un parfait imbécile.

D'un pas chancelant, il marche vers l'avant en se demandant combien de temps il mettra à s'habituer aux tremblements et aux frissons du train.

Dans le wagon panoramique, il grimpe les marches et sort. Même si la terrasse, située à l'arrière, est protégée du vent, il grelotte dans la nuit froide. Un certain nombre de passagers sont là pour profiter du spectacle. Relevant la tête, Will est stupéfait par l'intensité des étoiles. Des constellations qu'il n'a vues que dans des livres se dévoilent soudain au-dessus de lui... Toutes les étoiles de la ceinture et du gourdin d'Orion ! On dirait un nouveau monde qui, en cet instant, se révèle à lui.

Il regarde *Le Prodigieux*, qui forme une ligne sombre et sans fin. Des lampes vertes illuminent ses flancs. Au loin, il distingue les fenêtres éclairées des wagons de deuxième, beaucoup moins grands et imposants que les leurs. Une silhouette se découpe devant les fenêtres embrasées, aussitôt rejointe par une autre, beaucoup plus grande et coiffée d'un haut-de-forme. Elles semblent lui faire face.

La silhouette plus petite soulève la main et salue. Will, instinctivement, l'imite.

Dans le compartiment, Will trouve son père qui, emmitouflé dans sa robe de chambre, fume un cigare et parcourt des documents dans un halo de lumière ambrée.

— Tu as pu poser ta question ? demande-t-il en levant les yeux.

Will secoue la tête.

— Ils étaient déjà dans les wagons de deuxième classe et on n'a pas voulu me laisser entrer.

Le père de Will opine du bonnet.

— On applique la politique à la lettre. Que voulais-tu savoir ?

— C'était à propos de la Disparition, répond Will.

Il ne veut pas évoquer la fille ; il ne sait pas comment exprimer son urgent désir de lui dire un mot. L'aveu le gênerait trop.

Sur le bureau, il aperçoit la clé que M. Dorian a prise dans la poche de son père, à l'insu de ce dernier. D'une épaisseur inhabituelle, elle comporte de nombreuses encoches. D'instinct, il sait à quoi elle sert.

— C'est la clé du wagon funéraire de M. Van Horne, n'est-ce pas ?

Son père pince les lèvres et a un moment d'hésitation.

— Oui, avoue-t-il enfin, et j'aurais préféré que M. Dorian n'attire pas l'attention sur elle.

— Personne ne sait à quoi elle sert.

— Tu as bien deviné, toi.

— À cause de la tête que tu as faite en le voyant la brandir, j'ai compris qu'elle était importante. Tu n'as pas dit que le wagon funéraire était dépourvu de porte?

— C'est ce que j'ai raconté aux journalistes. Le wagon a été fabriqué à partir de la coque d'un vieux navire de guerre, avec des plaques de métal d'un demi-pouce d'épaisseur. Malgré tout, il y a une porte.

— Où? demande Will.

L'expression de son père oscille entre l'amusement et l'irritation.

— Je ne te révélerai pas tout, répond-il. Mais la clé ne sert pas que pour la porte. Avant de réussir à l'ouvrir, à supposer que tu la trouves, il y a une autre serrure dont tu devras d'abord t'occuper.

— Et elle sert à quoi, celle-là?

— À couper le courant à haute tension qui parcourt les parois extérieures du fourgon.

— Tu plaisantes?

Il secoue la tête.

— Assez fort pour te faire perdre connaissance. Van Horne l'a conçu lui-même. Il m'a montré des croquis, il y a des années de ça. Il tenait à ce que le cercueil et le crampon soient à l'abri des pilleurs de sépulture.

Will fronce les sourcils, réfléchit à ces informations.

— Pourquoi le gardien ne s'électrocute-t-il pas ?

— Tu ne le verras ni dans le fourgon ni dessus. Il dispose d'un petit compartiment à l'arrière du wagon de service attenant.

Will étudie son père de près.

— Qu'y a-t-il à l'intérieur ?

James Everett libère une bouffée de fumée.

— Beaucoup de choses. Van Horne était un collectionneur passionné et il a tenu à conserver ses objets préférés près de lui.

— Tu y es entré, toi ?

Will doute que son père se montrerait aussi ouvert à la maison, mais, en raison du mouvement du train, peut-être, il se fait plus bavard qu'à son habitude.

— Oui, c'est moi qui ai supervisé le chargement du fourgon. En secret, au milieu de la nuit.

Le regard de James Everett part à la dérive, comme s'il se souvenait d'un détail étonnant ou inquiétant.

— Bonne chance à quiconque souhaite y entrer, c'est tout ce que je peux dire.

Will regrette de ne pas l'avoir vu, ce coffre aux trésors, à la lueur d'une lanterne.

— C'est toi qui as la seule clé ?

— Le gardien en a une aussi.

Will se souvient de l'homme, le colosse barbu qui éloignait les badauds.

— Là, conclut son père en éteignant son cigare. Tu sais des choses dont seule une poignée d'initiés possèdent le secret.

Will, heureux de la confiance de son père, s'enhardit.

— Nous n'avons pas terminé la conversation que nous avons entamée pendant le repas.

Le visage de son père se referme.

— Si, nous l'avons terminée.

— Ah bon?

— Tu as dit vouloir étudier les beaux-arts à San Francisco. Je m'y oppose. Je te paierai des études universitaires, à condition que tu choisisses une discipline raisonnable. Mais tu n'étudieras pas les beaux-arts. Je te l'interdis.

Je te l'interdis. Debout devant son père, Will, qui sent un frisson brûlant le parcourir de la tête aux pieds, se sait incapable de répondre. Sa voix tremblerait de rage et il refuse de se montrer faible devant son père.

Il tourne donc les talons et monte dans sa chambre.

Face aux fenêtres, il ne voit que son propre reflet. Comme il n'a aucune envie de se regarder, il éteint la lumière électrique et pose sa tête contre la vitre froide, s'efforçant de respirer calmement.

Il songe à Maren. Est-ce son vrai nom? Les gens du cirque n'ont-ils pas des noms d'artiste? Elle s'est délestée de ses chaînes; elle a disparu sous les yeux de tous. C'est incroyable. Il donnerait n'importe quoi pour pouvoir en faire autant.

Demain, lorsque le train s'arrêtera, il descendra et la rattrapera avant qu'elle ait rejoint les wagons du Zirkus Dante. Il veut savoir à quoi elle s'est occupée depuis la dernière fois, tous les endroits qu'elle a visités, les nouveaux tours qu'elle a appris.

Il sort son carnet à dessins et tente de représenter la fille au moment de son entrée en scène. Au fil des ans, il a souvent essayé de la dessiner, mais les résultats ne le satisfont jamais... Et cette fois ne fait pas exception.

Sur les rails qu'il avale à grande vitesse dans la nuit, le train est étonnamment bruyant. Will se prépare à se mettre au lit. On a déposé sur sa table de chevet une petite brique de coton ciré : le commissionnaire a dit qu'il pouvait s'en servir pour se boucher les oreilles. Will, cependant, ne tient pas à bloquer le brouhaha du train. Il aime ce bruit. Le mouvement continu.

Son sommeil est ponctué de coups de sifflets, longs et courts, et par l'image d'un cheval noir qui galope à côté des rails, avec toujours une légère avance sur Will.

Ses rêves bondissent derrière le cheval.

CHAPITRE 4
LA JONCTION

Le Prodigieux ne s'approche de la Jonction qu'après le dîner. Will sent le train ralentir et court vers le wagon panoramique pour mieux voir. Sur la terrasse, il se rend compte que, plus au nord, le temps a nettement refroidi. Des pins poussent à proximité des rails. Aucun signe encore d'une ville ni d'une gare.

De retour dans le compartiment, il trouve son père qui prépare une petite valise. Il porte une tenue toute simple : chemise, pantalon, gilet et casquette de mécanicien. Il semble plus mince et plus jeune, et ressemble davantage à l'homme que Will a retrouvé à Craigellachie, trois ans plus tôt. Will sent son excitation.

— C'est tout un train à conduire, dit son père.

Will lui en veut de lui avoir parlé si durement, la veille, et aussi de le laisser seul pendant que lui-même se prépare à vivre une autre aventure. Il reste silencieux.

— Pendant mon absence, tu te débrouilleras tout seul, dit son père. Si tu as besoin de quelque chose, adresse-toi à Beecham.

Will grogne. Le train laisse entendre quelques brefs coups de sifflet et décélère un peu plus. Derrière les vitres, il voit les arbres s'écarter des accotements en gravier de la voie ferrée. Il aperçoit des étals et des vendeurs, puis d'autres étals, de petites tentes et ensuite de plus grandes structures recouvertes de toile, et encore des étals avec des gens agglutinés tout autour, une foule de gens qui saluent le lent et bruyant passage du train.

— Ces campements surgissent partout où s'arrête le train, explique son père. Les vendeurs montent tout la veille et, après le départ du train, ils remballent leurs marchandises. C'est surtout pour les colons. Dans leurs wagons, on ne sert pas de repas : ils doivent donc constituer des provisions pour la journée.

À la vue des marchands qui crient et agitent la main devant le train, lui sourient, Will éprouve un irrésistible élan d'enthousiasme. C'est comme un carnaval, un carnaval gigantesque : le campement s'étend jusqu'à l'autre bout du quai de la gare.

Lorsque *Le Prodigieux* s'immobilise enfin, le père de Will saisit sa valise et ils sortent ensemble du compartiment. On a abaissé les marches de leur wagon et Will descend sur le quai. Son corps a le sentiment d'être encore en mouvement et il titube à la façon d'un marin qui vient de mettre pied à terre. Pendant que les dames et les messieurs descendent à leur tour, des commerçants habillés avec goût leur proposent des coupes de vin mousseux, des oranges dans un panier en osier, des foulards de soie.

— On se revoit dans la ville de la Porte des lions, dit son père.

Will hoche la tête, s'efforce de ne pas laisser voir à son père à quel point il est blessé.

— Combien de temps dure cette escale ? demande-t-il. J'aimerais jeter un coup d'œil aux alentours.

— Assure-toi d'être de retour à bord avant six heures. C'est l'heure du départ. Et méfie-toi des pickpockets.

Will consulte sa montre. Il dispose d'au moins quatre heures. Largement le temps de retrouver Maren. Vite, il tapote ses poches pour s'assurer qu'il a bien pris son carnet à dessins et quelques crayons.

Beaucoup de passagers de première sont déjà descendus. Ils se baladent ici et là, respirent le bon air. Déjà, la foule se presse autour du fourgon funéraire et Will s'arrête un moment pour l'examiner. Il est noir d'encre, orné, aux quatre coins, de hautes aigrettes de métal. Du fourgon, de la taille d'un wagon couvert, se dégage une impression d'épaisseur et de force immenses. Will n'a aucun mal à croire qu'on l'a fabriqué avec l'acier d'un bâtiment de guerre. On dirait du reste un objet remonté par dragage des profondeurs de l'océan, car, sur ses flancs, on voit des décorations compliquées, semblables à des bernaches.

— Regardez bien, mesdames et messieurs ! lance le gardien derrière un cordon en velours.

Avec son visage carré et charnu, il semble plutôt fort, bien que son ventre tire trop sur son veston.

— Mais restez à bonne distance, sinon vous risquez d'attraper un vilain choc.

Il désigne les hauts caractères blancs peints sur la portion inférieure : DANGER ! NE PAS TOUCHER ! HAUTE TENSION !

Comme pour souligner à gros traits la mise en garde, un corbeau se pose au sommet du fourgon. Après un claquement violent et un éclair, l'oiseau tombe, assommé, sur le gravier. Quelques personnes tressaillent et reculent d'un pas.

— Simple précaution visant à dissuader les malfrats, lance le gardien en s'étirant et en bâillant.

Sur le côté, on voit un écriteau en forme de pierre tombale sur lequel est écrit :

Ici repose William Cornelius Van Horne
Qui, en construisant le grand chemin de fer,
A, plus que quiconque, contribué à faire que :
« Il dominera d'une mer à l'autre. » (*Psaumes* 72 :8)

— Jolie tombe, dit un homme portant la salopette et la casquette d'un serre-frein, pour un esclavagiste.

Le gardien écarquille les yeux.

— Vous le connaissiez ?

— J'ai dynamité des rochers pour lui dans les montagnes. Il préférait envoyer un homme se faire tuer que d'attendre une minute. Il n'a jamais été un simple travailleur comme toi et moi.

Le gardien garde le silence. Le serre-frein lui tend une cigarette.

Will ne détesterait pas réaliser une esquisse du fourgon, mais il est trop pressé de retrouver Maren. Elle aura sûrement envie de visiter le campement, elle aussi. Des cris et des rires et des mélodies traversent l'air à l'oblique, attirent Will comme le chant d'une sirène. Il plonge dans la foule.

Juste derrière le quai, des garçons empressés proposent du cidre et des brioches au sucre encore chaudes. Un homme édenté fourre un cône en papier rempli d'amandes caramélisées dans la main de Will, qui décide qu'il est plus simple de glisser quelques pièces dans sa tasse. Quelqu'un joue de l'accordéon. À côté d'une voiturette, un homme proclame que ses pommes et ses poires sont les meilleures du monde. Des moines silencieux, en robe brune, disposent des fromages sur un cageot en bois tourné à l'envers.

Will se sent à l'aise au milieu de la mêlée bruyante. Il marche, marche encore. Du regard, il cherche Maren et comprend tout d'un coup qu'elle ne portera sans doute pas sa tenue de la veille. À la simple évocation de ses jambes galbées, il sent ses joues s'enflammer. Comment la repérera-t-il dans une telle pagaille ? Il longe à présent les wagons de troisième classe, et du *Prodigieux* se déverse l'équivalent d'une petite ville. Peut-être Maren le cherche-t-elle, elle aussi.

— Urine de sasquatch ! hurle un homme derrière un comptoir en planches. Vous n'en trouverez nulle part ailleurs !

Will tente de le contourner, mais, à son grand désarroi, l'homme croise son regard.

— Jeune homme ! Pour vous, un prix d'ami !

Il brandit un flacon.

Will fixe ses chaussures. Il serait grossier de ne pas s'arrêter. Et, à dire vrai, l'offre pique sa curiosité.

— À quoi ça sert ? demande-t-il.

Sous l'effet de la surprise, le visage de l'homme se creuse.

— À quoi ça sert ? On n'est pas en ville, ici, mon garçon. Je ne sais pas où tu vas…

— Victoria, lui confie Will.

— Eh bien, voilà ! L'île est infestée d'ours et de couguars et de bêtes bien pires encore.

Il secoue légèrement le flacon.

— Ce que je te propose, c'est une protection infaillible. Cette urine provient d'un sasquatch mâle, c'est garanti. On se la procure à grands risques ! Mets-en un peu sur toi et les autres animaux resteront loin. Tu deviens intouchable !

— Comment recueille-t-on l'urine ? demande Will, curieux malgré lui.

— Eh bien, mon garçon, ces gens sont braves. Intrépides. Si tu voyais un de ces animaux de près…

Will ne dit rien.

— Mais peut-être n'as-tu pas l'intention de sortir de la ville, dit le marchand en promenant ses yeux sur les habits et les chaussures de Will. Dans ce cas, tu n'as nul besoin de ce produit.

— J'en ai vu un, en fait.

Le vendeur plisse les yeux, examine Will de nouveau.

— Alors tu as intérêt à t'offrir un de mes flacons.

— Je vous en prends un.

— Je te l'offre au prix imbattable de un dollar.

C'est beaucoup pour un peu d'urine, mais Will suppose qu'il est effectivement difficile de s'en procurer, à moins qu'il s'agisse simplement de l'eau d'un puits. Il sort les pièces de sa poche et les tend à l'homme.

— Et voilà, dit l'homme en souriant. Surtout, utilise-la sagement.

En s'éloignant, Will ne peut résister à la tentation de retirer le bouchon et de renifler un bon coup. Ses narines tressaillent. Le produit pue horriblement. Il suffit d'une seule bouffée de cette odeur fétide, unique, pour que, pendant un moment, la peau lui démange. Il rebouche le flacon et le range soigneusement dans la poche de son veston, que rembourre son mouchoir.

Jetant un coup d'œil à sa montre, il constate qu'il marche depuis une bonne heure. Il commence à avoir mal aux pieds. Il longe les wagons des colons, à présent, où se dressent toutes sortes d'étals qui proposent de la nourriture et des vêtements. On se dispute bruyamment des pommes de terre, une paire de bottes, une bouteille d'eau-de-vie, un morceau de lard. Une femme à la taille ceinte d'un tablier taché tord le cou d'une poule et se met à la plumer. Des saucisses crépitent sur des braseros; des marmites remplies de soupe bouillonnent. Les odeurs ondulent près de lui, telle la vapeur de la locomotive.

Non loin d'un étal, il aperçoit un garçon et une fille de son âge qui bavardent. Leurs corps s'inclinent l'un vers l'autre, comme s'ils attendaient quelque chose. En se retournant, quelques instants plus tard, il les voit s'embrasser et rire timidement. Les doigts du garçon touchent ceux de la fille.

Will se hâte. Où est Maren? Le monde qui se découvre à lui n'a rien à voir avec celui des wagons de première, où règne un silence parfumé. Une douzaine de langues différentes lui caressent les oreilles. Il se rend compte que cette atmosphère lui plaît. Il passe devant un étal où est offert un modeste assemblage d'articles: un ouvre-bouteille rouillé, une boussole à la vitre fissurée, quelques têtes de flèches autochtones et une paire de lunettes avec du tissu à la place des verres.

— À quoi servent-elles ? demande-t-il.

Alors seulement Will se rend compte que les yeux de l'homme ont un aspect laiteux, à cause des cataractes. Il regarde à travers lui. Et pourtant, il semble savoir exactement de quoi parle Will.

— Le muskeg, répond-il laconiquement.

Will éprouve le même frisson que la veille, au moment où M. Dorian a prononcé le mot mystérieux. Ce qu'il sait à propos du muskeg, c'est qu'il est pratiquement impossible d'y aménager des voies. Le gravier et l'acier s'enfoncent dans les fondrières. Un jour, un train au grand complet y a sombré. Son père lui a raconté l'histoire d'hommes qui, par désespoir, s'y jettent et n'en ressortent plus jamais.

— Mais à quoi servent-elles ? répète Will.

— Enfile-les.

Will les approche de son visage. Le tissu est très mince. Il ne voit plus que le contour des choses. L'homme devant lui est une ombre pâle.

— Tu vois mes yeux ? demande-t-il.

— Non.

— Bien. Il ne faut surtout pas voir les yeux de la Sorcière.

Sursautant, Will retire les lunettes.

— La Sorcière ?

— Elle vit sur la rive nord du lac Supérieur. En plein là où passe le train. Si son regard croise le tien, ton compte est bon.

— Qu'est-ce qui arrive ? demande Will.

— Oh, elle se contente de hocher la tête. Après, pas la peine de te détourner parce que, au coup d'œil suivant, tu t'apercevras qu'elle s'est rapprochée.

— Je serai à bord d'un train en mouvement, dit Will en laissant entendre un rire nerveux. Elle va me poursuivre sur un balai ?

— Pas besoin de balai. Elle va voyager avec toi.

L'homme, en souriant, découvre les chicots tachés qui lui tiennent lieu de dents.

— La première fois que tu vas la voir, elle va être à côté des rails. La fois d'après, elle va être assise juste à côté de toi, dans le train.

Le cou de Will se couvre de chair de poule.

— Elle va s'asseoir à côté de toi, bien calmement, et tu pourras pas bouger ni appeler. Ça servirait à rien, de toute façon, parce que tu vas être le seul à la voir. Et t'es impuissant : tu peux pas bouger et tu peux pas l'arrêter quand elle se penche pour te chuchoter quelque chose dans l'oreille.

— Quoi ? demande Will sans se rendre compte qu'il a murmuré, lui aussi.

— On dit que c'est différent pour chacun. Certains, après l'avoir écoutée un bout de temps, se lèvent, vont entre deux wagons et sautent. Des fois, les roues du train leur passent dessus ; des fois, ils roulent et atterrissent dans un marécage, où ils s'enlisent.

— C'est toute une histoire, concède Will.

L'homme hausse les épaules. Will achète les lunettes.

Il s'éloigne. Le soleil est sorti et, tout d'un coup, il fait chaud. Il cherche Maren partout, même s'il sait que c'est sans doute sans espoir. La foule est trop nombreuse. Il s'achète une boisson aux pommes effervescente. C'est si rafraîchissant qu'il en commande une deuxième.

À côté des rails, un homme en salopette de serre-frein crie :

— Cinq cents pour courir sur *Le Prodigieux*, le plus illustre et le plus long train du monde !

Sur le toit de deux wagons couverts, deux serre-freins courent sur des passerelles et sautent sans effort au-dessus du vide.

Will se demande si le chef de train est au courant de cette activité, mais, ici, à l'arrière, loin des wagons de première classe, là où les fourgons de marchandises succèdent aux wagons destinés aux colons, c'est un autre monde.

— Qui veut essayer ? brait le serre-frein.

— Moi, Will s'entend-il dire.

Il n'a pas encore aperçu Maren. Peut-être que de là-haut…

— Ah, ce jeune homme veut courir sa chance. Donne-moi tes cinq cents et c'est parti !

Will agrippe les minces barreaux métalliques et grimpe avec autant de célérité et d'assurance que possible. Un serre-frein petit et maigre, avec des poches sous les yeux, l'aide à se hisser sur le toit.

Will se plaît bien à cette hauteur. Il aperçoit, de part et d'autre, les toits des wagons. Il évalue à environ quatre milles la distance qui le sépare de la gare, qu'il ne voit pas. Aucune trace de la ville non plus. La forêt enserre la voie ferrée. Il balaie le campement du regard, à la recherche de Maren, mais en vain.

Le vent soulève ses cheveux et, pendant un moment, il s'imagine que le train, remis en mouvement, l'entraîne vers l'horizon.

— T'as déjà marché sur un wagon couvert? demande le serre-frein en arborant un sourire méprisant, souligné par les poches qu'il a sous les yeux.

— Non. Mais mon père a déjà été serre-frein.

— Ah bon? s'étonne l'homme en examinant les vêtements de Will. Ben, on peut dire que ça lui a réussi. Voyons comment tu t'en sors, toi. Marche!

Les passerelles, larges d'un pied tout au plus, longent le centre du toit. Lorsque le train est à l'arrêt, il n'est pas trop difficile de marcher rapidement dessus. Une petite foule l'observe à présent, mais il s'efforce de ne pas regarder.

— Pas mal, concède le serre-frein. Essaie de courir, maintenant, avec tes chaussures chic.

Là, les choses se passent beaucoup moins bien. Deux ou trois fois, Will perd l'équilibre et, quittant la passerelle, aboutit sur le toit.

— Petit! crie le serre-frein derrière lui.

Will se retourne brusquement.

L'homme rit.

— Regarde devant toi. Ne tourne jamais le dos aux rails. C'est la règle numéro un. Un virage soudain et tu te retrouves dans le décor.

Penaud, Will hoche la tête. Son père, il s'en souvient, lui avait dit la même chose. Il aperçoit une queue de passagers qui attendent leur tour.

— Tu veux essayer de sauter ?

Will fixe l'espace entre les wagons. Si son père en est capable, lui aussi.

Il recule de quelques pas, respire par le nez et détale. En regardant droit devant lui, il s'élance, prend son envol et atterrit bruyamment de l'autre côté. Le second serre-frein est là pour l'aider à garder son équilibre.

— T'as le tour de main, petit, dit l'homme. Le syndicat est toujours à la recherche de bonnes recrues !

La foule, en bas, applaudit. Will rougit de fierté et non de gêne. Il n'a pas eu peur au moment de sauter. Si seulement Maren l'avait vu ! Elle aurait trouvé l'exploit bien modeste, mais quand même. Avant de redescendre, il la cherche une fois de plus du regard.

Devant une tente, des hommes et des femmes font la queue. Par la porte, Will entrevoit une foule de gens qui, assis sur des tréteaux, tiennent en équilibre sur leurs genoux des assiettes en fer-blanc remplies d'aliments gras.

Will a soudain conscience qu'on l'observe. Sans doute en raison de ses habits élégants, se dit-il. Il retire son veston et le passe sur son épaule, puis il s'efforce de marcher le dos un peu voûté.

Autour d'un enclos improvisé, des hommes accroupis poussent des acclamations en observant avec intensité deux coqs qui se déchaînent l'un contre l'autre. On a attaché des lames au bout de leurs griffes. Les hommes échangent des

billets et des pièces de monnaie en encourageant les belligé-
rants. Will, l'estomac retourné, passe son chemin.

D'un saloon de fortune proviennent des éclats de rire et
des cris. Deux hommes en émergent en plissant les yeux, la
démarche titubante. Surpris, Will reconnaît le colosse qui
garde le fourgon funéraire et un serre-frein en salopette. Les
meilleurs amis du monde, en apparence, ils se donnent des
tapes dans le dos, hilares.

William s'approche maintenant des limites du campement et pourtant les fourgons de marchandises s'étirent
encore. Sur des milles, a dit M. Beecham. Il n'aperçoit même
pas les wagons du cirque. Il jette un coup d'œil à sa montre et
sursaute en voyant l'heure. Il faudra bientôt qu'il rebrousse
chemin.

Pourquoi n'est-elle pas venue ? Pour le voir, *lui* !

En soupirant, il repart dans l'autre sens, mais il a besoin de
se soulager. Il a beau regarder autour de lui, aucune solution
ne lui saute aux yeux. Il n'a nulle envie d'entrer dans le saloon.
Il préfère encore l'intimité des bois.

Une fois au milieu des arbres, il jette un coup d'œil
par-dessus son épaule en se demandant si on risque de le voir.
De nombreuses personnes déambulent à gauche et à droite,
bien visibles. Il s'enfonce un peu plus, des brindilles craquant
sous ses pas. La rumeur du campement s'estompe peu à peu,
puis elle disparaît soudain, aussitôt remplacée par le pépie-
ment des oiseaux. Will marche en droite ligne pour éviter de
se perdre.

La forêt est étonnamment bruyante : toutes sortes de créatures grouillent dans la végétation. Certaines sont assez imposantes. Il prend dans sa poche le flacon d'urine de sasquatch et

en retire le bouchon. Il en laisse tomber une goutte sur le bout
de son doigt et se tamponne derrière les oreilles, comme il a vu
sa mère le faire avec du parfum. L'odeur est âcre. Bon, la sécurité avant tout! Il se débarbouillera avant de passer à table.

Il entend un grognement derrière lui et se retourne,
alarmé. À moitié caché par les broussailles, un homme urine
contre un arbre. Penché sur le tronc, auquel il s'accroche
comme si sa vie en dépendait, il se parle à lui-même. Puis il
recule d'un pas et, manifestement ivre, tente de remonter son
pantalon. Il chancelle, tombe en riant et, à la seconde tentative,
parvient à se remettre debout. C'est le gardien du fourgon
funéraire.

Will poursuit sa route et trouve un arbre idéal. Il se sou-
lage en vitesse et met le cap sur la voie ferrée.

Dans toute cette verdure, la chaînette en argent saute aux
yeux. Il se penche et la ramasse. Il y pend une seule clé, d'une
épaisseur inhabituelle, qui comporte de nombreuses encoches.
Will la reconnaît aussitôt: cette clé, identique à celle de son
père, ouvre le fourgon funéraire. Sans doute le gardien l'a-t-il
laissé tomber par mégarde. Will l'empoche.

En se hâtant vers le campement dans l'espoir de rattraper
le gardien, il entend un grondement sur sa droite. Sans doute
l'homme est-il tombé de nouveau. Will se demande s'il devrait
le dénoncer à son père. De toute évidence, l'homme n'est pas
digne de la fonction qu'il occupe. Dans le feuillage dense, Will
se dirige vers le bruit.

— Vous avez laissé tomber votre clé! crie-t-il en la sortant
de sa poche au moment où la scène se découvre à ses yeux.

Le gardien est acculé à un arbre, les yeux exorbités sous
l'effet de la surprise. Un autre homme, le coude pressé sur la

gorge du premier, tire un couteau d'entre ses côtes. Will ne parvient pas à détacher ses yeux de la lame, trempée et sombre. Il a la sensation d'avoir été touché par un objet d'une brûlante froideur.

L'homme au couteau se retourne. Will reconnaît le nez amoché… et les yeux bleus qui se braquent sur la clé que Will brandit.

Brogan court vers lui. Sentant la terreur l'inonder, Will détale dans la forêt. Son sang bat dans ses oreilles. Il se penche pour passer sous des branches, des brindilles lui égratignent le visage, ses chevilles heurtent de jeunes pousses et des arbustes. Il court, court encore, s'enfonce de plus en plus profondément dans la forêt. Lorsqu'il ose enfin jeter un coup d'œil derrière, il ne voit Brogan nulle part.

Il a des points au côté. Plus moyen de courir. Il ralentit, regarde autour de lui et tend l'oreille, à l'affût de bruits de pas, malgré sa propre respiration sifflante. Devant lui se dresse un arbre aux branches basses. Il y grimpe, le plus haut possible. À l'abri de branches épaisses, il respire plus lentement. Il n'a pas la vue imprenable qu'il espérait : il ne distingue que les environs immédiats.

Il n'entend rien. Il attend. Frissonnant, il se rend compte qu'il fait beaucoup plus froid, maintenant que le soleil a presque disparu derrière l'horizon. Il consulte sa montre. La trotteuse poursuit sa course, mais le cœur de Will cesse un moment de battre.

Il est presque six heures.

Il tourne la tête dans l'espoir d'entendre la rumeur du campement, mais en vain. Il n'a aucune idée de sa position.

Le vent, qui s'est levé, se faufile entre les branches, et c'est le bruit le plus solitaire qu'il ait entendu de toute sa vie.

Et, ensuite, le sifflet du train retentit.

Le Prodigieux s'apprête à quitter la gare.

Will descend de l'arbre en vitesse, sans se soucier du bruit. Il ne peut rester seul à cet endroit, avec la nuit qui tombe… *Ce couteau qui sort, tout gluant.* Aussitôt qu'il touche le sol, il détale. Dans la bonne direction, espère-t-il. Un deuxième coup de sifflet le rassure sur ce point. Tant pis si Brogan l'entend. Il faut à tout prix qu'il remonte dans ce train.

Il ne se doutait pas du long chemin qu'il avait parcouru dans les bois. De plus en plus désespéré, il galope dans la végétation et les fourrés, espère que les arbres vont bientôt s'éclaircir, que *Le Prodigieux* se profilera devant lui.

Au-dessus du rugissement de son cœur, il entend le martèlement lent et rythmique des wagons sur les rails. Le train part sans lui! Il accélère, haletant. Il trébuche sur des racines, tombe. Une de ses chaussures s'envole. Pas le temps de la récupérer. Bien qu'à bout de souffle, il poursuit.

Entre les arbres, une lumière croissante. Ses jambes pompent avec force. Au-delà des arbres, les wagons couverts défilent lentement.

Will émerge de la forêt. Aucun signe du quai. Ni du campement, du reste. Les wagons de marchandises passent devant lui en prenant de la vitesse, et derrière vient le fourgon de queue, celui qui marque la fin du *Prodigieux*.

Will court sur la voie ferrée derrière le fourgon rouge. Parvenu à côté de lui, il s'applique à garder le rythme. Il aperçoit les marches en métal et la rambarde de la plate-forme et sait qu'il a une chance, une seule, car le train accélère, tandis que lui-même perd de la vitesse. Il s'accroche à la rampe qui l'entraîne, froide et dure. Il lâche prise, la saisit de nouveau. Ses doigts se cramponnent de toutes leurs forces.

Juste avant de perdre pied, il saute et atterrit sur la marche la plus basse. Ses genoux cèdent presque. Chacune des quatre marches lui coûte un effort surhumain. Il aboutit enfin sur la plate-forme métallique, où il s'écroule contre la rambarde, exténué, pris de vertige.

CHAPITRE 5

LE FOURGON DE QUEUE

Will a à peine eu le temps de prendre trois respirations sifflantes que déjà la porte rouge du fourgon de queue s'ouvre avec fracas. Tout ce qu'il voit, c'est un pantalon en denim élimé, puis une main le saisit par le col et le relève. Will fixe le visage en furie d'un jeune homme en salopette.

— Pas dans mon train! hurle le gardien.

En s'aidant des deux mains, il entraîne Will vers le bord de la plate-forme.

Terrifié, Will voit les traverses défiler à vive allure.

— Non! hoquette-t-il. Attendez!

— Tu es monté, tu peux bien descendre!

Un autre homme s'encadre dans la porte

— Qu'est-ce qui se passe? demande-t-il.

C'est un Chinois plus âgé, avec des cheveux argentés et un visage sans rides. La jambe gauche de son pantalon, qui flotte librement, se termine par une épingle.

— Un clandestin, explique le jeune homme.

Et William sent les poings du gardien se refermer. Ses yeux sont un peu trop rapprochés l'un de l'autre. Ce détail de sa physionomie, conjuguée à sa moustache aux bouts retroussés, lui confère une expression encore plus courroucée.

— Je me préparais à le jeter par-dessus bord.

— Pas si vite, Mackie, dit l'autre homme. Ce n'est qu'un garçon.

Will, étranglé, parvient à peine à articuler les mots.

— … pas un clandestin… un passager…

Après quelques halètements, il ajoute:

— Première classe.

Mackie laisse entendre un son moqueur et Will baisse les yeux sur ses habits. Son veston est en lambeaux et son pantalon est crotté et troué à l'un des genoux. Il a perdu une chaussure. Il n'a pas du tout l'aspect d'un passager de première classe. Il n'a pas l'air d'un passager du tout. Même les colons sont mieux mis que lui.

— Où est ton billet, alors? demande Mackie.

Will avale sa salive. Il n'a pas songé à le prendre avec lui, certain qu'on le reconnaîtrait lorsqu'il remonterait à bord.

— Je m'appelle Everett, dit-il en avalant sa salive. William Everett! Le fils de James Everett!

— Le directeur général du train? demande le gardien chinois en haussant un sourcil.

— Voyons donc, Sticks! C'est un vagabond! rétorque Mackie, exaspéré.

— Ses habits ne sont pas ceux d'un vagabond, déclare Sticks en examinant Will de la tête aux pieds. Ils sont déchirés et sales, c'est tout.

— Il a seulement une chaussure ! s'exclame Mackie.

— Mais elle est de bonne qualité, répond Sticks avec l'amorce d'un sourire.

— J'ai perdu l'autre dans les bois, murmure Will.

— En plus, il pue, dit Mackie. Y a longtemps qu'il les porte, ses vêtements.

— C'est de l'urine de sasquatch, explique Will.

Le front de Mackie se plisse.

— Quoi ?

— Pour éloigner les animaux. J'en ai acheté à un comptoir.

— Un demeuré, par-dessus le marché, note Mackie. Tout l'monde sait que ça marche pas, ce truc-là.

À cet instant, l'énergie fébrile qui a soutenu Will de la forêt jusqu'au train l'abandonne d'un coup. Il a froid et se sent malade. Ses membres se mettent à trembler.

— Il est tout pâle, observe Sticks. Emmène-le à l'intérieur.

Mackie laisse entendre un soupir contrarié, mais il tourne Will vers la porte et lui donne une bourrade.

— Tu dois avoir pris un coup de froid, dit Sticks en guidant Will vers un poêle ventru. Assieds-toi là.

Will se laisse tomber maladroitement sur une chaise, tandis que le gardien jette quelques morceaux de charbon dans le poêle. Difficile de savoir son âge. Ses yeux sont aimables.

Le poêle irradie une bonne chaleur et Will frissonne. Il sent maintenant en lui le froid qui régnait dans les bois. Autant qu'il l'ose, il rapproche son visage de la fonte en prenant appui sur ses mains.

Quelques casseroles, dont l'une bouillonne légèrement, s'entassent sur le poêle, et un parfum délicieux s'en dégage.

Sticks verse un liquide dans une tasse et la propose à Will.

— Tu peux la prendre sans la renverser ?

En hochant la tête, Will accepte volontiers la tasse et la tient entre ses mains. Pendant un moment, tout ce qu'il veut, c'est sentir sa chaleur contre ses doigts. Puis, la portant à sa bouche, il constate qu'il s'agit non pas de thé, mais d'une sorte de merveilleux bouillon. Il boit avidement.

Sur un lit de camp, Sticks prend une couverture pliée avec soin et la drape sur les épaules de Will.

— Merci, dit celui-ci.

Au bout de quelques minutes, la chaleur de la soupe se répand dans son ventre et les tremblements s'arrêtent.

— Vous êtes le gardien du fourgon de queue ? demande-t-il.

— Oui. Je m'appelle Paul Chan.

Will lui serre la main.

— Heureux de vous rencontrer, monsieur Chan, dit Will. Il jette un coup d'œil au jeune homme affalé sur une chaise, les bras croisés avec méfiance.

— Et cette tête brûlée, là, c'est Brian Mackie, dit Sticks, mon serre-frein.

— Merci de ne pas m'avoir jeté en bas du train, dit Will.

Mackie laisse entendre un vague grognement.

Pour la première fois, Will prend le temps d'examiner son environnement. À côté du poêle se trouve une table en bois. En dessous, une tablette abrite des casseroles, des sachets de riz, des oignons et des pommes de terre. Au-dessus de l'évier et de la pompe, il remarque deux autres tablettes où s'alignent des couverts et des couteaux et des boîtes de conserve.

Plus loin, de part et d'autre du fourgon, il y a un petit lit. Des chemises et des manteaux et des pantalons sont accrochés haut sur le mur. Dans le coin éloigné, un bureau bien rangé avec, au-dessus, une horloge, un petit miroir et un tableau en liège sur lequel sont punaisés des horaires et des listes. À l'avant se découpe une porte étroite qui, selon les estimations de Will, doit être celle des toilettes. Il vient de se rendre compte que les gardiens font tout le voyage à cet endroit. C'est leur chez-eux. Grâce à des lanternes à gaz, les lieux baignent dans une lueur accueillante. Il y a une petite fenêtre carrée de part et d'autre du fourgon et même deux ou trois images accrochées aux murs.

Le détail le plus intrigant se trouve tout juste au-dessus de lui. En levant les yeux, il découvre un petit poste d'observation muni de fenêtres sur tous les côtés, avec deux chaises pivotantes posées sur des plates-formes auxquelles on accède par une échelle.

— C'est la coupole, explique Sticks en remarquant l'objet de son intérêt. Nous nous y asseyons quand le train entre dans une gare ou en sort et aussi pendant les manœuvres d'aiguillage. Nous nous assurons qu'il n'y a pas d'obstacles sur la voie.

Will se dit que, dans d'autres circonstances, il demande-
rait sans doute la permission d'aller s'asseoir sur l'une de ces
chaises.

— Nous nous apprêtions justement à souper. Tu as faim ?

— Ça va te changer de la première classe, dit Mackie avec
aigreur.

Sticks prend des bols sur la tablette. Il soulève le couvercle
de la plus grande des casseroles et, à l'aide d'une louche, sert
un ragoût épais, composé de carottes et de pommes de terre et
d'oignons et de petits pois et de panais et de cubes de bœuf. Il
tend à Will un bol et une cuillère. Will se contente d'abord de
l'admirer, posé sur ses genoux. La veille, il a mangé de l'agneau
en première classe, mais, en ce moment, il croit n'avoir jamais
respiré un parfum plus délicieux. Il se met à manger avec
appétit.

— Je suppose qu'on les nourrit pas beaucoup, devant, dit
le jeune homme.

— Silence, Mackie, lui ordonne Sticks avec une calme
autorité.

Il arrache un gros morceau de pain à une miche foncée et
le tend à Will.

— Pour éponger la sauce.

Will promène son pain autour du bol et dévore jusqu'à la
dernière miette de ce repas. Il l'apprécie avec une ferveur qu'il
n'a pas ressentie dans le wagon-restaurant de première classe.
Il remarque tout : la texture granuleuse, le goût du levain.

— Merci, dit-il avec gratitude.

Quelques notes mélodieuses flottent dans l'air et Will lève un regard inquisiteur.

— Mon carillon éolien, explique Sticks. Je l'ai accroché à l'arrière. À présent, Will Everett, si tu nous disais ce que tu fabriques à bord de mon fourgon de queue ?

Le ventre plein, Will se sent rasséréné. Il commence à raconter son histoire. Pour éviter le regard hostile de Mackie, il fixe Sticks, qui l'observe patiemment et hoche la tête de temps en temps. Il rit même en entendant Will relater l'achat de l'urine de sasquatch.

Arrivé au passage concernant le gardien du fourgon funéraire dans les bois, il hésite… et omet de mentionner la clé échappée. Il sait à quoi elle sert et il a confiance en Sticks, mais il se méfie de Mackie. Il la sent, cette clé, dans sa poche. Puis il parle à Sticks du coup de poignard reçu par le gardien. Will remarque que Mackie s'est légèrement penché vers l'avant.

— L'homme au couteau, demande Sticks avec douceur, tu as bien vu son visage ?

En pensée, Will voit le couteau que Brogan tient dans son poing sortir de la poitrine de l'homme, trempée, et son estomac se soulève.

— Il portait un uniforme de serre-frein. Il s'appelle Brogan.

— Y a pas de Brogan à bord du train, lance Mackie à Sticks.

— Tu es sûr que c'était un uniforme de serre-frein ? demande Sticks à Will.

Will n'en est plus absolument certain.

— Il portait une salopette, en tout cas.

— N'importe qui peut en mettre une, dit Mackie.

— Décris-le, demande Sticks.

— Costaud mais pas très grand, les cheveux châtains et un nez noueux, comme s'il avait été cassé et qu'il s'était ressoudé tout croche.

Will sait qu'il aurait dû dire « de travers », mais il ne tient pas à sembler pointilleux auprès des hommes au langage sans fioritures du fourgon de queue. Il aime leur parler, sa forme, ses sonorités.

— Les yeux bleus, ajoute-t-il.

— T'as remarqué la couleur de ses yeux ? s'étonne Mackie.

— C'est que je l'ai déjà vu.

Sticks ouvre grand les yeux.

— Quand ?

— Dans les montagnes. Il a tenté de voler le dernier crampon.

Mackie laisse entendre un rire semblable à un croassement.

— Et j'suppose que c'est toi qui l'as planté, pendant que t'y es ?

— Oui, en fait, répond Will, qui en a assez des railleries de Mackie.

— Un fou et un menteur, lance Mackie, moqueur. J'ai vu la photo et c'est pas toi qui le tenais, le marteau.

— Je n'étais pas sur la photo, riposte Will, parce que...

— Parce que Donald Smith a tordu le crampon, dit Sticks en hochant la tête. Je l'ai entendue, cette histoire. On raconte que c'est un garçon qui a planté le crampon. Alors...

Il fixe Will.

— C'était toi.

Will confirme d'un geste de la tête.

— Et ce Brogan, que lui est-il arrivé, là-haut?

— Il a été attaqué par un sasquatch et jeté du haut d'une falaise. Tout le monde le pensait mort.

— Tu crois à ces niaiseries? demande Mackie à Sticks.

— Oui. Je suis assez vieux pour reconnaître un menteur quand j'en vois un. Et ce garçon dit la vérité.

— On le saura bien assez tôt, je suppose, dit Mackie.

— Mais je doute que ce Brogan travaille à bord du train, avance Sticks. Toutes sortes de types louches gravitent autour de la Jonction.

Will consulte l'horloge.

— Comment est-ce que je vais rentrer?

— Eh bien, répond Sticks, *Le Prodigieux* compte plus de neuf cents wagons. Au moins cinq milles nous séparent des wagons des colons. Il est difficile de marcher sur les fourgons de marchandises, à moins que tu prennes plaisir à sauter au-dessus du vide dans le noir.

Will sait que *Le Prodigieux* ne doit s'arrêter de nouveau que le lendemain après-midi.

— Si ton père est le directeur général, dit Mackie, pour-quoi il arrête pas le train pour toi?

— Il ne sait même pas que j'ai disparu, répond Will en prenant conscience de sa situation. Il conduit *Le Prodigieux*.

— Dans ce cas, il sait qu'un train de marchandises nous suit de près et que *L'Intercolonial* n'est pas loin derrière, dit Sticks. Un arrêt est hors de question. On ne peut pas bloquer la voie. Et il n'y a pas de voie d'évitement assez longue pour notre train. Tu vas devoir rester avec nous, j'en ai bien peur.

— Youpi, bredouille Mackie.

— Mackie, déclare Sticks, encore une remarque désobligeante de ta part et je t'envoie dormir sur le toit, compris?

— Ce garçon pue tellement que j'aimerais presque autant ça.

— Va laver la vaisselle. Après, je veux que tu apportes un mot et que tu dises aux hommes de le faire passer.

Puis, à l'intention de Will, il ajoute:

— Nous pouvons envoyer un message au mécanicien. Il y a un serre-frein tous les vingt wagons.

— Les gars vont pas être contents, dit Mackie. Surtout dans le noir.

— La voie est libre pendant un bon moment, répond Sticks.

— Facile à dire pour toi. C'est pas toi qui vas marcher sur les toits. En plus, on dirait qu'il va pleuvoir.

— En ce moment, c'est la pleine lune. Il y a de la lumière à revendre. De toute façon, c'est important. Si un gardien a été assassiné, les autorités doivent être prévenues. Surtout si le meurtrier est à bord.

Will sent ses entrailles se contracter.

— Vous croyez que c'est possible?

— On ne peut pas l'exclure. Mais il y a avec nous un agent de la Police montée qui arrangera tout.

— Sam Steele, précise Will, qui essaie de se rassurer.

— Eh bien, voilà. Il n'y a pas de meilleur agent que Sam Steele.

Sticks se dirige vers son bureau, prend une plume et se met à écrire.

À contrecœur, Mackie se lève, pompe de l'eau dans l'évier et y lave les bols et les couverts sales. Will se souvient d'avoir eu un évier comme celui-là dans leur ancien appartement, avant qu'ils soient riches. Il prend un linge à vaisselle et s'avance pour donner un coup de main.

— Mon père a été serre-frein, dit-il à Mackie.

— Comme ça, tu sais que c'est à peu près le métier le plus dangereux du monde, surtout par mauvais temps. Les passerelles deviennent glissantes. La pluie dans le visage… Un sursaut brusque ou une courbe, tu glisses et c'est la chute.

Incapable de se retenir, Will jette un coup d'œil à l'épingle qui termine la jambe du pantalon de M. Chan, qui flotte librement. Puis il détourne les yeux, mais pas assez vite. Mackie a suivi son regard.

— Nan, pas lui, dit Mackie. Il dynamitait dans les montagnes avec de la nitroglycérine. Sa jambe a été carrément coupée. Au moins, il est encore en vie. Il travaille à l'intérieur, maintenant. C'est pas comme nous. Savais-tu que cinq serre-freins perdent la vie chaque jour, sur le continent?

— Le garçon peut se passer de tes histoires à fendre le cœur, lance Sticks sèchement. Moi aussi, d'ailleurs. Pour chaque mille de rails que nous avons posés dans les montagnes, quatre de mes compatriotes sont morts.

Sticks tend à Mackie, maussade, une enveloppe portant l'insigne du *Prodigieux*.

— En route. Fais passer ce message à l'avant.

— Je vais voir si quelqu'un d'autre a entendu parler du gardien du fourgon funéraire, dit Mackie.

Sur le crochet, il prend son veston et sa casquette, s'arme d'une lanterne et sort par la porte de devant.

— Ne fais pas attention à lui, dit Sticks. Il souffre d'une indigestion de l'âme. S'il était mon fils, j'aurais laissé aux loups le soin de l'élever.

Will sourit. Il se sent beaucoup mieux à l'idée que son père recevra un mot à propos de lui et du gardien... et que Sam Steele sera mis au courant, lui aussi. Il balaie le fourgon de queue du regard et lève les yeux sur la coupole, où il aperçoit la pleine lune. Rester toute la journée dans ce fourgon ne lui semble pas si terrible. En fait, il s'y plaît bien. Il se passerait bien de Mackie. Mais combien de personnes peuvent se vanter de traverser le pays à bord d'un wagon de queue? C'est presque aussi bien que d'être dans la locomotive.

Il ne se rend compte que ses yeux se ferment qu'au moment où Sticks dit:

— Pourquoi ne te reposerais-tu pas un peu?

Will hoche la tête. Il se sent inexplicablement lourd.

— Tu n'as qu'à prendre mon lit, dit Sticks. Mais avant, fais un brin de toilette, si ça ne te dérange pas. Elle sent vraiment fort, cette urine de sasquatch.

— Désolé, dit Will.

D'un pas chancelant, il se dirige vers l'avant du fourgon. Derrière une petite porte, il découvre un minuscule lavabo et un pain de savon. Il se récure le visage en ayant soin de bien frotter derrière ses oreilles, jusqu'à ce que sa peau soit irritée.

— Installe-toi, dit Sticks en désignant le lit de camp d'un geste de la tête.

Will est touché de constater que l'homme a retourné les draps pour lui.

Il retire son veston et son gilet en lambeaux, puis il s'assied et enlève son unique chaussure. Occuper le lit d'un autre lui fait un drôle d'effet. Sa tête s'enfonce dans l'oreiller. Il remonte la couverture jusqu'à son cou. La douce chaleur du poêle danse sur son visage. Dehors, le carillon égrène ses notes. Le matelas est légèrement défoncé – rien à voir avec le confort ferme de son lit de première classe. Mais alors le roulement du train, à la façon d'une berceuse primitive, le travaille au corps et bientôt il s'endort.

CHAPITRE 6
UN ARRÊT IMPRÉVU

Will, en ouvrant les yeux, met un moment à se rappeler où il est. Il entend le trille musical du carillon. Derrière les fenêtres du fourgon de queue, c'est encore la nuit. Mackie, portant son veston et sa casquette, une lanterne à la main, discute à voix basse avec Sticks, assis à son bureau.

— Pourquoi sommes-nous arrêtés ? demande Will en se redressant.

Sticks et Mackie se retournent à l'unisson.

— Il y a un train de marchandises un peu lent devant nous, répond Mackie. Nous attendons qu'il soit aiguillé et nous laisse le passage.

— Mon père a-t-il reçu le message ?

— Il est en route, dit Mackie.

Optimiste, Will demande :

— J'ai le temps de faire le trajet jusqu'à l'avant ?

— Possible. Nous étions justement sur le point de te réveiller, répond Sticks. Mackie va te conduire jusqu'au prochain gardien, et ainsi de suite. Tu réussiras peut-être à aller jusqu'au bout. Dans le pire des cas, tu finiras la nuit dans le compartiment d'un de ces hommes. Je t'y emmènerais bien moi-même, ajoute-t-il en tapant sur sa jambe de bois, mais je suis un peu lent.

— Mets ta chaussure, ordonne Mackie. Grouille-toi.

Will se hâte de nouer les lacets. Sans la couverture, il a de nouveau froid et frissonne en enfilant son gilet et son veston. Il est vaguement déçu de quitter le wagon de queue. C'est confortable et il aime bien Sticks. Il regrette déjà les histoires que le vieux gardien aurait pu lui raconter. Il essaie d'enlever les croûtes de boue que son pantalon a laissées sur les draps.

— Ne t'en fais pas, mon garçon, lui dit Sticks.

— Merci pour votre gentillesse, dit Will.

L'homme lui donne une petite tape sur l'épaule.

— De rien, mon garçon. Hâtez-vous, tous les deux. Avec un peu de chance, tu finiras la nuit dans ton lit.

Mackie, déjà, sort par la porte de devant et Will se dépêche de le suivre. Sur ses talons, il descend de la plate-forme jusque sur le lit de gravier.

Malgré la lune et les étoiles, la nuit est étonnamment sombre. Les yeux de Will mettent quelques minutes à s'y habituer. Il longe une succession de wagons couverts, les gravillons crissant sous ses pieds. Loin devant, il croit entendre la locomotive du *Prodigieux* cracher une bouffée de vapeur impatiente, à moins que ce soit simplement le vent qui bruit dans les arbres. Il n'a aucune idée de l'endroit où ils se sont arrêtés ni même de l'heure qu'il est. Il presse le pas pour ne pas se laisser distancer par Mackie et sa mine renfrognée.

Du mur de la forêt qui, tout près, semble lancer des regards mauvais, émane un silence oppressant, brisé à l'occasion par le froissement vigoureux des feuilles. Il a l'impression d'apercevoir des yeux qui brillent au ras du sol. Mackie, qui ne semble pas le moins du monde inquiet, continue de marcher.

— Tu crois qu'il y a des ours dans la forêt?

— Y a pire, répond Mackie sans même un regard. Une fois, j'ai vu un wendigo, par ici.

Will sent sa peau se couvrir de chair de poule.

— Vraiment?

— Par chance, nous roulions à ce moment-là. Il s'est jeté sur un wagon à bestiaux. Il a failli arracher la porte.

Will accélère. Le train s'étire vers l'avant en une courbe longue et lente. À intervalles réguliers, des lanternes rouges sont suspendues à son flanc. Will se souvient d'avoir entendu son père dire que les serre-freins accrochent des lanternes aux feux rouges lorsque le train a reçu l'ordre d'arrêter: c'est leur façon de relayer le message jusqu'au fourgon de queue. Lorsque le train redémarre, les feux des lanternes sont verts.

Au bout de quelques minutes, Will voit une lumière blanche oscillante qui s'avance vers eux.

— Le v'là, dit Mackie. C'est lui qui va te conduire.

Will n'est pas exactement déçu, mais il sent un peu d'appréhension à l'idée de rencontrer une série d'inconnus dans l'obscurité. Ils longent encore quelques wagons couverts. Will distingue la haute silhouette de l'autre serre-frein.

Will n'est pas encore habitué à la démarche de guingois que lui impose la présence d'une seule chaussure. Lorsqu'il trébuche sur les traverses, Mackie le saisit par le bras.

— C'est le jeune homme en question ? demande l'autre serre-frein en venant à leur rencontre.

— En personne, répond Mackie.

Dans l'éclat soudain de la lanterne, Will entrevoit, plongé dans l'ombre, un visage dont le nez semble avoir été brisé trop souvent.

La gorge de Will se contracte.

— Mais…

Terrifié, il se tourne vers Mackie. Il recule, prêt à détaler, mais le poing de celui-ci se resserre sur son bras.

— C'est lui ! hurle Will.

Vite, Brogan fonce vers lui. Il tient dans sa main un objet qui jette un éclat sombre. Will tente de dégager son bras. Pourquoi Mackie ne le libère-t-il pas ? Puis, mû par une sorte d'instinct désespéré, il se jette contre celui-ci de tout son poids. Le serre-frein chancelle et vient près d'entraîner Will dans sa chute, mais ce dernier se libère. À l'aveuglette, il court vers l'arrière du train. Il est si essoufflé qu'il ne peut appeler à l'aide. Derrière lui, les bottes de Brogan broient le gravier.

Avec une seule chaussure, Will court maladroitement ; il distingue à peine ses pieds.

— Tout ce que je veux, c'est la clé ! lance Brogan, haletant. Donne-moi la clé, petit, et je te laisse la vie sauve !

Will sait qu'il ment. Il jette un coup d'œil frénétique du côté de la forêt, à une quinzaine de pieds sur sa gauche : il doute de pouvoir l'atteindre avant que Brogan le rattrape. De l'autre côté, le train forme un mur ininterrompu, exception faite des intervalles entre les wagons. Les halètements de Brogan gagnent en intensité.

Sans se laisser le temps de réfléchir, Will se précipite sous le train. Les rails en acier, lorsqu'il atterrit sur eux à plat ventre, lui coupent le souffle. La tête contre le gravier, il rampe furieusement, l'odeur de la créosote lui piquant les narines. Il est à mi-chemin lorsqu'une main lui empoigne la cheville et le tire vers l'arrière. Il enfonce ses doigts dans le gravier, puis agrippe un rail et s'y cramponne en battant des jambes. Sa seconde chaussure s'envole et il entend un juron lorsque son pied atteint Brogan en plein visage. En se contorsionnant, Will rue une fois de plus.

Brogan, cependant, saisit encore sa cheville et le tire vers lui. Will plonge la main dans la poche de son veston et en sort le flacon d'urine de sasquatch. Avec son pouce, il retire le bouchon. La moitié du contenu tombe sur sa main au moment où Brogan le secoue violemment, mais Will lui jette le reste du liquide dans les yeux. Le serre-frein jure de nouveau et lâche prise pour s'essuyer le visage. Des obscénités jaillissent de sa bouche. Libre, Will atteint l'autre côté des rails.

Il estime disposer de quelques courtes secondes avant que Brogan se lance à ses trousses ou que Mackie saute par-dessus l'attelage. Will compte profiter de cet instant d'invisibilité.

Inspirant à fond, il prend son élan et, en chaussettes, s'éloigne de la voie ferrée en courant de toutes ses forces. Il traverse en coup de vent les herbes folles et les buissons, entre sous le couvert des arbres. Il s'accroupit.

En jetant un coup d'œil derrière un tronc, il voit un faisceau lumineux flou percer les ténèbres. Le halo éclaire le train vers l'avant, puis vers l'arrière. Will entend un juron étouffé.

Une seconde lanterne rejoint la première. Mackie et Brogan murmurent ensemble.

Mackie, ce scélérat, était au courant depuis le début! Brogan et lui sont complices. Et Sticks? Comment a-t-il pu ne jamais entendre parler de Brogan? À moins que Brogan ait changé de nom… Will retient son souffle, prie pour qu'ils ne viennent pas regarder de ce côté. Mackie court vers l'arrière du train, Brogan vers l'avant. Ils brandissent leurs lampes comme des lances, sous les wagons et entre eux.

Aussi rapidement qu'il s'en sent le courage, Will marche à pas feutrés en direction de la lointaine locomotive, laissant Brogan le devancer considérablement. Will tient à bouger. Qui sait combien de temps *Le Prodigieux* restera à l'arrêt? S'il parvient à atteindre les wagons de passagers, il n'aura qu'à se glisser à l'intérieur. Parmi les autres voyageurs, il sera en sécurité.

Sans ses chaussures, il se sent plus léger, heureux d'être en mouvement et d'aller dans la bonne direction. Il ne se serait jamais douté de la quantité de teintes que peuvent prendre les ténèbres: le ciel, le train, les bois, le sol sous ses pieds. Il ne quitte pas des yeux la lanterne de Brogan devant lui et se jette sur le sol lorsque le faisceau se tourne brusquement de son côté.

Will s'étonne de la portée de la lanterne et de la clarté qui s'en dégage. Telle une créature vivante, elle s'infiltre dans la forêt et Will, battant en retraite, s'adosse à un tronc épais. La lueur de la lanterne se rapproche, illumine une souche pourrie, des feuilles, un buisson semblable à une vieille femme ratatinée qui semble l'appeler du doigt. Brièvement, la lumière est éclipsée par le tronc derrière lequel se cache Will et poursuit de l'autre côté, avant d'hésiter. Will retient son souffle. La lumière semble s'intensifier, ballotte légèrement, puis il entend des bruits de pas. Brogan vient. Will n'ose pas détaler. La seule solution consiste à rester là où il est, sans bouger.

Des brindilles craquent. La poignée d'une lanterne grince. Will croit entendre la respiration de Brogan ; il l'imagine avec la lanterne dans une main et le couteau dans l'autre. Brusquement, la lumière s'éteint et Will réprime un hoquet à grand-peine. Pendant quelques instants de pure agonie, il est complètement aveugle, complètement impuissant. Silence. Il a besoin de respirer, mais attend, vainement, les bruits de pas qui s'éloignent. Il sait que Brogan reste là, debout dans le noir, à l'écoute.

Will doit respirer. Par la bouche, il inhale une petite quantité d'air ; à ses oreilles, le sifflement résonne. Il bloque une fois de plus sa respiration et tend l'oreille dans l'espoir de déterminer la position de Brogan. Ses tempes battent.

Un pas. Un autre. Les pupilles de Will se dilatent. Il ne saurait dire si les pas résonnent plus ou moins fort, car la nuit, en forêt, tous les bruits sont amplifiés. Will se redresse, prêt à bondir, ses yeux d'animal pris de panique cherchant déjà une issue dans les profondeurs des bois.

Plus loin… Les pas s'éloignent ! Il se laisse retomber, gonfle ses poumons. Il risque un coup d'œil derrière l'arbre et voit la silhouette du tueur, qui retourne vers le train, se profiler dans la lumière oscillante.

Penché, Will se hâte vers l'avant. Il sait que d'autres serre-freins sont postés le long du train. Il y a un dortoir tous les quarante wagons environ. Il pourrait courir vers eux, appeler au secours. Mais comment savoir à qui se fier ?

Une autre pensée lui donne la nausée. Le message destiné
à son père... Mackie ne l'a pas transmis, c'est certain.

Il ne doit compter sur l'aide de personne.

Il poursuit sa route, souhaite franchir la plus grande distance possible. Au loin retentissent deux brefs coups de sifflet.
Ce signal, Will le connaît bien : le train sort de la gare. Il
s'élance. Pas question de rester seul ici, au milieu de nulle part.
Mais si, en montant à bord, il tombait sur un autre serre-frein
meurtrier ?

Devant lui, il voit une lanterne rouge passer au vert. Puis,
une à une, toutes les lanternes deviennent vertes. Les wagons
s'ébranlent, les attelages grincent.

Dans la forêt, un mouvement. Will regarde par-dessus son
épaule, mais il ne voit rien. La végétation craque. Au souvenir
de ce que lui a raconté Mackie sur le wendigo, il court.

Sous le clair de lune, les wagons couverts défilent, accé-
lèrent. Ils n'ont ni plate-forme, ni marches. Qu'une échelle sur
le flanc, vers l'arrière. Will fixe les barreaux les plus rapprochés. Accélérant, il agrippe celui du bas. La tige de métal mince
et froide s'enfonce dans ses paumes. D'un geste brusque, il se
hisse vers le haut et pose ses pieds sur les barreaux inférieurs.

Regardant derrière lui, il aperçoit un lointain éclat de
lumière, celui d'une lanterne brandie par quelqu'un qui, à
bord d'un wagon de marchandises, se penche vers l'extérieur.
Will se plaque contre le flanc du train. S'il n'a pas déjà été
repéré, il le sera bientôt.

Derrière le wagon couvert se trouve une autre échelle. S'il
parvient à l'atteindre, il sera au moins caché *entre* les wagons.
Mais bouger est la dernière chose dont il a envie. Il grince des

dents. Qu'a-t-il fait ? Il ne pourra pas rester accroché à un wagon couvert indéfiniment !

Des bouffées d'air froid en émanent, comme s'il s'agissait d'une glacière. Les mains de Will sont engourdies, ses membres épuisés. Il sait pourtant qu'il doit poursuivre. Lâchant l'échelle d'une main, il tend le bras vers l'arrière du wagon. À tâtons, ses doigts cherchent un barreau, se referment sur lui. Puis, très vite, avant de perdre courage, il se penche vers l'arrière et, en s'arc-boutant, fait passer tout son corps sur l'autre échelle. Haletant, il appuie son visage sur le métal froid, adjurant ses bras et ses jambes de cesser de trembler, car ils risquent, à force de le secouer, de le jeter en bas du train.

Il attend, la trépidation et le roulement du train s'accordant à son pouls. Pas de porte, ici. Il n'a pas affaire à un wagon de passagers. Tôt ou tard, il sera découvert. À moins qu'il tombe avant.

Il doit se mettre en mouvement et ne s'arrêter que lorsqu'il aura atteint un wagon de passagers ou... le Zirkus Dante ! Le train du cirque est quelque part ici, blotti parmi les wagons de marchandises. Quatre-vingts wagons en tout, a dit le chef de train.

Les barreaux mènent au toit du wagon couvert et il peut voir la passerelle dont le bout dépasse. Quelques heures plus tôt à peine, il a couru sur l'une d'elles. Mais le train était immobile. En ce moment, il roule à quarante milles à l'heure, en pleine nuit. Cinq hommes tués chaque jour.

Il gravit deux ou trois barreaux. Un de plus et sa tête se dresse au-dessus du toit. Il jette un coup d'œil derrière et sa gorge se serre. Le lointain point blanc d'une lanterne ! Impossible de dire à quelle vitesse elle se rapproche, mais il sait qu'elle fonce vers lui.

Le train donne une secousse et Will vacille. Il s'accroche, pantelant.

Maintenant!

Sur le toit du wagon couvert, il distingue une main courante, du côté gauche de la passerelle. Il l'agrippe et se hisse à plat ventre sur le toit. Puis il se met à ramper en s'accrochant bien aux planches.

Le train donne des secousses impatientes et vibre en permanence. Will, qui a peur de se mettre debout, préfère glisser sur son ventre. Mais ce n'est pas une solution. À ce régime, on le rattrapera vite. Il se met à quatre pattes et avance ainsi, lentement, car il est très instable. Le toit du wagon couvert se courbe légèrement de part et d'autre. Il risque à tout moment de tomber.

Jetant un autre coup d'œil derrière, il réalise que ses pires craintes sont fondées: la lueur de la lanterne grandit. L'aurait-on déjà repéré? Le train s'incline très légèrement et il peine à garder son équilibre. *Regarde devant toi. Ne tourne jamais le dos aux rails.*

Il doit se mettre debout. Il plante un pied sur la passerelle, se met dans la position du sprinter. Vite, il se lève, les genoux pliés, les bras tendus. Il ne va pas regarder sur les côtés. Seulement devant. Un pas, puis un autre, ses pieds de simples ombres dans le clair de lune. Seul le contour sombre de la passerelle le guide.

L'air froid pousse contre lui et il doit se pencher pour garder son équilibre. Plus vite il avance, moins il chancelle. Au bout du wagon, il baisse les yeux sur le vide bruyant, remuant. Il n'est pas prêt à sauter. Il va descendre, franchir l'attelage et remonter de l'autre côté. Mais, au moment où il s'agenouille et se retourne pour descendre les barreaux, il aperçoit la lanterne de Brogan, encore plus grande. Sur les vêtements de Will, elle luit faiblement.

Pas le temps de grimper. Il se relève, recule de quelques pas. Plissant les yeux pour s'assurer que le train n'amorce pas un virage, il s'élance. Il fixe la passerelle, atterrit, perd pied, mais ne tombe pas.

Il poursuit, au pas de course maintenant, son corps fendant le vent, la forêt nocturne défilant de part et d'autre. Le faisceau puissant de la lanterne de Brogan lui mord les jambes à la manière d'un chien d'attaque. Will saute de nouveau, continue de courir, compte les wagons dans sa tête. Cinq… six… sept… Il plisse les yeux, puis cligne. C'est comme si le ciel était bouché. Puis il se rend compte que se dresse devant lui, pareil à un mur, un wagon couvert surélevé.

Il s'approche, à bout de souffle. Comment s'y prendre? Il sait qu'il n'a plus beaucoup de temps. Il recule d'un pas, puis, après un saut frénétique, s'accroche maladroitement aux barreaux. L'un d'eux lui heurte violemment la joue et provoque une explosion d'étincelles brillantes dans sa tête. Il poursuit son ascension.

Sur le toit, le train oscille davantage. Dans une courbe, Will s'accroupit, par précaution. Il s'aperçoit que la lanterne ne le suit plus à la trace. Pendant quelques minutes, il est invisible. Will, cependant, ignore pendant combien de temps encore il pourra tenir le coup. Tôt ou tard, Brogan le rattrapera. Et alors? Une mêlée rapide, un coup de couteau et son corps jeté en bas du train. À cette seule évocation, il s'évanouit presque et vient bien près de tomber dans le trou béant qui s'ouvre soudain devant lui.

Il a un mouvement de recul. Un large rectangle est découpé dans le toit. Impossible de le franchir d'un bond. D'un côté, il aperçoit une étroite passerelle, dangereusement proche du bord. Un faux pas et ce serait la dégringolade.

Il s'approche. Il a vraiment l'impression d'être un funambule. Un objet épais et rugueux effleure sa cheville. Poussant un cri, il jette un coup d'œil en bas et le voit longer sa jambe avant de disparaître dans l'ombre du trou. Une chaude odeur animale monte jusqu'à ses narines.

Il avance le plus vite possible, mais, soudain, une forme ondule devant lui, à la manière d'un cobra géant. Elle se balance, sa tête édentée est comme un trou béant qui lui souffle au visage une haleine fétide. Will titube et tombe. Ses mains griffent l'air inutilement…

Et le serpent sombre le saisit par la taille et l'entraîne par le trou creusé dans le toit du wagon. Criant, Will a conscience d'une vaste forme dans les ténèbres, et il s'aperçoit enfin que la créature qui l'enserre est non pas un serpent, mais bien la trompe d'un éléphant.

Une épaisse couche de paille bruit sous ses pieds dès qu'il est déposé en douceur. La trompe le libère et son extrémité le sonde avec curiosité.

— Merci.

C'est tout ce qu'il trouve à dire.

Puis la lumière se fait dans son esprit et il déborde de joie : le Zirkus Dante !

Il s'agit sans doute du premier wagon qui transporte leurs animaux ! Il n'a jamais été si proche d'un animal aussi colossal. La bête n'aurait qu'à soulever une de ses grosses pattes pour l'écraser sans effort. Qu'est-ce qui l'en empêche? Will regrette de n'avoir rien de délicieux à lui offrir.

La trompe pousse contre sa poche et Will se souvient des amandes caramélisées. Il sort le sac en papier à moitié déchiré et le tend vers l'éléphant. Sa trompe se faufile adroitement à l'intérieur, en extrait les dernières noix et les porte dans les régions ombrageuses de sa bouche. Will entend un bruit de mastication satisfait.

Un faisceau lumineux balaie l'ouverture. Will, en titubant, se réfugie dans un coin du wagon. Vite, il recouvre de paille sa poitrine et ses jambes et se fait tout petit.

Une silhouette se découpe au bord du toit. La lumière descend. Will retient son souffle. Pour la première fois, il voit bien l'éléphant, son antique peau grise marbrée et son gros œil patient qui, à cause de la lumière braquée sur lui, se dilate. Il émet un son mécontent. La trompe se lève et, d'un coup sec, arrache la lanterne des mains de Brogan.

— Insolente créature! maugrée Brogan. Je vais lui donner une bonne correction, moi, à ta trompe! Je sais que tu es là, mon garçon! Et je descends te chercher!

Dans le clair de lune, Will voit la trompe de l'éléphant se plier et pousser l'homme. Un bruit sourd résonne sur le toit, suivi d'une pluie d'obscénités: l'éléphant bourre Brogan de coups, lui bloque le passage.

Will bondit. À l'avant du wagon, il découvre une porte basse. Le loquet lui résiste, mais la porte finit par s'ouvrir vers l'intérieur. Le fracas des rails est tout contre lui. Il pose le pied sur une étroite plate-forme. Pas de rampe, à cet endroit. Qu'une passerelle en bois vibrant au-dessus du gros attelage en fer.

Il n'y a que quelques pieds à franchir, mais Will hésite. D'une certaine manière, c'est plus effrayant que de sauter d'un toit à l'autre. Les rails sont si proches. Il s'engage sur la passerelle, sent dans tout son corps les vibrations profondes des os et des tendons métalliques du train. Puis, d'un bond, il atteint l'autre côté. Il ouvre la porte du wagon suivant et s'y engouffre.

D'autres animaux. Les remugles de paille et d'excréments ne mentent pas. Tout en haut, de rares fenêtres laissent filtrer la lueur des étoiles. Le wagon est presque entièrement occupé par une immense cage. Seul un couloir très étroit court d'un côté. Il se plaque contre le mur et avance à pas furtifs en ayant soin de rester le plus loin possible des barreaux.

Un feulement bas de félin s'élève dans l'ombre et il accélère. Du coin de l'œil, il perçoit l'ombre d'un mouvement. Des rayures, au ras du sol. Un tigre du Bengale.

Will atteint le bout du wagon, ouvre la porte et traverse de nouveau, observant que le ciel commence à s'éclaircir. Le fourgon suivant est divisé en stalles et il entend les sons réconfortants de chevaux qui hennissent doucement. Jusqu'où devra-t-il aller pour trouver des gens capables de l'aider ?

Le wagon suivant abrite des singes qui, à son entrée, font tout un raffut. Vient ensuite une sorte d'enclos ouvert occupé par des chameaux à l'odeur pestilentielle. Comme il n'y a pas de cages, il doit marcher parmi eux. La plupart restent accroupis et, d'un air malheureux, le regardent passer, mais l'un d'eux se lève maladroitement et pousse un effroyable cri.

Dans le wagon suivant, Will détecte tout de suite quelque chose de différent. Pas de fenêtres. Que quelques bouches d'aération en hauteur. Avant de refermer, il constate que les barreaux de la cage semblent plus épais et plus rapprochés. Le corridor est légèrement plus large. L'odeur est différente, elle aussi. Fétide, entêtante.

Il se dépêche. De la cage lui parviennent des bruits de pas étonnamment légers. La peur se répand dans son dos comme un feu de broussaille. Le train est vivement secoué et Will heurte les barreaux.

Une main se referme sur son poignet.

Will réprime un cri, avale l'air tant bien que mal. Il tente de se dégager, mais le poing se resserre. Il a conscience d'une créature de très grande taille de l'autre côté des barreaux. Un visage se profile dans l'ombre. Il remarque d'abord les yeux, beaucoup plus intelligents que ceux de la plupart des animaux. C'est un visage long et ridé, bordé de poils denses. La terreur qui sommeille en Will depuis le jour de l'avalanche se réveille d'un coup.

Il tire de nouveau, mais le sasquatch raffermit sa poigne et tire : le visage de Will est aplati contre les barreaux, tout contre celui de la créature. Il respire l'air chaud qu'exhalent ses narines.

— S'il te plaît, dit Will.

— Recule ! ordonne une voix et Will lève les yeux.

Un jeune homme avec une lanterne et un bâton s'avance vers la cage.

— Lâche, Goliath !

Will sent la poigne du sasquatch se relâcher légèrement. Il distingue clairement sa main, maintenant, deux fois plus grande que la sienne, aux doigts longs et parcheminés. La créature est plus grande que Will. Sur son épaule se distingue une vilaine bande de tissus cicatrisés.

— Tout de suite!

Le jeune homme tape sur les barreaux avec son bâton et le sasquatch libère enfin Will, qui s'adosse au mur, la bouche asséchée par la peur.

Dans la lueur de la lanterne, le sasquatch s'accroupit et se balance sur son séant en regardant l'homme d'un air menaçant.

— Bien, Goliath, dit-il. Bien.

Il sort un objet de sa poche et le lance au sasquatch.

Presque avec dédain, la créature le ramasse, le renifle et le fourre dans sa bouche.

Le jeune homme se tourne alors vers Will.

— Veux-tu bien me dire ce que tu fabriques ici?

— Je m'appelle Will Everett, répond-il, la voix rauque. Et quelqu'un essaie de me tuer.

CHAPITRE 7
LE ZIRKUS DANTE

Sans cérémonie, Will est entraîné dans une succession de wagons faiblement éclairés. Le jeune homme ne s'est toujours pas présenté.

— M. Dorian voudra être mis au courant, s'est-il contenté d'affirmer.

Will se dit que ce jeune homme est l'un des dresseurs du cirque. Il semble de mauvaise humeur et Will suppose qu'il a été tiré du sommeil par sa faute. Les blatèrements du chameau ont été certes suffisants. Le dresseur porte un pantalon et un ample gilet. Il ne peut pas être beaucoup plus âgé que Will. Bien que moins grand, il a les épaules et les bras plus musclés. Sur son avant-bras droit, on voit des cicatrices jumelles qui ressemblent fort à des marques de griffes.

— Ce sasquatch, demande Will, c'est celui que M. Dorian a capturé dans les montagnes ? Quand il était encore petit ?

Le jeune homme lui lance un regard de côté.

— Comment sais-tu ça, toi ?

— La cicatrice sur son épaule, répond Will, soulagé d'être avec quelqu'un qui n'a pas le projet de le tuer. J'étais là. Je l'ai vu se faire poignarder. Tu es dresseur ?

— Aide-dresseur, bredouille le jeune homme.

— Il est comment ? demande Will. Le sasquatch ?

— Intelligent.

— Tu l'entraînes ?

— Un sasquatch ne s'entraîne pas exactement. Il lui arrive à l'occasion de nous laisser *croire* que nous l'entraînons. Il collabore, à condition qu'on ne l'embête pas. Parfois, j'ai l'impression qu'il a une seule idée en tête : s'évader.

Will a perdu le compte des wagons qu'ils ont traversés. Il regarde autour de lui. De part et d'autre du couloir, d'épais rideaux de toile dissimulent des couchettes. Le corridor humide a l'odeur caractéristique d'humains qui dorment. Des vêtements sont suspendus un peu partout, à des patères, à des crochets cloués au plafond, à des cordes à linge improvisées.

— Ça pue, grommelle une voix courroucée venant de l'une des couchettes basses. Ça pue *vraiment* beaucoup.

On tire un rideau et de la couchette émerge un corps énorme. Impossible, se dit-on, qu'il ait réussi à se caser dans un espace aussi exigu. La tête de l'homme touche presque le plafond du wagon. Il doit donc se pencher, et ses épaules comme sa poitrine semblent encore plus massifs. Le géant désigne Will d'un doigt gros comme une carotte.

— Il faut le jeter en bas du train, déclare le géant d'un ton neutre.

Il hoche la tête, l'air de s'interroger sur la meilleure manière de plier le corps de Will.

— Je ne supporte pas cette puanteur. Je me débarrasse de lui tout de suite.

— Non! Attendez! C'est seulement de l'urine de sasquatch! s'exclame Will en voyant le géant s'avancer vers lui. Je vais me laver!

— M. Beaupré a un nez très délicat, explique le dresseur, en apparence indifférent au sort de Will.

— Un instant, monsieur Beaupré, vous voulez bien? demande un homme compact en descendant de la couchette supérieure.

La tête glabre, à l'exception d'une moustache en guidon de vélo, il est déjà en tenue de gymnastique. Il décoche un clin d'œil à Will.

— Nous aurons tout le temps de le jeter en bas du train. Peut-être devrions-nous au préalable en apprendre un peu plus sur lui.

— À quoi bon attendre? répond M. Beaupré en plissant le front.

— Où l'as-tu trouvé, Christian? demande au dresseur l'homme de petite taille.

— Main dans la main avec Goliath, explique Christian en désignant Will d'un geste de la tête. L'urine de sasquatch t'a probablement sauvé la vie. Il aurait pu t'arracher le bras d'un coup de dents, mais je pense qu'il était désorienté.

Will opine faiblement du bonnet.

— Quelle chance…

D'autres personnes descendent de leurs couchettes et, bouche bée, dévisagent Will comme s'il était un phénomène de cirque.

— Comment as-tu fait pour atteindre nos wagons ?

— J'ai couru sur les toits. C'est votre éléphant qui m'a fait descendre.

— Elfrieda, dit Christian avec affection.

— Tu as sauté d'un wagon à l'autre en pleine nuit ? demande M. Beaupré.

Will hoche la tête et voit l'admiration se répandre avec lenteur sur les traits du géant.

— Il prétend qu'un homme cherche à le tuer, affirme Christian, sceptique.

Un type élancé et robuste arrive en vitesse de l'arrière du wagon.

— Un serre-frein débarque, murmure-t-il avec insistance. Il n'a pas l'air content.

Christian fronce les sourcils.

— Ils ne sont pas censés venir ici. Qu'est-ce que tu as manigancé ?

Sans lui laisser le temps de protester, Christian agrippe Will par le bras et le pousse vers l'avant. En hâte, ils traversent un autre wagon. Dans ce couloir-ci, il y a non pas des rideaux, mais bien des portes. L'une d'elles s'ouvre avant même que Christian ait levé le poing. La digne silhouette de M. Dorian, enveloppé dans une robe de chambre de soie, émerge du compartiment.

— M. Dorian ! s'écrie Will, soulagé.

Le maître de piste l'ignore.

— Fais-le entrer, ordonne-t-il à Christian.

Sans ménagement, Will est poussé dans le compartiment luxueux. Même par rapport à ceux de première classe, celui-ci est impressionnant. Des rideaux de velours sont accrochés aux fenêtres. Sur un tapis de Perse trônent deux fauteuils, un petit secrétaire et des bibliothèques remplies de livres. Presque entièrement dissimulé derrière un paravent, un lit à colonnes. Debout dans un coin, une haute malle de voyage. Une étourdissante collection d'huiles et toutes sortes d'objets d'artisanat autochtone sont accrochés aux murs : une pipe au tuyau décoré de perles, une tête d'oie ornée, un outil doté d'une lame triangulaire diaboliquement tranchante.

— Où est votre satané maître de piste ? crie Brogan dans le couloir. Quelqu'un qui ne soit pas un phénomène ?

Alarmé, Will se tourne vers M. Dorian. Le maître de piste ne semble pas le moins du monde troublé.

— Si vous voulez, vous pouvez vous adresser à monsieur le maire, dit M. Beaupré de sa voix caverneuse. Appelez-le « Votre Honneur ».

Après une pause mesurée, Brogan réplique :

— D'accord. Conduisez-moi auprès de lui.

— Christian, va au-devant de notre invité, s'il te plaît, dit M. Dorian.

Ensuite, il ouvre la malle de voyage et, d'un geste, ordonne à Will de s'y glisser. Celui-ci obéit. Aussitôt, le couvercle se referme et se verrouille. Bien que plongé dans une totale obscurité, Will entend tout.

— C'est vous le patron ? demande Brogan.

— Pour vous servir, monsieur. Je m'appelle M. Dorian.

Il s'exprime avec une élégance tranquille qui lui confère une grande autorité.

— Je crois que nous n'avons pas été convenablement présentés.

— Je m'appelle Brinley. Chef serre-frein.

Il a donc changé de nom, se dit Will.

— Un garçon s'est introduit clandestinement à bord du train. Vous l'avez vu ?

Derrière la porte, M. Beaupré hurle :

— Vous appelle-t-il « Votre Honneur » ?

— Tout va bien, monsieur Beaupré, je vous remercie, répond M. Dorian. À présent, monsieur Brinley, nous venons à peine de nous réveiller, mais non, je n'ai vu personne qui réponde à ce signalement. Cependant, je vais inviter les membres de mon personnel à ouvrir l'œil.

— Vous m'avez tous l'air passablement réveillés, réplique Brogan d'un ton désagréable. Et je le flaire, le garçon. Je suis sûr qu'il est ici quelque part.

— Soit dit en tout respect, monsieur, êtes-vous certain que l'odeur en question n'émane pas de votre personne ?

— Juste parce qu'il m'a arrosé de ce truc pendant que je le poursuivais !

M. Dorian laisse entendre un son compréhensif.

— C'est une odeur redoutable.

— Ça pue, ça pue énormément ! tonne M. Beaupré dans le couloir.

— Dans ce cas-là, reprend Brogan, je suis sûr que vous serez d'accord pour que je jette un coup d'œil autour.

Ce n'est pas une question.

— Je me vois dans l'obligation de vous demander de bien vouloir quitter nos wagons, déclare M. Dorian. Cette section du train est la propriété privée du Zirkus Dante et vous n'avez malheureusement pas été invité à y entrer.

Brogan laisse entendre un son méprisant.

— Me parlez pas sur ce ton. Vous êtes reliés au *Prodigieux* et vous avez besoin de notre locomotive et de nos serre-freins. Vous devez suivre nos règles, sinon ça va barder. Si on s'aper-çoit que vous cachez ce voyou, on va vous décrocher à la pro-chaine voie d'évitement et vous aurez qu'à vous donner en spectacle devant les moustiques.

— Je doute fortement que vous ayez l'autorité de prendre une telle mesure, riposte M. Dorian avec calme.

— Vous seriez étonné. Et je prends pas mes ordres d'hommes de cirque, surtout pas d'un sang-mêlé de votre espèce.

— Je vois qu'on ne peut rien vous cacher, dit M. Dorian, placide, mais je préfère le mot « métis ».

Dans la malle, Will s'étonne de la retenue du maître de piste. Ayant grandi à Winnipeg, Will connaît bien les Métis, les descendants des colons français et des Indiens cris, et les insultes auxquelles ils ont été soumis, en particulier après l'échec de leur soulèvement.

Will entend Brogan marcher dans le compartiment, déplacer des objets. Il s'approche de la malle et rit.

— Ce truc ferait une cachette assez évidente, non ?

Horrifié, Will entend M. Dorian répondre :

— Mais je vous en prie, regardez.

Pour un peu, Will suffoquerait. Involontairement, il se fait tout petit, mais il n'y a ni lourdes fourrures ni vêtements pour le dissimuler. Il entend le claquement des fermoirs. Le couvercle se soulève et Brogan se tient devant lui, avec son nez de travers. Il le regarde droit dans les yeux. Moins de deux pieds les séparent. Sans dire un mot, Will le fixe, lui aussi. Les yeux bleus de Brogan parcourent rapidement la malle. Puis sa bouche se pince en signe de frustration acerbe. Tournant le dos, il referme le couvercle avec fracas.

Alors seulement le cœur de Will, partagé entre la terreur et l'émerveillement qu'il ressent à l'idée de s'en être tiré, recommence à battre.

— Si vous avez terminé, monsieur Brinley, lance la voix de M. Dorian, je vais demander à un de mes hommes de vous raccompagner.

— Pas la peine. Et oubliez pas ce que j'ai dit. Nous voulons ce garçon. Les agents de la Police montée tiennent à l'interroger.

— Intrigant, concède M. Dorian.

— Pour une affaire de meurtre. Si vous le voyez, prévenez-nous, un de mes hommes ou moi. Nous allons avoir vos wagons à l'œil, c'est moi qui vous le dis.

— Merci, monsieur Brinley. Monsieur Beaupré, veuillez escorter notre invité surprise jusqu'à la porte la plus proche.

— Je le jette en bas du train ? demande le géant.

— Non, monsieur Beaupré. Ce ne sera pas nécessaire.

Will entend le géant pousser un lourd soupir de déception, puis le bruit des pas de Brogan s'éloigne. La porte du compartiment se referme. Au bout de quelques instants, la malle s'ouvre et M. Dorian lui sourit.

— Tu peux sortir, mon garçon.

— Comment ? demande Will en se tournant pour jeter un coup d'œil à l'intérieur. Pourquoi ne m'a-t-il pas vu ?

Lestement, M. Dorian entre à son tour dans la malle.

— Referme, ordonne-t-il.

Will s'exécute.

— Maintenant, ouvre.

Will soulève le couvercle et découvre une malle vide.

— Où êtes-vous ? demande-t-il, à la fois effrayé et émerveillé.

— Tends le bras.

Will avance sa main dans le vide et sursaute au contact d'une épaule invisible. M. Dorian apparaît alors.

— C'est un truc très simple. Lorsque le couvercle s'ouvre, des miroirs se mettent en place et reflètent un côté de la malle. On a l'impression de voir le fond. C'est loin d'être infaillible. Il suffit de plonger la main à l'intérieur. Mais les gens se laissent facilement tromper par leurs yeux.

— Merci de m'avoir caché, en tout cas.

— Tu ne me fais pas l'effet d'être un meurtrier, jeune William. Pas plus que la première fois que nous nous sommes rencontrés, il y a trois ans.

— Je me suis demandé si vous vous souviendriez de moi. Votre Honneur, s'empresse d'ajouter Will.

M. Dorian rit.

— Trêve de formalités. Et je me souviens parfaitement de toi. Cette journée a été mouvementée. En particulier pour toi, au dire de tous.

Après l'avalanche, Will n'avait pas revu M. Dorian. Le train de la compagnie avait effectué plusieurs allers-retours à Adieu pour évacuer les blessés et rapporter du matériel à l'intention des hommes qui attendaient leur tour pour descendre de la montagne. Will et son père n'étaient arrivés en ville que deux jours plus tard. Maren et le Cirque des frères Klack étaient déjà partis, et la vie de Will avait changé à jamais.

— Et voilà que ce M. Brinley t'accuse de meurtre.

— Il s'appelle Brogan. Il était dans les montagnes, lui aussi. Il a essayé de voler le crampon en or.

— On dirait que tu as l'art d'attirer les bonnes histoires, William.

— Je n'ai jamais vu les choses sous cet angle, répond Will. J'ai toujours cru que... Je suis présent quand des choses arrivent à d'autres, voilà tout.

M. Dorian sourit.

— Quoi qu'il en soit, j'aimerais bien entendre cette histoire-là depuis le début, mais d'abord...

— Je suis sûre qu'il aimerait prendre un bain, déclare une voix derrière Will.

En se retournant, il découvre Maren, vêtue d'une simple robe verte, dans l'entrebâillement de la porte. Sans maquillage et sans costume extravagant, elle a l'air plus jeune et ressemble davantage à la fille qu'il a croisée trois ans plus tôt. Il ne peut s'empêcher de sourire, comme s'il venait de retrouver un objet perdu depuis longtemps.

— Je t'ai cherchée! lâche-t-il étourdiment. À la Jonction. J'espérais vraiment…

Les mots s'envolent soudain de sa tête et il rougit. Il bafouille comme un petit enfant. Pourquoi n'a-t-il pas tenu sa langue? Il prend conscience de l'odeur ignoble qu'il dégage et de son air débraillé. Baissant les yeux sur ses chaussettes déchirées, il se demande depuis combien de temps Maren est là.

— J'ai l'habitude de surgir à l'improviste, je suppose, concède-t-elle.

— Savais-tu, William, dit M. Dorian, que c'est grâce à toi que Maren fait désormais partie de notre troupe?

— Vraiment?

— À bord de ce train dans les montagnes, tu m'as dit le plus grand bien de la funambule des frères Klack. Je me suis renseigné et tu avais raison. Et nous voici tous réunis. Il est certain que tu aimerais faire un brin de toilette. Maren, aurais-tu l'obligeance de lui indiquer la salle de bains? Et, en revenant, songe à prendre des habits propres pour lui dans le wagon-vestiaire. Les siens ont besoin d'un bon nettoyage.

— Je tiens à m'excuser pour l'urine de sasquatch, dit Will, qui voit Maren réprimer un fou rire.

— Suis-moi, dit-elle.

Dans le couloir, il a soin de rester loin d'elle.

— C'est inutile, tu sais, dit-elle en regardant par-dessus son épaule. Je peux quand même te sentir.

— Moi, je ne sens plus rien, avoue Will.

— Ce n'est pas si terrible. Après une journée passée en compagnie des animaux, Christian pue encore plus.

— Tu le connais? demande Will avec un pincement de jalousie.

— C'est mon frère.

— Ah!

Il sombre dans le silence. Au fil des ans, il a souvent discuté avec elle en imagination. Maintenant, il a du mal à engager la conversation.

Elle le prend de vitesse.

— Tu n'es pas venu au cirque.

Il met un moment à comprendre.

— J'en avais l'intention. Mais, bon, il y a eu une avalanche et, quand je suis revenu en ville, tu étais déjà partie.

— Tu es riche, maintenant.

Will s'esclaffe.

— Tu trouves *vraiment* que j'ai l'air riche?

Elle l'examine de la tête aux pieds.

— Et tu parles autrement.

— Je suppose que oui. Je soigne davantage mon langage. Je le regrette un peu.

— Tu dessines toujours ?

Il sourit.

— Oui.

— Tu as des dessins avec toi ?

— Seulement un carnet.

— Tu me les montreras plus tard ?

Son enthousiasme a quelque chose de touchant.

— Si tu veux. Tu as traversé les chutes du Niagara ?

Elle secoue la tête.

— Pas encore. Mais un jour, je le ferai.

— En tout cas, tu as maîtrisé l'art de la disparition.

— Merci. L'autre soir, ça s'est plutôt bien passé, à mon avis.

— M. Dorian t'a-t-il engagée tout de suite ?

— Non. Je suis restée au Cirque des frères Klack pendant presque un an. Avec toute ma famille. Mais mon père a eu un accident et s'est cassé la jambe à deux endroits. Le cirque n'a plus voulu de lui, dans ces conditions, et nous sommes partis. Le spectacle était nul, de toute façon. J'ai écrit à M. Dorian. Au début, il a dit qu'il avait seulement besoin d'une funambule. Mais il a accepté de prendre aussi mes frères si je signais un contrat de cinq ans.

Elle l'entraîne vers un autre wagon, rempli de longs présentoirs chargés de costumes et de malles débordant de gants et d'écharpes et de bracelets. D'étroits passages serpentent entre les montagnes vallonnées de tissus et de couleurs.

Maren pose sur Will un regard critique et se met à fouiller dans les piles.

— Tiens, ça devrait t'aller.

Will prend les habits qu'elle a choisis.

— Mais... c'est une tenue de clown.

— D'apprenti-clown, en fait.

Will a besoin d'un seul coup d'œil à la salopette en denim pour se rendre compte que les jambes sont trop courtes. La chemise a des manches bouffantes et des manchettes de dentelle.

— Tu auras l'air d'un pirate, promet-elle, un éclat espiègle dans les yeux. Tu n'as jamais voulu être un pirate?

Will ne lui avoue pas que, plus jeune, il caressait ce rêve.

— Que penses-tu de cette chemise normale, là? demande-t-il en la montrant du doigt.

Elle hausse les épaules.

— Si tu y tiens. Il te faut aussi des chaussures.

Elle fouille dans une boîte posée sur le sol et en sort une paire de galoches blanches deux fois trop grandes pour les pieds de Will.

— Là.

Will les fixe, en proie à un désarroi muet.

— Ça, ce sont des chaussures de clown. Aucun doute possible.

Le rire de Maren retentit avec une force qui étonne chez une personne aussi menue.

— Celles-ci feraient l'affaire, je suppose, dit-elle en extrayant de la boîte une paire de chaussures noires ordinaires.

Will les accepte avec gratitude. Dans un autre monticule de vêtements, elle choisit des chaussettes et des sous-vêtements sans trahir le moindre signe d'embarras. Will, lui, est gêné, et il se détourne pour éviter qu'elle le voie rougir.

— Et il y a aussi ça, ajoute-t-elle.

Lorsqu'il la regarde de nouveau, il constate qu'elle brandit sa dent de sasquatch.

Il la prend, et elle est toute chaude, comme si Maren la gardait dans sa poche depuis longtemps.

— Merci.

— Je l'ai volée. En quelque sorte.

Il écarquille les yeux.

— Je croyais que tu avais juste oublié de me la rendre !

Elle s'éclaircit la gorge.

— Non, je voulais seulement te montrer combien j'étais futée. J'avais l'intention de te la redonner au spectacle. Désolée de l'avoir gardée aussi longtemps.

Il sourit.

— C'est déjà oublié.

L'idée qu'elle l'ait eue en sa possession lui plaît bien. Il se demande : *L'a-t-elle conservée dans sa poche pendant toutes ces années ? A-t-elle parfois pensé à moi ?*

— Viens, dit-elle en le guidant vers une porte au bout du wagon. C'est la salle de bains des hommes.

Des cordes, auxquelles sont accrochés des vêtements aussi variés que possible, traversent la pièce en tous sens. L'unique fenêtre a été recouverte de savon pour empêcher quiconque de regarder à l'intérieur. On y trouve deux grandes bassines circulaires en métal. Par un trou d'évacuation dans le sol, Will voit défiler les traverses, qui jettent des éclats sombres.

Maren se dirige vers une citerne boulonnée au mur. Un tuyau en caoutchouc est raccordé à un robinet. Elle en saisit le bout et tourne le robinet, puis de l'eau s'écoule dans l'une des bassines en fer-blanc. Après quelques secondes, elle referme le robinet.

— C'est tout?

— Eh oui. Il faut ménager l'eau.

— Elle est chaude?

Elle secoue la tête.

— Elle est très, très froide. Tu n'as qu'à y laver tes vêtements après ton bain.

— « Bain » est un bien grand mot, dans les circonstances.

Même à l'époque où ils vivaient dans leur appartement modeste de Winnipeg, Will prenait son bain – ce qui, il est vrai, lui arrivait rarement – dans de l'eau chaude.

Maren referme derrière elle. À la grande consternation de Will, la porte ne se verrouille pas. Il examine la mince couche d'eau au fond de la bassine, laquelle ne semble d'ailleurs pas d'une propreté irréprochable, et retire ses habits déchirés et puants. Il entreprend de les plier, puis se rend compte que c'est inutile. Il entre rapidement dans la bassine. L'eau glacée lui arrive à peine aux chevilles. Au bord de la bassine se trouve un objet marbré qu'il suppose être du savon. Il s'accroupit et s'«immerge» dans l'eau en se demandant combien de personnes ont utilisé ce pain de savon et cette bassine.

La porte s'ouvre brusquement et Will, horrifié, lève les yeux. Un homme solidement charpenté entre en le gratifiant à peine d'un regard.

— Euh, je prends mon bain, dit Will.

— J'suis pas aveugle! répond l'homme avec un lourd accent écossais. Te dérange surtout pas pour moi!

— Mais… ce n'est pas mon tour? ajoute Will, qui se sent aussitôt puéril.

— Combien que tu vois de bassines ici-dedans, mon garçon?

— Deux, soupire Will.

— En plein dans l'mille!

L'homme s'empare du tuyau, remplit la seconde baignoire, se déshabille et saute dans l'eau froide avec une grande satisfaction.

— Ah! Quel *bonheur*, pas vrai? Je sais même plus à quand remonte mon dernier bain!

Il se savonne.

— Y a rien de tel qu'un nettoyage et un *récurage*!

S'interrompant, il renifle du côté de Will.

— J'ai comme qui dirait l'impression que tu devrais frotter un peu plus fort!

Will soupire.

— Oui, c'est de l'urine de sasquatch.

— Ça sent pas l'chocolat! laisse tomber l'autre.

Will essaie de se laver à fond en un minimum de temps. Il jette un coup d'œil à la porte, terrifié à l'idée de la voir s'ouvrir de nouveau pour livrer passage à une troupe de gymnastes exécutant des sauts périlleux. Et pourquoi pas le géant, pendant qu'on y est?

Il se souvient du savon de son enfance, qui le grattait comme du papier de verre, et éprouve un étrange sentiment de bien-être. L'eau prend une teinte grisâtre assez peu ragoûtante. Il sort de la bassine et cherche une serviette des yeux. Il aperçoit, accroché à un clou, un objet si élimé et si taché qu'il semble être là depuis des décennies. Au moins, il est sec. Avec précaution, Will se tamponne vite un peu partout.

Il enfile ses nouveaux habits de cirque. Dans la poche de son veston souillé, il récupère sa montre, son carnet à dessins et son crayon, les lunettes destinées au muskeg, son argent, sa dent de sasquatch… et la clé du wagon funéraire. Il avale sa salive et cache la clé sous son carnet. Il jette un coup d'œil à l'Écossais, qui ne lui prête aucune attention.

Will laisse tomber tous ses vêtements sales dans la bassine. Il les frotte avec le pain de savon, les essore et les accroche sur un bout de corde à linge libre. Le veston est probablement fichu.

Pendant un moment, il a le cœur brisé. Il songe à son père, à bord du même train que lui, mais à des milles de distance. En toute probabilité, il ne sait rien des événements. Et même s'il était au courant, que pourrait-il faire? Immobiliserait-il le train pour le fouiller de fond en comble? Viendrait-il à sa rescousse? Will fronce les sourcils en se rendant compte qu'il ne souhaite pas être sauvé par son père.

En ouvrant la porte de la salle de bains, il trouve Maren en pleine conversation avec M. Dorian.

— Tu as apprécié ton bain ? demande-t-elle, les coins de sa bouche se retroussant en un sourire.

— Beaucoup, merci. Il est toujours agréable d'avoir de la compagnie.

— Que dirais-tu d'un bon déjeuner, William ? demande M. Dorian.

Déjeuner. Il consulte sa montre. Il passe à peine six heures. De quelque part monte l'arôme du bacon et son estomac laisse entendre un long gargouillis sonore.

— Message reçu, dit Maren. Je t'emmène à la tente.

— La tente ?

— C'est le mot que nous utilisons, même à bord du train. Question d'habitude.

— Je vous rejoindrai dans un moment, dit M. Dorian.

Will traverse plusieurs wagons sur les talons de Maren. On y voit des couchettes plus modestes et de longues bassines communes où des hommes en bras de chemise se rasent et s'aspergent le visage. L'air est alourdi par les eaux de Cologne et les parfums. Des forains remontent leur pantalon, bouclent leur ceinture, se peignent, tirent sur leurs bas, se croisent dans l'étroit couloir. Il est encore trop tôt pour grogner autre chose que bonjour. Un village tout entier se prépare à affronter la journée.

— C'est très… convivial, dit-il.

Elle hoche la tête.

— Un deuxième chez-soi.

La première chose que voit Will dans le wagon suivant, c'est une femme et un homme qui pédalent avec acharnement sur ce qui a toutes les apparences d'un tandem géant. Le vélo ne va nulle part puisque les roues ne touchent pas le sol. D'épais câbles en émanent et disparaissent dans le plafond.

— Qu'est-ce qu'ils font ? chuchote Will au moment où Maren et lui passent devant le couple.

— De l'électricité pour les wagons, répond-elle. Chacun doit, tous les jours, effectuer une corvée de vingt minutes.

— Incroyable ! s'exclame Will.

— Et toi qui croyais que seuls les wagons de première classe avaient l'électricité !

Elle ouvre une porte et Will est presque renversé par le brouhaha de centaines de personnes qui parlent, rient, réclament à grands cris des œufs ou du café. De longues tables montées sur des tréteaux courent le long du wagon, et les étroites allées sont encombrées de personnes qui transportent des plateaux sur lesquels s'empilent des crêpes et des pommes de terre rôties et des tranches de bacon et des muffins au maïs et des fèves au lard et des cruches de lait. Will ne saurait dire s'il a déjà vu autant de ses semblables réunis au même endroit. Dès que l'un se lève, un autre prend sa place et la mastication reprend de plus belle.

Will s'efforce de ne pas trop regarder ses compagnons de table. Mais il ne peut s'empêcher de remarquer certaines personnes à l'apparence inédite. M. Beaupré, évidemment, est impossible à rater, étant donné sa taille colossale. (« J'ai voulu le jeter en bas du train, explique-t-il à son voisin de table, mais on m'a dit non ! ») En face du géant se trouvent deux hommes minces, d'origine asiatique, qui semblent unis par la taille. Une femme corpulente essuie délicatement sa barbe avec une serviette. Et ensuite, Will, obligé d'accepter le témoignage de ses yeux, regarde fixement : sur la table, transportant une petite pile d'assiettes sales, court un singe gris. Un pelage blanc entoure son visage et lui donne une tête de serveur solennel à rouflaquettes. Et il n'est pas le seul. Sur toutes les tables, note Will, des singes s'affairent, apportent des tasses et des théières.

Hébété, il dit à Maren :

— Ce sont des singes.

— Des macaques japonais. Très utiles.

Elle prend sa main d'un air neutre et, parmi la foule, l'entraîne jusqu'à une petite table avec une nappe en lin et un vase de fleurs au centre. Lorsqu'elle libère sa main, Will la dévisage, comme s'il s'attendait à la voir transformée. C'est la première fois qu'une fille lui prend la main.

— Sers-toi, dit-elle en désignant les plateaux de nourriture.

Will s'empare d'une assiette propre et la remplit à ras bord. Jamais encore il n'a eu aussi faim. Par où commencer ? Il verse du sirop d'érable sur sa pile de crêpes et en découpe un énorme morceau. Au moment où il s'apprête à le porter à sa bouche, un singe lui tape sur le bras.

Will, baissant les yeux, aperçoit un macaque qui, avec impatience, brandit une serviette fumante.

— Pour te laver les mains, explique Maren en souriant.

— Ah ! s'écrie Will en l'acceptant. Merci.

Il se nettoie les mains, puis entame son repas. Quinze minutes plus tard, il termine ses dernières tranches de bacon et croque un dé de pomme de terre rôtie. Surgissant de nulle part, M. Dorian s'assied en face de lui.

— Eh bien, William Everett, tout indique que tu as refait tes forces. Tu es d'humeur à parler ?

Un singe enlève l'assiette et les couverts de Will, qui s'accroche à son verre de lait. Il prend une gorgée et amorce son récit. Sans pouvoir expliquer pourquoi, il a confiance en M. Dorian et n'omet aucun détail. C'est un long récit et Will se demande s'il a déjà autant parlé. Mais le temps passe rapidement et il se rend compte qu'il prend plaisir à raconter. Il aime sentir qu'ils l'écoutent – semblent même, par moments, *captivés* – et il se demande s'il n'est pas plus doué qu'il le pensait pour la conversation.

— Histoire étonnante, déclare M. Dorian. Tu as des talents cachés.

Will, éprouvant une sensation de chaleur sur son visage, sait qu'il rougit.

— Courir sur un train, la nuit, ce n'est pas un mince exploit.

— Je pense qu'il m'aurait tué, sinon, répond Will.

— Probablement, confirme M. Dorian. Tu es l'unique témoin d'un meurtre. S'il a tué un homme, rien ne l'empêche de récidiver.

Tout d'un coup, le déjeuner de Will pèse lourd dans son estomac.

— Il veut la clé, explique Will au souvenir du regard avide de convoitise de Brogan, sans compter qu'il lui a promis la vie sauve en échange de cet objet.

Maren hoche la tête. Will ne peut s'empêcher de se tourner vers elle, bien qu'elle intervienne rarement. Il prend plaisir à la regarder.

— Je peux la voir ? demande M. Dorian.

Will sort la clé de sa poche et la tend au maître de piste, qui l'examine attentivement des deux côtés avant de la lui rendre.

— Le dernier crampon y est, murmure Will. Celui qui est en or.

— Ah bon ?

Will se demande s'il a commis une erreur. Mais il cherche à impressionner Maren. Et il aimerait bien qu'on lui dise quoi faire.

— Nous risquons d'avoir de nouveau la visite de M. Brogan, affirme M. Dorian. Et, cette fois, il ne sera sans doute pas seul.

— Il y a Mackie, confirme Will. Il est de mèche avec lui.

— Et d'autres aussi, peut-être. En ce moment, des serre-freins se baladent au-dessus de nos têtes, épient les attelages entre nos wagons.

— Ah bon ? s'étonne Will.

— Ils se doutent que tu es parmi nous et ils s'attendent à ce que tu tentes une sortie.

— Un agent de la Police montée patrouille à bord du train, dit Will. Samuel Steele.

— Hélas, nous formons une petite île isolée, ici, derrière, lui rappelle M. Dorian. Entre nous et les colons, des wagons de marchandises s'étirent sur des milles. Et nous ne nous arrêterons de nouveau qu'en fin d'après-midi.

— Et les pigeons ? propose Maren. Nous pourrions faire passer un message à l'avant du train.

— Ils sont rapides, mais pas assez pour distancer *Le Prodigieux*, qui roule à quarante milles à l'heure.

— Je peux rester ici jusqu'au prochain arrêt ? demande Will.

— Bien sûr, répond M. Dorian en esquissant un doux sourire, mais j'ai l'impression que tu n'es pas au bout de tes peines. Ils vont être à l'affût. Si Brogan tient à cette clé autant que nous le pensons, tu n'irais pas très loin avant d'être capturé.

— Il pourrait joindre les rangs du cirque, avance Maren.

Will croit qu'elle plaisante. Puis M. Dorian acquiesce.

— Je vois où tu veux en venir, réplique M. Dorian en se tournant vers Will. Nous avons conclu avec *Le Prodigieux* un accord en vertu duquel nous présenterons quelques spectacles en cours de route. L'autre soir, tu as assisté au premier. Lorsque le train s'immobilisera, cet après-midi, nous nous dirigerons vers les wagons des colons pour le deuxième. Ensuite, nous resterons à bord des wagons de passagers et nous nous exécuterons dans chacune des classes. La finale aura lieu dans les wagons de première, le dernier soir du voyage.

— Tu n'as qu'à faire partie du spectacle, dit Maren.

Will fronce les sourcils.

— Mais si Brogan est aux aguets, il me reconnaîtra !

— Pas si tu es déguisé, répond Maren. C'est l'évidence même.

— Tout à fait méconnaissable, ajoute M. Dorian. Mme Lemoine est l'une des meilleures maquilleuses du monde.

Les yeux de Will se sont posés sur la nappe, où ses doigts suivent les motifs brodés.

— Mais je ne sais rien faire.

M. Dorian réfute l'affirmation d'un geste de la main.

— Absurde. Tout le monde sait faire quelque chose.

— Sauf Winston, pauvre garçon, laisse tomber Maren.

M. Dorian pince les lèvres.

— Bon, d'accord, il était complètement nul, celui-là. Mais nous lui avons tout de même trouvé une place.

— À quel titre? demande Will.

— On le coupait en deux tous les soirs.

— Deux fois le dimanche, ajoute Maren.

— Jusqu'à l'accident, poursuit M. Dorian en grimaçant.

Will cesse de respirer.

— Vous ne l'avez tout de même pas…

— Dieu du ciel, non, répond M. Dorian en laissant entendre un rare gloussement.

Il se tourne vers Maren.

— Il a cru qu'on le sciait en deux pour de vrai! Non, non. Il a été piétiné par les chameaux.

— C'est vrai, confirme Maren sobrement.

M. Dorian prend une gorgée de café.

— Je peux d'ores et déjà affirmer que toi, William, tu possèdes de nombreux talents. Qu'en dis-tu? Je crois que c'est le moyen le plus sûr de t'emmener jusqu'aux wagons de passagers.

— Et vous serez là tous les deux ? demande Will, qui tient à être rassuré.

— Absolument. Nous serons ensemble, nous trois.

L'idée plaît à Will tout autant qu'elle le rend nerveux. M. Dorian semble croire en ses capacités plus que lui-même. Il espère ne pas le décevoir. Ni lui ni Maren.

— Oui, déclare-t-il. C'est d'accord.

— Très bien. Maren, pourquoi n'emmènerais-tu pas Will dans la salle de répétition pour voir ce qui l'intéresse ? Soyez prudents, entre les wagons. Assurez-vous qu'il n'y a pas de serre-freins qui rôdent. Je vais de ce pas voir Mme Lemoine pour lui parler de notre projet.

— Je n'ai jamais pensé que je ferais partie d'un cirque, dit Will.

— Ce n'est pas le rêve de tous les garçons ? demande Maren.

M. Dorian se lève et, comme si l'idée lui était venue après coup, se penche vers Will.

— À ta place, je ne parlerais à personne de la clé. Pour ta propre sécurité, tu comprends ?

— C'est pas comme ça que ça devait se passer, dit Mackie nerveusement.

— À quoi bon gémir ? répond sèchement Brogan en prenant une gorgée de whisky.

Il a passé à tabac un grand nombre d'hommes, mais c'était la première fois qu'il en tuait un, et il souhaite enfouir le souvenir du visage du gardien.

— Quel crétin, celui-là ! Il s'est donné des grands airs. Puis il s'est mis à hurler.

Il secoue la tête avec amertume.

— Il aurait pu avoir sa part du gâteau.

Le compartiment des serre-freins frissonne sur des rails légèrement inégaux. La suspension est pratiquement inexistante. Tous les quarante wagons, on trouve de petites cabanes roulantes, conçues pour accueillir deux employés. Le compartiment sent la créosote, la nourriture qu'on a gardée une semaine de trop et l'homme. Deux hamacs traversent la pièce. Il y a un petit poêle, une table, un trou dans les planches par où se soulager et tant de patères et de crochets fixés aux murs qu'il est dangereux de s'appuyer où que ce soit. Par comparaison, le fourgon de queue pourrait passer pour un wagon de première classe.

En ce moment, le compartiment est encombré par les huit serre-freins que Brogan a recrutés. Il a déjà travaillé avec chacun d'eux, à une époque ou à une autre. Il n'a vraiment confiance en aucun d'eux, mais il sait sur chacun des choses qui doivent rester secrètes, et c'est un moyen infaillible de s'assurer la loyauté d'un homme. En l'occurrence, il compte que leur cupidité les incitera à serrer les rangs. Et, dans ce cas, il y a largement de quoi l'attiser.

— Et maintenant, qu'est-ce qu'on fait ? demande Chisholm.

Il a des yeux exorbités d'insecte. Chaque fois qu'il les voit, Brogan songe à des œufs à la coque.

Brogan balaie du regard les visages ratatinés de ses autres complices : Peck, Richter, Strachan, Delaware, Talbot, Welch. Tendus, ils attendent ses ordres.

— On peut rien faire sans cette clé, répond-il en ouvrant son jeu. C'est le garçon qui l'a et le garçon est dans les wagons du cirque. Le sang-mêlé qui joue les maîtres de piste le cache. Nous récupérons la clé et tout se poursuit comme prévu.

— T'es certain qu'il est pas juste tombé ? demande Mackie. Difficile de croire qu'un garçon de son âge ait réussi à parcourir autant de wagons en pleine nuit.

— Son père a été serre-frein, dit Brogan. Un sacré bon, en plus. Ce garçon, je l'ai vu dans les montagnes. Il a du chien. S'il est tombé, c'est dans la cage d'un éléphant.

— S'il est encore en vie, il a craché le morceau, dit Welch.

— Et alors ? répond Brogan. À qui veux-tu qu'il parle ? Personne va prendre au sérieux les paroles d'un phénomène de cirque. S'il est dans un de ces wagons, il va pas en sortir vivant, de toute façon.

Un silence, bref et lourd.

— T'es sûr de vouloir tuer le fils du directeur général ? demande Chisholm en examinant les autres hommes d'un air angoissé.

— Tu connais un meilleur moyen d'obliger quelqu'un à se taire ? rétorque Brogan d'un air féroce. Les gars, vous pouvez vous désister en tout temps. Quand ça va se corser, vous allez devoir vous salir les mains, d'une façon ou d'une autre. Une affaire comme celle-là se présente une seule fois dans une vie. Vous allez avoir plus d'argent que vous pourrez en dépenser. Vous aimez mieux continuer de travailler à bord des trains, peut-être? Peck, tu perds un doigt de plus et t'es même plus bon pour le fourgon postal. Et toi, Richter, tu te souviens de ce qui est arrivé à ton vieil ami McGovern? Qui va s'occuper de ta famille si tu te fais couper les jambes durant une manœuvre d'aiguillage en mouvement? Personne veut nous assurer, les gars. On est des moins-que-rien. On est des esclaves. C'est notre chance de briser nos chaînes.

Il observe ses hommes et sait qu'ils sont avec lui.

— On retourne au cirque. Tous ensemble, cette fois-ci. Et on va enlever ce garçon.

CHAPITRE 8

ARTISTE DE CIRQUE

La salle de répétition du Zirkus Dante consiste en un long et étroit gymnase qui occupe tout un wagon surélevé. La lumière se déverse par des fenêtres et des lucarnes, qu'on a recouvertes de papier de riz pour empêcher les curieux de regarder à l'intérieur pendant les escales. Des prospectus colorés tapissent les murs, promettant des animaux sauvages, des artistes qui défient la mort et des merveilles miraculeuses.

Deux échassiers traversent la salle en valsant, et Will reconnaît les frères siamois qu'il a vus plus tôt dans le wagon-réfectoire. Les deux hommes, juchés sur trois échasses, collaborent de façon si harmonieuse que Will ne peut se retenir de les observer, bouche bée.

— Voici les frères Zhang, lui dit Maren. L'une de nos attractions les plus populaires.

— Ils sont incroyables !

— Dommage qu'ils ne puissent pas se sentir.

— Non ?

— Ils se détestent. Comment faire autrement, quand on passe sa vie avec un autre accroché à soi ? Une fois, Li a même essayé de poignarder Meng. Par chance, il est myope comme une taupe. Il a besoin de Meng pour voir où il va.

Plus loin, un acrobate s'élance de son trapèze et, au terme d'un vol plané, atterrit sur une bascule qui propulse un autre acrobate dans les airs, jusqu'à des anneaux accrochés très haut. Minces et musclés, les deux hommes sont chauves, à l'exception d'une touffe de cheveux qui, à l'arrière du crâne, se termine par trois nattes.

— Ce sont…, commence Will.

— … des Mohawks, confirme Maren. Les meilleurs acrobates que j'aie vus. En haut ou sur le sol, pour eux, c'est pareil. Ils sont sans peur.

En face, devant un pan de mur recouvert d'un miroir, trois ballerines aux jambes interminables et aux cheveux comme du lait se livrent à des exercices d'assouplissement.

— M. Dorian est d'avis que le ballet confère au cirque une certaine distinction, dit Maren après avoir surpris Will en train de reluquer les danseuses. Ne tombe pas trop vite amoureux d'elles. Elles sont moins angéliques qu'elles en ont l'air.

— Ah bon ? fait Will, intrigué.

— Si tu les entendais jurer…

Ailleurs, trois artistes répètent un complexe numéro de jongleurs. Will a le sentiment d'être témoin d'un événement rare et emballant, mais tous ces exploits l'intimident, et il se demande ce qu'il a à offrir, lui.

— Ne t'inquiète pas, dit Maren. Personne ne s'attend à ce que tu réussisses un truc comme ça. Il serait juste préférable que tu apportes une petite contribution.

— Et si rien ne marche, vous pourrez toujours me scier en deux.

— Exactement. En attendant, tu peux m'aider à répéter mon numéro de funambulisme.

Elle l'entraîne vers un long fil suspendu à environ deux pieds du sol. Si Will tombe, la chute sera brève.

Maren disparaît derrière un rideau et revient vêtue d'un justaucorps. Elle est très mince, mais ses jambes ont l'air fortes.

— Tiens, dit-elle en tendant à Will un petit sac en tissu. Il y a là-dedans des objets que je te demanderai plus tard.

Après quelques étirements, elle saisit une longue perche et grimpe sur le fil. Elle le parcourt à quelques reprises, sans effort, puis elle effectue un saut périlleux. Un petit sillon se creuse sur son front au moment où elle s'allonge sur le fil. Ses lèvres se compriment d'un côté, puis de l'autre. Elle lâche la perche et exécute un saut périlleux renversé. Puis elle se couche de nouveau et, à l'aide de ses pieds, se propulse vers l'avant, tête première, sur le câble étroit. Will ne peut que s'émerveiller de ses exploits.

— Bon, dit-elle, toujours en équilibre sur le dos. Lance-moi les quatre balles. Vite!

Will les sort du sac et les lui jette. L'une d'elles rebondit sur le genou de Maren; une autre est carrément hors de sa portée.

— Ce que je te demande, c'est de les lancer dans la direction générale de mes mains, explique-t-elle en riant.

Il court ramasser les balles en essayant d'éviter de se faire écraser par les frères Zhang sur leurs échasses.

— Pousse-toi, moustique! lui crie Li.

Lorsque Will lui lance les balles la deuxième fois, Maren les attrape et se met aussitôt à jongler.

— C'est stupéfiant! s'écrie-t-il.

Au bout de quelques secondes, elle se débarrasse des balles et ordonne :

— Le cadenas, maintenant!

Il le trouve dans le sac et lui lance le lourd objet en métal. Elle l'attrape d'une main et, sortant des outils de sa manche, elle les insère dans la serrure et la triture jusqu'à ce que le cadenas s'ouvre.

— Je n'en crois pas mes yeux! s'exclame Will.

— C'est trop long, dit-elle. Encore une fois, s'il te plaît.

Ils répètent la manœuvre et, cette fois, elle s'exécute plus rapidement. Will se mordille la lèvre.

— Je n'ai pas l'impression de faire grand-chose.

— Ce serait bien si tu pouvais monter sur le fil avec moi. Enlève tes chaussures et essaie pour voir.

Pieds nus, il gravit l'escabeau.

— Un pied d'abord, lui dit-elle. Assure-toi d'abord que le fil est centré, juste entre le gros orteil et le suivant… Voilà! Étends les bras, maintenant. Regarde droit devant toi. Garde ton équilibre!

Il perd pied aussitôt et saute gauchement par terre.

— Ça ne fait rien. Tout le monde échoue, au début. Encore.

Il essaie encore et encore… et encore. Il agite les bras comme un moulin à vent, se cabre en avant et en arrière et se sent idiot.

— Je crois que je ne suis pas très doué, dit-il.

Elle ne lui donne pas tort.

— Je peux peut-être t'aider. Remonte.

Une fois de plus, il grimpe sur le fil, mais, cette fois, elle se campe juste derrière lui. Elle pose fermement les mains sur les hanches de Will. Il retient son souffle et, pendant une seconde, a uniquement conscience de la pression de ses doigts.

— Ça y est ! s'exclame-t-elle.

Aussitôt, il repense à son équilibre et se met à osciller. Ses bras se tendent, mais les mains de Maren le poussent d'un côté et de l'autre, le guident. Il reste sur le fil.

— Je n'aime pas que tu doives le faire à ma place, dit-il.

— J'essaie juste de t'aider.

— Laisse-moi essayer tout seul.

Elle le pousse d'un côté.

— Tu n'es pas encore prêt. Concentre-toi.

Il risque un pas en avant et tombe immédiatement.

— Comme tu veux, dit-elle, exaspérée. Va voir s'il y a autre chose qui te tente.

Elle recommence son entraînement. Il se demande s'il l'a blessée. Il ne voulait pas se montrer grossier. Il se sentait juste ridicule à battre des ailes comme un oisillon. Il ne veut pas qu'on l'aide, Maren encore moins que les autres.

Il parcourt le gymnase des yeux. De quoi est-il capable, au juste ? Il avise une paire d'échasses d'entraînement appuyées contre le mur. Bien qu'elles ne le surélèvent que de quelques pouces, il met un long moment à se tenir en équilibre pendant deux secondes. Il risque un pas et s'écroule sur le sol recouvert de bran de scie. Il se relève et essaie de nouveau. Cette fois, il exécute trois pas maladroits avant de s'étaler de tout son long. C'est plus facile que le funambulisme, mais à peine.

De l'autre côté de la salle, un clown l'observe. Un visage blanc, une énorme bouche peinte, des yeux maquillés, une perruque frisée, une boule rouge à la place du nez. Il reste là, l'air abattu, les bras le long du corps. Puis, comme si tous ses os se dissolvaient d'un coup, il s'écroule sur le sol, où il forme une grande flaque d'habits bouffants. Ensuite, il bondit, complet de nouveau. Will sourit.

D'un geste du doigt, le clown l'invite à s'approcher. Will pose ses échasses et s'avance. La bouche du clown se fend d'un large sourire joyeux et silencieux. Ils se regardent dans les yeux. À deux mains, il tapote doucement les joues de Will, qui laisse entendre un gloussement un peu sot. Le clown sort un cornichon de l'oreille de Will, puis pose les mains sur ses hanches et, la tête projetée en arrière, pousse un gros rire muet.

— Ce n'est pas si drôle que ça, commente Will.

Le clown s'arrête et adopte une expression si tragique que Will ne peut se retenir de rire.

— Bon, d'accord. Tu es drôle !

Les yeux exorbités, le clown, souriant plus largement encore, prend Will par les épaules et l'oblige à reculer jusqu'à un mur. Il tapote le visage de Will et lui fait signe de ne pas bouger.

— D'accord, dit Will.

Le clown s'éloigne et regarde par-dessus son épaule pour s'assurer que Will est toujours là. Malgré lui, ce dernier rit. Après une bonne vingtaine de pas, le clown s'immobilise, se retourne et le gratifie d'un large sourire. Puis il tapote l'air.

— Tu veux que je reste là ? demande Will.

Le clown serre les poings et se raidit.

— Tu veux que je reste parfaitement immobile ?

Le clown trépigne de joie.

— D'accord, dit Will.

Le clown lui tourne le dos. D'un geste preste, il noue un foulard sur ses yeux. Il se penche et ouvre un mince étui dont il sort trois couteaux. Il en lance un par-dessus son épaule. Avant que Will ait pu faire ouf, la lame s'enfonce dans le bois, à côté de son cou.

Will n'ose pas avaler sa salive ; il n'ose même pas cligner des yeux. Le clown lance un autre couteau derrière lui. La lame fonce vers Will et se fiche dans le bois, au-dessus de sa tête. Il n'a pas encore repris son souffle que déjà un troisième couteau se plante de l'autre côté de son cou, si près qu'il sent l'acier froid sur sa peau.

Le clown se retourne avec son plus grand sourire et, exultant, saute sur place.

Les personnes présentes, qui ont interrompu leurs activités, applaudissent à tout rompre, sauf Maren, qui s'avance vers le clown et lui assène un coup sur l'épaule.

— C'était cruel, Roald! s'écrie-t-elle.

Avec précaution, Will se détache du mur, comme s'il craignait de laisser derrière une part de lui-même.

— Je rate rarement mon coup, insiste le clown, qui prend la parole pour la première fois.

Il a un léger accent.

— Tu l'as terrifié!

— Ça va, dit Will.

Bizarrement, c'est la vérité. Il a le curieux sentiment d'être immortel. Il a survécu à un meurtrier et à un sasquatch. Rien ne peut l'atteindre.

— Tu es un clown *et* un lanceur de couteaux!

— Et mon frère, hélas, dit Maren.

— Comment va notre petite sœur? demande Roald en la saisissant fermement par les épaules.

Habilement, elle se tortille pour se dégager.

— Ah! Mais oui, c'est très bien. Bravo!

Il se tourne vers Will.

— C'est le criminel?

— Je m'appelle Will. Et je ne suis pas un criminel.

— Je me suis laissé dire que tu étais un assassin.

— C'est faux.

— À ta place, je nierais tout, moi aussi. Quoi qu'il en soit, criminel ou pas, je suis heureux de te rencontrer.

Il tend la main. Quand Will la saisit, elle éclate comme une pêche blette. Hoquetant, Will baisse les yeux sur la fausse main que Roald tient dans sa manche.

— C'est tellement enfantin, dit Maren.

— De nombreux enfants viennent au cirque, riposte Roald.

Il enlève sa perruque et son nez rouge. Ses cheveux sont de la même couleur que ceux de sa sœur.

— Comment t'y prends-tu pour lancer les couteaux de cette manière? demande Will.

— Beaucoup d'entraînement, répond Roald.

— Et un miroir, ajoute Maren en montrant du doigt.

Pour la première fois, Will remarque le petit miroir accroché au mur devant Roald.

— Quand même, dit Will. Tu les as lancés par-derrière.

— Oui. Je suis un peu rouillé, je l'avoue. Mais ça s'est bien passé.

Will décide qu'il vaut mieux ne pas penser aux implications de cette confession.

— Nous abritons donc un meurtrier, dit Roald en essuyant la peinture blanche de son visage avec un linge.

— Il n'a tué personne! Et il vient avec M. Dorian et moi donner un spectacle pour les passagers. Nous devons l'intégrer à la représentation.

Roald se mordille les lèvres.

— Je ne suis même pas certain qu'il soit bien coordonné.

— Il ne l'est pas.

— Hé ! s'offusque Will.

— Tu peux lui enseigner quelques trucs ? demande Maren
à son frère.

— Je dispose de combien de temps ?

— Six heures.

— Je ne pense pas. Tu as des talents, Will ?

— Pas vraiment, répond-il.

— C'est faux ! s'exclame Maren, comme si la mémoire lui
était revenue d'un coup. Tu sais dessiner ! Montre-lui !

À contrecœur, Will sort son carnet de sa poche. Elle le lui
arrache des mains sans cérémonie, comme trois ans plus tôt.
À l'époque, il avait été contrarié ; aujourd'hui, le geste lui plaît.
On dirait qu'ils sont de vieux amis.

— Regarde ça !

— Là, c'est toi, lui dit Roald en esquissant un sourire.

Will sent son visage s'embraser.

— Vois comme ils sont réussis, ses dessins, répond vite
Maren en feuilletant le carnet.

Will remarque que les joues de Maren ont aussi rougi.

— Oui, concède Roald en haussant les épaules. C'est bien
beau tout ça, mais… Tu pourrais me dessiner, moi ?

— Je peux essayer, dit Will.

Roald saisit un couteau et le brandit au-dessus de sa tête,
prêt à le lancer.

— Comme ça !

Will le fixe et exécute un rapide dessin. Il est nerveux à la pensée que Maren épie ses moindres gestes.

— Viens voir, Roald! s'écrie-t-elle dès que Will a terminé.

— C'est moi? demande-t-il.

— Bien sûr que c'est toi! répond Maren avec impatience.

Du regard, Roald interroge Will. Ce dernier hoche la tête.

— Mes cheveux ne sont pas comme ça.

— C'est un simple croquis, explique Will. Le but, c'est de saisir le mouvement.

Un sourire se répand sur le beau visage de Roald.

— J'ai l'air *colossal*. On jurerait un géant qui s'apprête à lancer un gros rocher. J'aimerais beaucoup l'avoir, ce dessin. Je peux?

Sans attendre la réponse, il déchire la page.

— Roald! s'écrie Maren. On n'arrache pas une page du carnet d'un artiste!

— Désolé.

— Non, non, dit Will. Il est à toi.

— Regardez, vous autres! lance Roald en brandissant le dessin, tout sourire.

Bientôt, une petite foule s'est formée autour de Will.

— Tu peux en faire un de moi? demande la plus jolie des ballerines en battant des cils.

— J'aimerais en avoir un, moi aussi, claironne Meng du haut de ses échasses.

— Je suis l'aîné, s'insurge Li. Moi d'abord.

— Tu es pratiquement aveugle, réplique Meng. Tu n'en tirerais aucun plaisir.

— Je vais te mordre, petit frère.

— J'aimerais bien vous dessiner tous, s'empresse de dire Will.

— Je veux un portrait en bonne et due forme, lance une grosse dame en tenue d'équitation en se frayant un chemin jusqu'au premier rang. Je ne me satisferai pas de quelques gribouillis. C'est possible ?

— Je n'en suis pas certain, madame.

— Duchesse Sabourin, dit-elle. Issue de la famille royale du Luxembourg. Je veux un portrait réalisé à l'huile, dans la plus pure tradition des grands maîtres. Pour ta peine, je te donnerai cent dollars. Tu commences cet après-midi, après le repas.

Sur ces mots, la duchesse s'éloigne au milieu des rires étouffés des autres artistes.

— Elle n'a pas cent dollars, lui dit Maren.

— Il faut quand même que j'essaie ?

Il aime bien le dessin, mais les portraits proprement dits ne le satisfont jamais. Ses sujets humains sont toujours ratés.

Maren secoue la tête.

— Un jour, elle a offert à quelqu'un mille dollars pour ses cheveux. Ne t'inquiète pas. Elle aura tout oublié avant le dîner. Quand même, tu pourrais faire de bonnes affaires avec ce talent. Peut-être M. Dorian te laissera-t-il avoir ta propre attraction. Nous te déguiserions et… Mais oui, c'est ça !

— Quoi donc ? demande Will.

— Ton numéro, répond M. Dorian.

Surpris, Will, en se retournant, découvre le maître de piste derrière lui.

— Les gens aiment bien qu'on fasse leur portrait, dit Maren.

— Ce ne sont pas de vrais portraits…, répond Will, alarmé.

— Et ce n'est pas un numéro de cirque, renchérit Roald.

— Sauf s'il dessine les yeux bandés, dit Maren en prenant le foulard noué autour du cou de son frère.

M. Dorian hoche la tête.

— Intrigant.

— Les yeux bandés ? s'écrie Will, en proie à une panique grandissante.

Elle noue fermement le foulard sur le visage de Will qui, à son grand étonnement, voit à travers, comme s'il n'avait rien devant les yeux, ou presque.

— Comment est-ce possible ? demande-t-il en dénouant le foulard pour l'examiner de plus près.

— Noue-le d'un côté et tu vois à travers ; noue-le de l'autre et…

Elle le brandit devant le visage de Will, et c'est comme si la pièce était plongée dans l'obscurité.

— Si un spectateur a des soupçons, nous le nouons de cette façon, et ensuite sur toi, de l'autre côté. Mais tu leur tourneras le dos. Tu ne poseras jamais les yeux sur eux.

— C'est impossible ! proteste-t-il.

— Bien sûr que c'est possible. Parce que je me tiendrai devant toi avec un petit miroir fixé à ma robe. Tu verras la personne. Tu la dessineras. Elle repartira avec un adorable dessin et tout le monde sera content !

M. Dorian sourit à Maren.

— Un jour, tu seras la maîtresse de piste de ton propre cirque. Et voici Mme Lemoine qui vient nous aider à te déguiser.

Une femme courtaude, dont la silhouette fait penser à une tente, entre dans la pièce, l'air malheureux.

— Nous devons transformer William… en jeune Indien, je crois, lui dit M. Dorian.

Mme Lemoine examine Will, soulève ses mains charnues et soupire.

— Entendu ! déclare M. Dorian.

Mme Lemoine hausse les épaules et s'éloigne.

— Que s'est-il passé ? demande Will à Maren.

— Nous devons l'accompagner. Elle n'est pas très bavarde, Mme Lemoine.

Will et Maren la suivent jusque dans une pièce encombrée de perruques et de pots de couleurs et de pinceaux et de moustaches et de nez et d'autres petits fragments d'êtres humains. Des tabourets sont alignés devant un long miroir. Mme Lemoine indique à Will une chaise posée devant un lavabo en métal taché.

— Les cheveux d'abord, déclare-t-elle d'un ton incroyablement déprimé.

Elle drape sur les épaules de Will un bout de toile miteux et pousse sa tête vers l'arrière. Elle mouille ses cheveux courts, puis enfile des gants. Elle ouvre un pot contenant une matière gluante noire qui sent horriblement mauvais.

— C'est quoi ? demande Will avec un mouvement de recul.

— T'occupe.

Sans plus de cérémonie, elle commence à appliquer le produit. Elle ne pêche pas par excès de délicatesse. Ses gros doigts poussent et cognent partout sur le visage de Will. Il regarde Maren, qui lui sourit d'un air encourageant.

— Les sourcils aussi, dit Mme Lemoine en tendant le pot à Maren.

— Ferme les yeux, ordonne celle-ci à Will.

Elle est beaucoup plus douce. Il se concentre sur le bout des doigts de Maren qui caressent ses sourcils. Ça chatouille un peu, mais c'est très agréable, surtout depuis que Mme Lemoine a cessé de lui taper sur le crâne. Son travail terminé, Maren éponge soigneusement le tour de ses paupières avec un linge humide pour enlever la teinture.

— Tu peux rouvrir les yeux, lui dit-elle.

Se redressant, il demande :

— Combien de temps faut-il que je garde ce truc ?

— Une heure.

En s'apercevant dans le miroir, Will laisse entendre un hoquet. Ses sourcils et ses cheveux lustrés sont d'un noir saisissant contre son visage blême.

— Ça détonne, murmure-t-il.

— Attends le visage, répond Mme Lemoine. Pas touche!
Va et reviens plus tard, je prépare la peinture.

Maren l'entraîne hors du compartiment.

— J'ai l'air d'un phénomène, dit-il.

— C'est un mot que nous évitons, ici, lui dit-elle.

— Pardon.

— Nous préférons parler de « merveilles ». C'est beaucoup
plus délicat, tu ne trouves pas?

Will hoche la tête.

— Oui, en effet.

— Parlant de merveilles…

Elle laisse sa phrase en suspens.

— En principe, les gens de l'extérieur n'ont pas le droit
d'entrer là, mais tu es pratiquement un des nôtres, à présent.

Will sourit pour lui-même. Il essaie d'imaginer sa vie au
sein du Zirkus Dante. Quelle grande et étrange famille!

— Je parie que ça va te plaire, dit-elle. Allez, viens.

Will la suit, emporté par l'enthousiasme de la jeune fille.
Ils traversent un autre attelage, puis elle ouvre la porte et le
laisse entrer. Des stores noirs masquent les fenêtres. Au plafond est accrochée une unique lampe à huile qui diffuse une
pâle lueur. La pièce ressemble à un musée peuplé d'ombres:
toutes les tables et les vitrines sont recouvertes de rideaux et
de linges. On voit partout des armoires et des malles, dont
certaines, ouvertes, laissent deviner des masques horribles ou
une collection d'ossements. Plus loin, une douzaine de
marionnettes grandeur nature se balancent à des crochets fixés

au plafond, se trémoussent sur une portion de rails légèrement inégaux.

Will hésite à la vue d'une table étroite sur laquelle est allongé un cadavre recouvert d'un drap, d'où dépassent de gros pieds jaunis. Sur un établi voisin s'alignent des instruments métalliques luisants. Le cadavre laisse entendre un râle soudain, ses côtes squelettiques bombant le drap.

— Qui est-ce ? demande Will avec un mouvement de recul.

— Le Zouave agonisant, répond-elle en mettant une main fraîche sur le bras de Will. Purement mécanique.

Elle remonte le drap et révèle un mannequin qui, avec sa bouche béante et ses yeux qui roulent, semble si vivant qu'il en est effrayant.

— Comment ça marche ? demande Will à voix basse.

— C'est un jouet à remonter.

— Qui le remonte ?

— Eh bien, c'est ça, la question, justement. Il suffit de le faire une fois toutes les quelques semaines. Il continue. C'est imprévisible.

Will avale sa salive.

— Il est affreux.

— Je sais. C'est pour cette raison que les gens paient dix cents pour le voir !

Will grimace au moment où le personnage métallique laisse entendre un nouveau hoquet suffoqué. Maren le recouvre et s'avance vers une autre table étroite, dévoilant une splendide femme aux cheveux de jais. Elle a les yeux clos, mais semble on ne peut plus vivante. Un souffle d'une grande délicatesse émane d'entre ses lèvres rubis ; sa poitrine se soulève et retombe tout doucement.

— Nous appelons celle-ci la Belle au bois dormant.

Will ne saurait dire ce qui est le plus sinistre : le gargouillis du mort ou la respiration spectrale de la dormeuse éternelle. Soudain, la Belle au bois dormant laisse entendre un hoquet retentissant. Will rit.

— C'est une anomalie, explique Maren. M. Dorian essaie de la réparer. Il a lui-même fabriqué un grand nombre d'objets entreposés ici.

Maren le prend par la main et l'entraîne plus profondément dans les entrailles du wagon. Au fond d'une malle scellée, quelqu'un murmure et Will s'arrête.

— Qu'est-ce qu'il y a, là-dedans ?

— Des marionnettes nocturnes indonésiennes. Elles sont très actives. M. Dorian lui-même n'est pas certain de leur fonctionnement. N'ouvre pas, surtout ! Quand elles se mettent à bondir à gauche et à droite, elles sont impossibles à rattraper. Ici, regarde.

Elle écarte un rideau qui cache un grand réservoir rempli d'eau verte et trouble. À l'intérieur ballotte un étrange squelette. Quelques écailles restent accrochées aux vestiges déchiquetés d'une queue. Sur une cage thoracique enduite d'algues et une épine dorsale tordue se dresse un crâne terrible aux lèvres retroussées. Une chevelure abondante ondule sur l'eau. Des yeux ratatinés s'accrochent à leurs orbites. Sur la vitre, un écriteau dit : LA SIRÈNE DE FIDJI.

— Elle est réelle ? souffle Will.

— Il est parfois difficile de séparer le réel de l'irréel. Surtout ici.

Dans le tiroir ouvert d'une armoire, Will aperçoit une grande main charnue au bout d'un poignet tranché et ensanglanté.

— Qu'est-ce que c'est ?

— Hein ? Oh ! ça, c'est un truc pour faire peur aux enfants. Tu peux toucher, si tu veux.

Will y donne un petit coup et aussitôt la main bondit et agrippe son poignet. Il s'en libère en poussant un petit cri. La main tombe sur le sol et se propulse en tous sens, à la façon d'une araignée. Will est sur le point de l'écraser d'un coup de pied lorsque Maren le retient en riant.

— Désolée. Je n'ai pas pu résister.

Elle prend la voix d'un bonimenteur de cirque.

— Ce que vous avez sous les yeux, mesdames et messieurs, c'est la main d'Attila le Hun en personne ! Oui, mesdames et messieurs ! Préservée dans un glacier des montagnes de Chine ! Possédée pour l'éternité par l'esprit du sauvage seigneur de guerre ! Attention ! Ne lui tournez jamais le dos, car ses doigts risquent de se refermer sur votre cou !

Avec un bond, la main disparaît.

— Oh non ! s'écrie Maren. Tu la vois ?

Will s'accroupit à côté d'elle, mais la main s'est glissée sous des cageots poussiéreux.

— Dieu sait où elle va aboutir, déclare Maren. Tant pis. Nous la trouverons plus tard.

Un bruit sourd résonne sur le toit. Will, inquiet, suit des yeux le martèlement des pas, d'un bout à l'autre du wagon.

— Brogan, dit Maren.

— Ils sont nombreux, ajoute Will.

D'autres hommes traversent le wagon au pas de course. Will sait bien que son déguisement est incomplet. Les cheveux noirs ne tromperont personne.

— Pas de panique, lance Maren. Ils ne nous trouveront jamais ici. Par là.

Elle se hâte vers un mannequin de haute taille en tenue de boxeur. Il dresse les bras, se protège le visage avec les poings et tend la mâchoire d'un air agressif en regardant de côté.

Maren soulève son maillot et tourne la manivelle sur sa poitrine.

— Qu'est-ce qu'il fait? demande Will.

— À ton avis?

Sur la lourde base en métal du boxeur est écrit: « VAIN-QUEZ NOTRE BOXEUR ET GAGNEZ UN DOLLAR! »

De l'intérieur de la poitrine du boxeur provient un infime déclic, aussitôt effacé par d'autres pas lourds sur le toit.

Maren raccourcit la mèche de la lampe à huile suspendue au plafond et entraîne Will vers les marionnettes grandeur nature emmêlées. Ils s'installent parmi elles, faufilent leurs bras et leurs jambes parmi les câbles, se recouvrent de bouts de tissu et de bandelettes de papier d'emballage.

Une poignée grince et, dans la porte, se découpent les silhouettes de deux hommes.

— Éclaire-moi ça un peu! aboie l'un d'eux.

Will voit un homme se frayer un chemin dans le wagon encombré jusqu'au store le plus proche. Il distingue le serre-frein petit et nerveux avec des poches sous les yeux. Quant à l'autre homme, il le reconnaîtrait entre tous : Brogan. Le pouls de Will s'accélère comme un train emballé.

Côte à côte, les deux serre-freins s'avancent lentement dans l'allée centrale. Brogan brandit un couteau.

Le Zouave agonisant laisse entendre un hoquet de douleur.

— Qu'est-ce que c'est ? siffle l'homme aux yeux pochés.

— Un satané jouet, répond Brogan en remontant le drap avec la pointe de son couteau.

— Cet endroit a de mauvaises vibrations, lance Chisholm. Ma mère prétend que les gens du cirque frayent avec le diable.

— La ferme.

— Tu te dis jamais que le gamin a pu simplement tomber du train ? demande Chisholm.

— Il nous faut la clé.

— Le gardien t'a pas dit qu'il y en avait une autre ?

— Oui, concède Brogan, mais elle risque d'être plus difficile à récupérer. En plus, il faut empêcher le petit de parler.

Will se sent sur le point de défaillir. Dans quelques minutes, les deux serre-freins arriveront devant Maren et lui. Il s'assure que ses membres sont détendus et que sa tête penche mollement vers l'avant.

— Tu crois qu'elle est réelle, cette sirène ? demande Chisholm.

— Sais pas.

— Je détesterais pas rencontrer une vraie sirène. Mais pas cette vieille-là, à moitié pourrie.

D'un coin du wagon parvient une sorte de trottinement.

— T'as entendu ? s'exclame Brogan.

Will entend, lui : le galop erratique des cinq doigts musclés d'un barbare, puis c'est le silence.

— Une souris, probablement, risque Chisholm.

— Trop fort pour ça, dit Brogan. Va jeter un coup d'œil.

À contrecœur, Chisholm s'avance en se traînant les pieds et en maugréant :

— Je gage que ça va être une erreur de la nature, comme les autres. Un rat à deux têtes ou quelque chose d...

Brogan s'immobilise devant les marionnettes. Avec son couteau, il tapote les plus rapprochées d'un air dégoûté. Will s'efforce de ne pas cligner. Il n'ose même pas respirer. Ses yeux se mettent à larmoyer. Qu'attend donc Brogan pour s'éloigner ?

— Je vois rien, annonce Chisholm en revenant auprès de son complice. Regarde-moi ce type, là.

Il se penche sur le boxeur pour lire les instructions, puis se redresse en riant. Il décoche un coup de poing et la main gauche de l'automate se lève aussitôt pour le contrer.

— Ça parle au diable ! s'écrie Chisholm qui, sous l'effet de la surprise, recule d'un pas. J'en ai la chair de poule.

— Laisse tomber, siffle Brogan avec impatience.

Mais Chisholm est fasciné par le boxeur. Il brandit les deux poings, se met en position de combat. Il lance un crochet de la droite, aussitôt bloqué, enchaîne avec un direct de la gauche. Le boxeur baisse son gant pour parer le coup.

— Comment il a fait ça ? marmotte Chisholm.

— C'est juste une machine, dit Brogan.

— Elle est futée en diable, cette machine-là.

Will donnerait n'importe quoi pour qu'ils s'en aillent.

Chisholm redouble d'ardeur et Will l'entend se mettre à souffler ; l'automate bloque ses attaques sans effort.

Puis, du coin de l'œil, Will voit la main d'Attila le Hun se tapir dans l'ombre d'un cageot, sur sa droite. Les flexions de ses doigts trahissent une certaine impatience. Elle s'avance.

Horrifié, Will la voit s'approcher encore de lui.

— T'as entendu ? demande Brogan. Le même bruit que tantôt.

Il s'avance vers les marionnettes.

Avec hésitation, la main touche la chaussure de Will, la palpe du bout des doigts. Will s'efforce de regarder ailleurs. Il ne veut surtout pas l'encourager. Il avale en sentant un poids sur sa chaussure et comprend que la main lui grimpe dessus.

— Il y a quelqu'un, dit Brogan, à moins de cinq pieds de Will.

Celui-ci reste parfaitement immobile. La main monte sur sa cheville et sa poigne se resserre. C'est si douloureux que Will se met à suer à grosses gouttes.

— C'est une main, dit Brogan. Là, sur la jambe de la marionnette.

— Elles me donnent froid dans le dos, ces marionnettes, dit Chisholm en regardant l'endroit exact où se tient Will, qui tente d'avoir les yeux vitreux. Elle a quelque chose de bizarre, celle-là.

Se penchant pour mieux voir, le serre-frein pose sa main sur l'épaule du boxeur.

Le direct décoché par le bras gauche de l'automate projette vers l'arrière la tête hagarde de Chisholm, qui tombe sur le sol comme un sac de farine.

— Espèce de crétin ! s'exclame Brogan en se retournant.

Il s'agenouille et gifle Chisholm.

— Quoi… Quoi…, gémit le serre-frein.

La main coupée bondit sur le genou de Will, dont la jambe tressaille involontairement.

Brogan se tourne de ce côté, puis il lève les yeux, car, sur le toit, des bruits de pas résonnent. On dirait aussi que des cris retentissent, mais Will ne saisit pas les mots. Une deuxième série de pas rapides est suivie d'une troisième.

Will ne voit pas, mais il entend la porte du wagon s'ouvrir brusquement.

— Ils ont un foutu sasquatch ! hurle une voix.

De la porte monte un cri animal à glacer le sang et Will voit le corps de Brogan se crisper.

— Sainte mère de…, glapit Chisholm en se remettant sur pied de peine et de misère.

Will sent une imposante présence dans le wagon et, au même moment, l'odeur lui parvient, cette étrange odeur caillée qu'aucune autre créature ne possède.

— Ne courez pas ! lance une voix de l'arrière du wagon. Il risque de charger !

Néanmoins, Chisholm et Brogan reculent de quelques pas à la vue du sasquatch, retenu par trois dresseurs qui agrippent des chaînes. Goliath mesure six pieds et son corps est mince, mais on a le sentiment qu'il parvient à peine à contenir la force et la furie accumulées sous sa peau. Le sasquatch s'immobilise et fixe longuement Brogan, ses narines exhalant des bouffées rauques et colériques.

— Tout doux, Goliath, dit l'un des dresseurs.

Will le reconnaît. C'est Christian.

Sans crier gare, Goliath s'élance en tendant sa poitrine et ses bras aux muscles noueux. De toutes leurs forces, les dresseurs tentent de le retenir. Will croit presque sentir la chaleur du corps du sasquatch.

— Sortez-moi cette créature d'ici ! hurle Brogan, le visage gris de terreur.

— À votre place, je rangerais ce couteau, suggère Christian.

Will voit Brogan laisser tomber l'arme sur le sol, où elle résonne bruyamment.

— On dirait que Goliath vous connaît, dit M. Dorian en s'avançant derrière les dresseurs.

Will se souvient : dans les montagnes, Brogan a planté son couteau dans l'épaule du jeune sasquatch. De toute évidence, Goliath n'a pas oublié.

— Je me suis peut-être mal exprimé lors de notre première rencontre, déclare M. Dorian, dont le calme poli s'évanouit soudain.

Will est surpris par la fureur du maître de piste.

— Vous et vos hommes n'êtes pas les bienvenus à bord de mon train, *monsieur*! Le garçon que vous recherchez n'est pas dans ces wagons!

Comme pour souligner les mots, Goliath pousse une plainte surnaturelle.

— Que ce soit votre dernière entrée par effraction! poursuit M. Dorian, fulminant. La prochaine fois que je vous surprends à bord de mon train, je lâche Goliath à vos trousses. Et quand il vous démembrera, mon plaisir sera égal au sien! Vous me comprenez bien, monsieur Brogan?

— Je m'appelle Brinley, bredouille le serre-frein.

— Ah bon? dit M. Dorian. Au revoir, messieurs. Et maintenant, dehors!

Brogan et Chisholm se dirigent vers l'autre extrémité du wagon. Will attend que la porte se referme.

Quelques instants plus tard, M. Dorian se tourne vers Will.

— Tu peux sortir, maintenant.

Maren s'étire et pousse un petit bouton au dos de la main d'Attila le Hun. Elle se détend instantanément et tombe de la jambe de Will. Hésitant, il se relève, les yeux rivés sur le sasquatch.

— Ça va, petite sœur? demande Christian à Maren.

— Évidemment, répond-elle.

— Je te ferais bien un câlin, mais Goliath risque d'être jaloux.

— Merci de nous avoir sauvés.

— Vous pouvez ramener Goliath dans sa cage, dit M. Dorian aux dresseurs.

— Par ici, Goliath, dit Christian en tirant sur la chaîne.

Will éprouve un élan de sympathie pour le sasquatch. Il est né dans la nature sauvage des montagnes et il vit désormais en réclusion, comme un prisonnier, seul de son espèce. Entraîné par les chaînes, il hausse les épaules et regarde Will de ses yeux insondables. Will ne bouge pas.

— Il se souvient aussi de toi, déclare M. Dorian.

— J'espère que ce sont de bons souvenirs, murmure Will.

Au bout d'un long moment, Goliath grogne et sort du wagon à la suite des dresseurs.

L'expression de M. Dorian est si grave que Will craint que le maître de piste soit en colère contre lui.

— Je suis désolé de tous les ennuis que je vous…

— Ne sois pas ridicule, répond M. Dorian. Tu n'y es pour rien.

— Combien étaient-ils ? demande Maren.

— Neuf, cette fois-ci. J'ai eu du mal à éviter la bagarre.

Le maître de piste semble pensif.

— Neuf hommes… Le projet de M. Brogan doit être bien ambitieux.

— Il va peut-être renoncer à ses recherches, avance Maren avec espoir.

Will avale sa salive.

— Il sait qui a l'autre clé, dit-il.

— Ton père, dit M. Dorian.

— Nous devons le prévenir ! De toute évidence, ces hommes n'entendent pas à rire. Et si Brogan est disposé à tuer un gardien…

— Ton père n'est pas un homme qu'on peut traiter à la légère, répond M. Dorian avec calme. Je doute beaucoup que M. Brogan ose se mesurer à lui. Si ton père est dans la locomotive, il a sans cesse des hommes autour de lui. Non, Brogan ne tentera pas ce coup-là.

Will aimerait bien le croire.

— Quoi qu'il en soit, nous nous mettons en route dans quelques heures, dit M. Dorian en lui donnant une petite tape sur l'épaule. Mais d'abord, nous devons finir ton déguisement. Mme Lemoine t'attend.

Un coup de pinceau à la fois, la peinture s'étend, épaisse et grasse. Will n'aime pas la sensation qu'elle laisse sur sa peau.

— Ça sèche, déclare Mme Lemoine, de façon ambiguë.

Ayant terminé son visage et son cou, elle s'attaque à ses mains.

Maren revient, des vêtements drapés sur son bras.

— Nous avons un costume de diseur de bonne aventure qui devrait t'aller, dit M. Dorian, qui supervise la transformation de Will.

Il s'agit d'une ample chemise blanche aux boutonnières et au col ornés de perles, d'un pantalon en coton blanc et d'un gilet en cuir brun.

— Debout, ordonne Mme Lemoine en reculant d'un pas pour mieux le voir.

Elle le tapote ici et là, l'oblige à pivoter sur lui-même pour l'examiner sous tous les angles.

— Touche pas ton visage.

Il croit comprendre ce qu'elle a voulu dire au sujet du séchage. La peinture lui semble moins mouillée et moins lourde.

— Essaie-les, suggère Maren en lui tendant les habits.

Will les emporte derrière un paravent japonais aux couleurs passées. Il se demande où il va mettre ses effets personnels, la clé en particulier. Puis, soulagé de constater que l'intérieur du gilet comporte plusieurs ingénieuses pochettes, il y range ses affaires et ôte les vêtements qu'on lui a prêtés. Il est heureux de s'en débarrasser. Les nouveaux lui vont beaucoup mieux.

Lorsqu'il réapparaît, Maren laisse entendre un hoquet mélodramatique.

— Qu'as-tu fait de Will Everett ? demande-t-elle.

M. Dorian hoche la tête en signe d'approbation.

— C'est impeccable.

Will se tourne vers le miroir. Il a l'impression d'être dans le corps d'un parfait inconnu, de se regarder par les orbites d'un inconnu.

— Je ne me reconnais pas.

— Excellente nouvelle, dit M. Dorian.

Will a l'air plus vieux et aussi plus féroce. Ses dents sont d'un blanc éclatant, ses yeux, dans son visage brun pâle, semblent perçants. Il éprouve un sentiment de libération. Il a réalisé son propre numéro de disparition.

CHAPITRE 9

LES JOUEURS

Lorsqu'ils descendent du train à Kirkton, ils n'ont pas l'air d'artistes de cirque. Pas de maquillage de clown, pas de vête-ments à paillettes. Will songe qu'ils doivent sembler aussi solennels que s'ils assistaient à une veillée funèbre. M. Dorian lui-même, dans son costume que complètent un haut-de-forme et une canne à pommeau argenté, ressemble à un corbeau aux ailes lustrées ; les nattes de Maren sont modestement glissées sous le col d'un pardessus marine qui lui descend jusqu'aux chevilles. Quant à Will, il porte un veston de laine foncé sur sa chemise et son pantalon ; une casquette recouvre ses cheveux noirs. Seul M. Beaupré se distingue par sa taille formidable. Même s'il ne participera pas aux spectacles donnés à bord du *Prodigieux*, le géant a insisté pour les accompagner jusqu'aux wagons des colons et transporter leurs bagages. Will se demande s'il n'espère pas secrètement jeter quelqu'un en bas du train.

Il risque d'être déçu. Pendant qu'ils marchent sur le gra-vier, Will aperçoit quelques serre-freins qui fument au som-met d'un wagon couvert ou inspectent des attelages, mais ils restent à bonne distance.

L'après-midi porte la promesse froide de la neige. Si loin au nord, les arbres sont plus grêles. Le sol est rocailleux et âpre. Aucun signe d'une ville au loin, non plus que d'un marché improvisé en bordure de la voie. Will se dit que l'escale est trop brève ou qu'il n'y a pas assez d'habitants à Kirkton.

Avec Maren à ses côtés, Will marche derrière M. Dorian en essayant de ne pas trahir sa hâte. Ils progressent, un wagon à la fois. Malgré la présence de M. Beaupré, Will craint à tout moment d'être attaqué par Brogan et ses sbires.

Qu'on ne l'ait pas reconnu lui semble incroyable. Son visage a la même forme, ses yeux, la même couleur. Personne ne l'a regardé d'assez près, sans doute. Comme le dirait peut-être M. Dorian : « Nous nous laissons facilement tromper par nos yeux. »

Pourtant, Will jurerait que certains serre-freins le regardent passer avec un grand intérêt. Peut-être sont-ils simplement curieux de voir les artistes du cirque. Les serre-freins ne sont quand même pas tous à la solde de Brogan. À en juger par la bande qui a investi les wagons du cirque, cependant, ils sont nombreux. Comment distinguer les bons des méchants ?

Son déguisement n'est pas son seul sujet d'inquiétude. Il doit se rappeler de se taire en présence d'autrui, autant dire presque tout le temps. Comme il est d'un naturel plutôt taciturne, ce sera peut-être plus facile qu'il l'imagine. Mais il n'est pas trop timide avec Maren. C'est l'une des raisons qui expliquent qu'il soit si bien avec elle.

Pendant qu'ils cheminent, M. Beaupré claironne gaiement le nom de tous les arbres qu'ils croisent et des oiseaux qui volettent entre les branches. Du toit d'un wagon à bestiaux, un serre-frein siffle Maren.

— Viens me siffler, moi, si tu l'oses, espèce de monstre d'effronterie ! rugit M. Beaupré.

Le serre-frein a un mouvement de recul et s'éclipse.

Maren ne semble pas irritée. Will se rend compte qu'elle doit avoir l'habitude de susciter ce genre de réaction. Pour la première fois, il comprend que le monde n'est pas de tout repos pour une fille. Une fille sans parents, par-dessus le marché. Au moins, Maren a ses frères, mais elle sera privée d'eux au cours des prochains jours. Elle ne pourra compter que sur M. Dorian et Will – protection à première vue dérisoire contre les types peu recommandables qui peuplent le train.

Will lui jette un coup d'œil. Il ne doute pas qu'elle sache bien se défendre toute seule, mais, en ce moment, une révélation lui vient : *j'aimerais la protéger*. Pour un peu, il rirait de lui-même. N'est-ce pas plutôt elle qui le protège, lui ? Il voudrait bien pouvoir lui parler. Il a encore beaucoup de choses à lui dire et à lui demander. Depuis trois ans, il accumule les questions. Pour l'heure, il se contente d'étudier son profil. Elle a un nez très intéressant.

Après une courbe dans la voie, Will aperçoit une foule immense. Pas de vendeurs ni d'étals. Que des colons qui s'étirent les jambes et respirent du bon air à proximité du train.

Près du fond du dernier wagon des colons, un beau jeune commissionnaire apparaît sur les marches. À la vue de cet homme, impeccable et officiel dans son uniforme du *Prodigieux*, Will éprouve un immense soulagement.

— Vous êtes M. Dorian ? demande-t-il au maître de piste.

— Pour vous servir.

— Je m'appelle Thomas Drurie. Nous vous attendions. Je peux voir votre passeport, monsieur?

— Bien sûr.

M. Dorian produit un livret et le tend à Drurie.

— Vos noms, je vous prie? demande-t-il à Maren et à Will.

— Maren Amberson.

Drurie regarde Will avec une certaine méfiance.

— Et vous?

— Je vous présente Amit Sen, notre artiste spirite, dit M. Dorian. Il comprend un peu d'anglais, mais n'en dit pas un mot.

— Quelle langue parle-t-il?

— L'hindi, répond le maître de piste.

— मै माफी माँगता हूँ, लेकनि मै नही अंग्रेज़ी बात नही करते, dit poliment Will, ainsi que le lui a enseigné un des artistes, une heure plus tôt.

Drurie écarquille les yeux.

— Qu'est-ce qu'il a dit?

— Il s'est excusé de ne pas parler anglais, dit M. Dorian.

— Et cet… imposant monsieur? demande Drurie avec une certaine méfiance.

— M. Eugène Beaupré. Il ne restera pas avec nous.

— Très bien. Montez, je vous prie.

— Merci, monsieur Beaupré, dit Maren en serrant dans ses bras la taille du géant, pareille à un tronc d'arbre.

— On se revoit dans la ville de la Porte des lions, Petite Merveille, répond-il avec affection.

Il regarde autour de lui, comme s'il mettait quiconque au défi d'importuner sa protégée, et repart vers les wagons du Zirkus Dante en sifflant.

Will monte dans le train. Il se souvient d'avoir été tassé comme une sardine dans des wagons de troisième classe, quand il était petit, mais rien qui se compare à ce qu'il a sous les yeux. D'abord, il croit se trouver dans un fourgon à bagages, car il y a là une multitude d'objets, des valises et des sacs et des ballots de forme bizarre, retenus par de la ficelle. Mais, parmi ces objets, il y a des gens, trop nombreux pour qu'il les compte ! Malgré tous ceux qui sont descendus, les lieux semblent incroyablement bondés.

Au même moment, la puanteur assaille Will. Celle des saucisses et des vêtements mal lavés et d'une latrine qui déborde. Les cornichons, la sueur, les bottes mouillées et l'encens ajoutent tous au fracas des odeurs.

De part et d'autre d'une allée étroite s'alignent des rangées de bancs en bois. Un vieil homme fait sauter sur son genou un bébé qui pleure et lui chante une comptine dans une langue étrangère. Quatre hommes penchent la tête sur une partie de cartes. Une femme angoissée égrène son chapelet. Deux hommes se disputent en frappant du doigt une carte géographique étendue devant eux.

Au-dessus des bancs en bois se trouvent deux rangées de couchettes escamotables. Sur l'une, une femme et un bébé dorment blottis l'un contre l'autre ; sur l'autre, un homme solidement charpenté se gratte le gros orteil. Deux garçons sautent de couchette en couchette, tandis que leur mère, sur le sol, leur crie après. On voit partout des couvertures élimées et des oreillers de fortune pleins de bosses. L'encombrement est tel qu'on peut à peine bouger. D'autres enfants courent dans les allées et grimpent sur les dossiers des bancs, transforment le wagon en terrain de jeux. La seule lumière provient des étroites fenêtres pratiquées près du plafond et de quelques lampes à huile fixées aux murs.

D'abord lentement, puis de plus en plus vite, les gens commencent à remarquer Will et les autres.

— Cirque...

— *Zirkus...*

— *Sirkuksen...*

— *Cirkuszi...*

Dans le wagon, le mot, murmuré en plusieurs langues, se répand. La plupart des passagers semblent contents. Quelques-uns reculent au passage du trio. Une petite fille se met à pleurer à la vue de M. Dorian dans son haut-de-forme et son manteau noirs à l'aspect austère – jusqu'à ce qu'il sorte une sucette de sa poche et la lui tende. Soudain, les artistes ont à leurs trousses un essaim d'enfants qui tirent sur leurs vêtements avec des yeux implorants. Le maître de piste extrait d'autres sucettes et bonbons durs de ses poches apparemment sans fond. Les passagers applaudissent, poussent des acclamations.

— Vous allez devoir dégager cette allée, lance Drurie inutilement, car personne ne l'écoute. Aucune entrave ne sera tolérée ! Est-ce une poule que je vois là ?

Dans un coin du wagon, un poêle ronfle. Pas moins de sept marmites bouillonnent dessus. Will suppose que c'est ainsi qu'ils se restaurent : profiter d'un espace libre et manger quand c'est possible.

— Il y a seulement un poêle ? demande Maren à Drurie.

Il pose sur elle un regard confus et ignore la question, comme si elle ne méritait pas qu'on s'y intéresse.

— Désolé de vous infliger une telle épreuve, dit Drurie à M. Dorian. Ça sent plutôt mauvais.

— Pas étonnant puisqu'il semble y avoir un seul cabinet d'aisances par wagon, répond sèchement le maître de piste.

En traversant le wagon, Will se rend compte que ces gens disposent de moins d'espace que les animaux du Zirkus Dante. Il est injuste que certains occupent des quartiers aussi exigus, tandis que d'autres, à l'avant, voyagent dans le luxe. Son père sait-il comment ces gens sont traités, à l'arrière ?

— Ils ont bien de la chance d'être à bord du *Prodigieux*, ceux-là, dit Drurie avec une moue. Ce sont les plus pauvres d'entre les pauvres, échoués sur les rivages de notre pays pour s'approprier nos terres.

— Intéressant, dit M. Dorian. Ma mère est une Indienne crie. Ce sont peut-être des gens comme *vous* qui ont échoué sur *nos* rivages. Idée stimulante, ne trouvez-vous pas ?

Drurie se racle la gorge et continue d'avancer.

— Selon certaines rumeurs, il y aurait un meurtrier à bord du train, dit-il, et je parierais n'importe quoi qu'il se trouve parmi ces gens-là. À votre place, j'ouvrirais l'œil.

M. Dorian soulève son chapeau pour saluer une dame portant une coiffe.

— Bien le bonjour, madame. Maintenant, Drurie, auriez-vous l'obligeance de nous indiquer l'endroit où nous donnerons notre spectacle?

— Nous vous avons fait un peu de place, quelques wagons plus loin, répond-il. J'espère que ce sera satisfaisant.

— Je n'en doute pas, dit M. Dorian.

Ils aboutissent dans un wagon dont toute une section, au fond, a été délimitée par des rideaux.

Will s'attend à découvrir une scène de théâtre. Lorsque Drurie ouvre, Will a plutôt sous les yeux un petit magasin pourvu de multiples tablettes: miches de pain de seigle noir, jambons cuits, boîtes de légumes, quelques fruits frais, des pains de savon, des serviettes, des bouteilles de formes et de couleurs différentes, fermées par des bouchons de liège. À leur entrée, un homme bien mis, assis sur un banc rembourré, lève les yeux.

— Ah! Vous devez être les artistes chargés de nous divertir, dit-il avec un accent châtié qui, aux oreilles de Will, est celui de l'aristocratie anglaise. Je m'appelle M. Peters.

Tout de suite, Will remarque l'extrême propreté des ongles de l'homme. En fait, ils sont aussi polis et parfaitement incurvés.

— Vous êtes le chef commissionnaire? demande M. Dorian.

— Non, non, un simple passager payant. N'est-ce pas, Drurie?

— Oui, monsieur Peters.

Le moins qu'on puisse dire, c'est qu'il ne ressemble pas aux autres passagers. Il dispose de tout un coin du wagon pour lui tout seul, l'équivalent de trois rangées de bancs, délimité par d'épais rideaux. À chacune des entrées, devant et derrière, est assis un barbu portant un lourd manteau, une carabine appuyée sur sa chaise.

— Vous êtes aussi marchand, dirait-on, constate M. Dorian en examinant les articles réunis.

— Eh bien, comme vous le savez, *Le Prodigieux* ne fournit pas de repas à ces pauvres gens. Alors je fais ma part.

— Deux dollars pour une miche de pain ? dit Maren en lisant un écriteau.

— Oui, mademoiselle.

— C'est beaucoup, observe-t-elle.

— C'est le juste prix à bord du *Prodigieux*, jeune demoiselle. Avant de monter sur vos grands chevaux, laissez-moi vous poser une question : combien d'hommes de ma condition accepteraient de voyager en compagnie de personnes de cette catégorie ? Je m'y résous à seule fin de les secourir.

— Ah ! s'exclame M. Dorian. C'est très noble de votre part.

— Nous sommes dans le wagon suivant, dit Drurie, pressé de les emmener.

— C'est dégoûtant, marmotte Maren dès qu'ils sont sortis.

— Le chef de train sait-il qu'il y a un profiteur à bord du train ? demande M. Dorian à Drurie, visiblement mal à l'aise.

— Il a payé pour toutes les places qu'il occupe, répond-il. Et les passagers sont heureux de pouvoir compter sur lui lorsqu'ils ont besoin de quelque chose.

Aux oreilles de Will, cette réponse semble avoir été préparée à l'avance. Il se demande si son père sait ce qui se trame à bord du *Prodigieux*.

— Nous avons demandé aux passagers de dégager un espace ici, explique sèchement Drurie en les guidant vers le centre du wagon.

Will imagine sans mal comment des hommes comme Drurie s'y sont pris pour forcer des passagers à renoncer à leur siège. Il est toutefois surpris d'être accueilli par de grands sourires enthousiastes et des applaudissements de la part des déplacés.

— Merci, merci, dit M. Dorian avec grâce. *Vielen Dank. Thank you. Grazie.* Nous vous promettons un spectacle des plus divertissants, et vous serez aux premières loges. Nous débutons dans une heure !

En guise de rideaux, on a épinglé des draps qui séparent les « coulisses » des quelques rangées de sièges inoccupés. Drurie leur dit au revoir et sort par la porte à l'avant du wagon.

Les yeux de Will s'attardent sur cette porte. Au-delà, il y a un wagon qui transporte des colons, puis des centaines d'autres, avant les wagons de troisième classe, puis ceux de deuxième et enfin ceux de première. Le trajet est là, qui l'attend.

— Quel duo dégoûtant, déclare Maren en posant son sac derrière les rideaux. Peters et ce lâche de commissionnaire… Ça ne devrait pas être permis.

— Il en va ainsi depuis toujours, dit M. Dorian. Je ne vois pas de changement à l'horizon.

Tout autour d'eux, on entend le brouhaha des passagers. Will croit donc pouvoir chuchoter sans danger.

— Je vais en parler à mon père. C'est un homme juste. Il ne tolérera pas une telle situation.

M. Dorian sourit faiblement.

— Tu sais mieux que quiconque comment le chemin de fer s'est construit, Will. Sur le dos d'ouvriers mal payés. Un dollar par jour pour risquer sa vie. Moins pour ceux qui n'étaient pas blancs.

— En tout cas, rétorque Will, obstiné, mon père était du nombre. Il n'aimerait pas savoir que des gens sont maltraités à bord de son train.

L'évocation de son père avive son impatience.

— J'ai réfléchi… Je pense que je pourrais me débrouiller tout seul, à partir d'ici.

Maren le dévisage, surprise.

— Qu'est-ce que tu veux dire ?

— Vous n'avez pas besoin de moi. Je n'ai qu'à remonter vers l'avant.

— Mais ce n'est pas le plan dont nous avons convenu.

M. Dorian le regarde calmement.

— Je te le déconseille, William. Tu n'as ni billet, ni passeport pour aller d'un wagon à l'autre. On ne te laissera pas passer. Et tu peux être sûr que les hommes de Brogan sont aux aguets. J'ai l'impression qu'il a mis Drurie dans la confidence, peut-être d'autres commissionnaires aussi. Ils cherchent un meurtrier et ils signaleront à Brogan tout comportement jugé suspect. Tu risques beaucoup moins en attendant d'atteindre la première classe avec nous.

— Encore deux nuits seulement, Will, lui rappelle Maren.

Elle semble sincèrement inquiète.

— Tu es plus en sécurité avec nous.

Se mordant la lèvre, Will fixe une fois de plus la porte. Et si Brogan tente de dérober la clé de son père et qu'ils engagent le combat? Son père est fort, mais sait-il se servir de ses poings? Se défendre contre un couteau? Dans ses récits, il a souvent évoqué des batailles qu'il avait interrompues. Ayant survécu pendant trois ans à la construction du chemin de fer, il saura sûrement se défendre contre des types comme Brogan.

— D'accord, dit Will en se détournant de la porte.

Il s'inquiète toujours pour son père, et il est tout aussi terrifié à l'idée d'exécuter un numéro. Il n'a jamais rien fait de tel. À l'école, quand il devait présenter des exposés oraux, il en était malade des jours à l'avance. Le moment venu, il éprouvait une terreur telle, en prenant place devant les autres élèves, qu'il craignait de s'évanouir. Les réflexions et les mots utiles désertaient alors son cerveau.

— Tout ira bien, chuchote Maren, qui a lu dans son esprit. Tu n'es plus Will Everett. Tu es complètement différent. C'est ce qu'il y a de plus merveilleux dans ce métier: c'est un autre qui se produit. Un autre qui possède des habiletés et des pouvoirs dont tu n'aurais jamais osé rêver.

Pendant un moment, il éprouve, une fois de plus, la liberté d'habiter un corps qui n'est pas tout à fait le sien.

— Tu vas adorer, lui promet Maren.

Brogan court sans effort sur le toit des wagons en fonçant vers l'avant. Il est chez lui sur cette route cahoteuse, en mouvement constant, qu'il connaît comme le fond de sa poche. Malgré un léger boitement, il a le pied aussi sûr qu'une chèvre de montagne.

Le boitement n'est pas le produit des années qu'il a passées comme dynamiteur ou comme poseur de rails. Des hommes, des Chinois surtout, mouraient à tout bout de champ, mais lui était protégé par une sorte d'enchantement. Il était le meilleur dynamiteur de la bande, et il n'a été blessé que le dernier jour, lorsque le sasquatch l'a attrapé par la jambe et catapulté dans la gorge. Il aurait dû mourir, ce jour-là. Mais quelques buissons poussaient au bord du précipice et il a réussi à s'y accrocher. Il est resté là, invisible, jusqu'à ce que la voie soit libre. Puis il est remonté et, clopin-clopant, il a gravi la montagne pour se donner une nouvelle identité. Un nouveau nom et le tour était joué.

Brogan ignore si le jeune Everett est à bord du train. Peut-être est-il tombé, cette nuit-là. Tout ce que Brogan sait, c'est qu'il ne remettra jamais les pieds dans les wagons du Zirkus Dante, tant et aussi longtemps que le sasquatch sera dans les parages. Il n'a pas peur de grand-chose, mais ces bêtes réduisent ses entrailles en bouillie.

C'est sans importance, cependant. Car il existe une autre clé. Cet idiot d'ivrogne lui en a donné l'assurance.

Brogan atteint l'avant de la première classe et descend sur la plate-forme. En principe, les serre-freins ne doivent pas entrer dans ces wagons sans vêtements élégants. Il jure dans le décor. Mais il n'a pas l'intention de s'attarder.

Il entre dans le wagon et passe la tête dans le bureau du steward. Vide. À un mur sont accrochées les clés des wagons de première, toutes bien identifiées pour la durée du voyage. Il s'empare de celle sous laquelle est écrit EVERETT. Le compartiment est le premier du wagon. Deux secondes plus tard, il est à l'intérieur.

Il tend l'oreille. Personne ne bouge à l'étage. Il se dirige vers le bureau à cylindre, ouvre les tiroirs, fouille dans les papiers. Rien. Examinant les surfaces, les tablettes et les débarras, il traverse le séjour et grimpe à l'étage.

On dirait que la chambre principale n'a jamais été utilisée. Il inspecte la commode, en vain. Puis la chambre du garçon. Avec le même résultat.

Fou de rage, il a envie de claquer les portes, de tout saccager. Il prend un moment pour calmer sa respiration.

James Everett a sans doute la seule autre clé sur lui.

Il laisse le compartiment tel qu'il l'a trouvé, sort du wagon et grimpe sur le toit.

Ce sera plus sanglant. Mais il ne peut plus revenir en arrière.

Pendant le long retour vers la queue du train, un nouveau plan s'échafaude dans son esprit.

Will jette un coup d'œil entre les rideaux.

Le Prodigieux roule de nouveau. Maintenant que tous les passagers sont remontés, le wagon est rempli à craquer. De part et d'autre de l'estrade de fortune, des gens sont assis par terre, sur les genoux ou sur les épaules d'autres passagers, accrochés aux couchettes qui ploient dangereusement.

Sur scène, M. Dorian vient d'hypnotiser un homme qui pépie comme un oiseau. La foule hurle de rire.

Will laisse retomber les rideaux et avale sa salive.

— Ça va ? lui demande Maren, tout bas.

Il hoche la tête. Il n'a pas envie de parler.

Quatre portraits. Voilà tout ce qu'on attend de lui. Mais il a peur de vomir. Dans sa poche, sa main trouve la dent de sasquatch et frotte sa surface grêlée.

— Je vais être à côté de toi, dit-elle en lui serrant la main entre les siennes.

Pendant un moment, il est distrait par le contact de la peau de Maren contre la sienne, puis la voix de M. Dorian retentit. C'est son signal.

— Et maintenant, mesdames et messieurs, un phénomène des plus singuliers vous attend. Nombreux ont été, au cours de l'histoire, les artistes capables d'exécuter des portraits. Mais l'un d'eux aurait-il été en mesure d'exercer son art sans voir ses sujets ? Le jeune homme qui suivra est né dans le royaume de l'Inde et a étudié pendant des années pour parfaire son don. Quatre heureux spectateurs choisis au hasard auront ainsi le privilège d'être dessinés. Je vous présente Amit, l'artiste spirite !

Will perd la majeure partie du boniment. Dans sa tête, les mots ne font que s'entrechoquer. Maren le pousse doucement. Il déglutit et sort. Par chance, il entrevoit l'auditoire pendant quelques secondes seulement, masse solide de corps et de têtes et de chaleur et d'expectative. Il est heureux que Maren le guide vers le tabouret sur lequel il s'assoit, face au mur.

— Qui sera le premier à se faire dessiner ? demande M. Dorian.

Un véritable rugissement ébranle le wagon.

— Vous, monsieur. Approchez, s'il vous plaît. Mettez-vous là. Voilà, juste derrière lui. Regardez bien, maintenant. Pour avoir la certitude que notre artiste ne voit rien…

À ce signal, Maren brandit le foulard devant les spectateurs. Passant derrière Will, elle le noue sur le visage du volontaire.

— Vous voyez quelque chose, monsieur ?

— *Nyet*. Ri-yenne.

— Bandons les yeux de notre artiste spirite, dans ce cas, enchaîne M. Dorian, et laissons-le commencer !

Le foulard est noué sur le visage de Will. Il voit parfaitement à travers. Il avance les mains à tâtons et Maren lui tend son carnet à dessins et son crayon. Puis elle recule de quelques pas et se poste devant lui.

Il se concentre sur les ingénieuses paillettes réfléchissantes de la robe de Maren. Ensemble, elles forment une sorte de mosaïque. L'image, bien qu'imparfaite, suffit. Will et Maren ont convenu d'une méthode. Il se gratte l'oreille, elle se tourne vers la droite ; il tape du pied, elle pivote sur sa gauche. Il voit le visage de l'homme : un solide rectangle de chair et d'os. Des sourcils touffus, d'un seul tenant.

Will est nerveux et il craint que les spectateurs voient sa main trembler. Il se souvient alors de son truc d'enfance. Son œil est le crayon. Et il se met au travail, parcourt le petit territoire de rides et de courbes, hachure ici et là. Il travaille rapidement, conscient de ne pas pouvoir faire attendre l'auditoire trop longtemps.

Le portrait n'est pas très réussi, mais, au bout d'une minute, M. Dorian le lui arrache et le brandit devant les spectateurs.

— La ressemblance n'est-elle pas saisissante? s'écrie-t-il.

Will entend un vaste murmure d'approbation, des applaudissements et des bruits de bousculade. Chacun veut avoir son tour. Will exécute un nouveau dessin, avec plus de confiance, cette fois. Dans le reflet des paillettes de Maren, il est témoin de la joie de la femme à qui M. Dorian remet son croquis. Elle le montre à son mari et à ses enfants. Elle ne veut même pas le plier. Il se demande si elle a déjà été photographiée.

Deux portraits encore et soudain il a terminé sa prestation. Il salue, soulevé par les applaudissements. Lorsque Maren et lui se retirent derrière les rideaux, il se sent électrisé, incapable de rester immobile.

Maren rit.

— Ce n'était pas si difficile, après tout, non?

— Ça m'a *plu*!

Il y a tant de bruit autour d'eux qu'il ne craint pas d'être entendu.

— Je te l'avais bien dit. Tu finiras par joindre les rangs du cirque!

— Tu es encore nerveuse, toi, sur scène? lui demande-t-il.

— Parfois.

Puis Maren est appelée pour son numéro et Will l'observe avec attention par une fente entre les rideaux.

Elle est calme et posée. Dans sa main, elle tient une bobine de fil bien compacte, semblable à celle d'une canne à pêche.

Elle tourne la petite manivelle et le fil, rigide, se déroule à l'horizontale. Il se termine par un grappin. Elle continue de tourner et le fil s'allonge. Les spectateurs s'écartent pour le laisser passer. Will n'a jamais vu un appareil de la sorte, en soi un tour de magie. Lorsque le fil atteint l'autre bout du wagon, Maren imprime une légère torsion à son poignet et le crochet se fixe à une saillie, à environ trois pieds du sol.

Maren court alors jusqu'à l'autre bout du wagon et accroche la bobine au mur. Elle a créé sa propre corde raide au milieu du wagon. Elle saute dessus, sa tête frôlant le plafond.

La foule pousse une grande acclamation. Sur le fil, Maren est transformée. Soudainement, Will ne la connaît plus du tout. Émerveillé, il la voit gambader, exécuter des sauts périlleux, fermer les yeux, marcher à reculons, s'allonger sur le ventre et feindre le sommeil.

Malgré la liesse, Will remarque les regards que certains hommes posent sur elle, des regards furtifs et avides qui ne lui plaisent pas du tout.

Maren invite les passagers à lui lancer des objets et elle les attrape l'un après l'autre : un chapeau, une bouteille, un saucisson. Puis elle s'en sert pour jongler. Après avoir relancé les objets à leurs propriétaires légitimes, elle descend, rembobine le fil et regagne la scène en faisant la roue dans l'allée.

C'est l'heure de la Disparition. Will voit un spectateur enchaîner Maren, puis on la recouvre d'un foulard géant. Il l'observe attentivement dans l'espoir de comprendre le truc – et il sursaute lorsqu'elle lui tape sur l'épaule derrière le rideau.

— Comment as-tu fait ? demande-t-il.

— Je ne te le dirai jamais, répond-elle, les joues roses, essoufflée.

Comme il voudrait pouvoir la dessiner ainsi !

M. Dorian tire les rideaux pour les révéler aux spectateurs et on entend un véritable tsunami d'applaudissements. Même ceux qui ont eu la chance d'assister au spectacle assis sont debout, applaudissent et crient « Bravo ! » et « Brava ! » et d'autres mots que Will ne comprend pas. Il sent un étourdissant bonheur éclore en lui.

Les spectateurs foncent vers eux et Will se dit qu'ils risquent d'être écrasés. On les saisit, tous les trois, et on les hisse sur des épaules, puis on les conduit dans un autre wagon où il y a un poêle sur lequel des marmites bouillonnent.

On déplace des ballots, des gens se poussent, et Will se retrouve sur un banc, à côté de Maren. Elle semble aussi abasourdie que lui. Dès qu'il est assis, on lui pose un bol de nourriture sur les genoux et une cuillère dans la main. Et Will comprend qu'on les invite à souper.

Le bol dégage un parfum divin, mais Will a tout juste le temps de prendre une bouchée que déjà on le touche et le bombarde de questions dans plusieurs langues. Il sait qu'il ne doit pas répondre en anglais. Il se contente donc de sourire et de répéter les quelques mots d'hindi qu'il a mémorisés.

De l'autre côté de la masse grouillante de corps, il aperçoit un homme qui a l'air indien et tente désespérément de s'approcher de lui. Que se passera-t-il s'il essaie de converser avec Will ? Il sera démasqué ! Par chance, des instruments de musique apparaissent soudain. D'étranges objets à cordes, des guimbardes, un machin qui ressemble un peu à un accordéon.

Les colons offrent leur propre spectacle, peut-être pour remercier les artistes. Will se sent un peu écrasé et assourdi, mais ils sont si gentils qu'il ne s'en formalise pas.

Un homme lui glisse un verre dans la main et le regarde avec tant d'attente que Will n'a d'autre choix que de le vider d'un trait. Le liquide lui brûle la gorge. La foule l'acclame.

Lorsque la danse débute, Will, qui a sifflé deux autres verres, est convaincu que danser est justement la chose la plus extraordinaire du monde. Il se glisse dans une masse confuse de bras en sueur et martèle le sol; il n'a plus toute sa tête. Tout près, il voit Maren, qu'on fait virevolter et qui forme une tache de couleur vive. Il a envie de l'agripper, de l'arrêter de bouger, de sentir une fois de plus sa peau sur ses mains.

Brusquement, on les pousse l'un contre l'autre, puis les colons se pressent autour d'eux en battant des mains.

— Ils veulent qu'on danse ensemble, dit Maren.

Il est sur le point de lui répondre en anglais, de lui dire qu'il ne sait pas danser, mais il est trop tard. Elle a saisi ses mains et l'entraîne dans une valse approximative. Après quelques pas, il tente de mener et lui marche sur les pieds, puis elle recommence à mener, et bientôt ils rient comme des fous.

Soudain, un cri de consternation poussé par une femme s'élève au-dessus de la musique. Les instruments se taisent. On entend une rafale de mots durs. La foule se déplace, se tourne vers la commotion.

Will aperçoit alors l'un des gardiens de M. Peters. Il domine un homme de petite taille, dont le visage est congestionné et envahi par l'indignation. Une femme, son épouse peut-être, invective le gardien, tandis qu'un petit garçon, accroché à elle, observe la scène, le visage blême de peur.

Le gardien pousse l'autre homme contre le mur, glisse la main dans son veston et en sort une mince bouteille. L'homme essaie de l'attraper, mais le gardien lui assène une violente gifle.

Pendant un moment, toutes les personnes présentes restent silencieuses. Puis quelques colons crient et s'avancent vers le gardien d'un air menaçant, mais l'homme de Peters arme sa carabine, et ils battent en retraite.

— Y a-t-il un problème? demande M. Dorian au gardien à son passage.

— Rien qui vous concerne, grogne l'homme en sortant du wagon.

La femme pleure ouvertement, à présent.

— Leur petit garçon être malade, explique un homme à M. Dorian. M. Peters vendre médicament. Le père ne pas avoir argent. M. Peters vendre médicament mais vouloir argent plus tard. Le père essayer vendre choses pour avoir argent, mais il ne pas réussir. Alors Peters reprendre médicament.

— Il n'a pas d'argent du tout? demande M. Dorian.

— Seulement nourriture pour voyage, mais M. Peters ne pas vouloir nourriture. Il vouloir titre.

Maren fronce les sourcils.

— Quel titre?

— Titre sur terre. Famille venir pour ça.

— Ah! s'écrie M. Dorian. Les concessions immobilières offertes par le gouvernement...

Will est au courant. La plupart des colons font le voyage pour prendre possession des terres qu'on leur a accordées et y créer une ferme ou un ranch. Le titre est leur preuve de propriété. Sans lui, ils n'ont rien.

— On dirait bien que M. Peters fait aussi de la spéculation immobilière, constate M. Dorian.

William regarde le petit garçon au visage crispé. Il n'a jamais ressenti un tel élan d'indignation fiévreuse. Sans réfléchir, il s'élance aux trousses du gardien de Peters.

Maren le suit de près.

— Qu'est-ce que tu fabriques, Amit? chuchote-t-elle.

Il l'ignore, fonce jusque dans le wagon de Peters. Il est conscient de la présence de Maren à ses côtés et de M. Dorian, juste derrière. Elle lui glisse à l'oreille:

— Surtout, pas de bêtises!

Will n'a ni trucs, ni pouvoirs. Mais il a presque trois dollars dans sa poche. Il entre dans la pièce délimitée par des rideaux, où M. Peters mange sur une belle assiette en buvant du vin. En le voyant surgir, les deux gardiens bondissent.

— Ah! Le garçon de cirque, dit-il. Désolé d'avoir raté votre spectacle. Je n'ai jamais été porté sur les divertissements bon marché.

Will sort les pièces de sa poche et les pose devant M. Peters.

— Médicament, dit-il.

— Ah! Tu parles donc un peu d'anglais, finalement!

Will, conscient d'avoir commis une erreur, n'ajoute rien. Mais il est normal qu'Amit ait grappillé quelques mots d'anglais, ici et là.

— Il veut le médicament pour ce garçon, explique Maren.

M. Peters étudie Will avec amusement… et curiosité.

— Je suis heureux de constater que ton maître de piste te rémunère généreusement. Je me suis laissé dire qu'ils étaient parfois d'horribles exploiteurs. J'accepte avec plaisir de te vendre le médicament.

Il fait signe au gardien, qui prend la petite bouteille sur la tablette et la lance à Will.

Celui-ci l'attrape et l'empoche.

— Riche et bon Samaritain par-dessus le marché, dit M. Peters. Voilà qui réchauffe le cœur. Nous sommes pareils, tous les deux. Par chance, j'avais en main le médicament dont a besoin ce garçon. Si le chef de train apprend qu'il y a des voyageurs malades à bord, il risque de les obliger à débarquer. Dans un tel cas, leur situation serait encore plus désespérée. Mieux vaut que le problème soit réglé par des hommes débordants de compassion comme nous.

Will sait qu'il s'agit d'une menace : tenez votre langue à propos de ce que je manigance ici, sinon cette famille risque d'en pâtir.

Will se tourne vers Maren en feignant de ne pas avoir saisi un traître mot et s'aperçoit qu'elle a le visage blanc de rage. Cette fois, c'est lui qui pose une main sur son bras, de crainte qu'elle commette une imprudence.

— N'oublie pas ta monnaie, dit M. Peters.

Will se retourne et accepte les pièces que l'homme lui tend. Avant de prendre congé, M. Dorian, qui a observé la scène à l'abri des rideaux, salue Peters en portant la main à son chapeau.

Will traverse les wagons jusqu'à la famille du garçon et tend la bouteille à la mère qui, sous l'effet de la surprise, écarquille les yeux.

— Cet homme, il ne va pas venir la reprendre? demande nerveusement le père.

— Non, répond Maren.

Le garçon fixe la bouteille et éclate en sanglots.

— Pourquoi pleure-t-il? demande Maren.

— Le goût, répond la mère. Il n'aime pas.

Le garçon pleurniche un mot qui sonne comme «bateau».

— Qu'est-ce qu'il dit? demande Maren.

— Un jouet, un bateau, nous l'avons laissé derrière nous, explique la mère. Et il est encore triste.

À l'oreille de Maren, Will chuchote:

— Demande-lui de le décrire.

Maren obtempère et Will attend que la mère traduise la question pour son fils. Le garçon sourit et son visage pâlot s'anime. Il babille longtemps. Tandis que la mère fournit les détails à Maren, Will sort son carnet à dessins. Il travaille rapidement tout en ayant soin d'ajouter le plus de détails possible.

Enfin, il arrache la page de son carnet et la tend au garçon.

Celui-ci fronce les sourcils et montre du doigt la cheminée.

Sa mère lui adresse quelques mots sévères et les yeux du garçon se mouillent de nouveau.

— Qu'est-ce qui ne va pas? demande Maren.

— Il est trop exigeant, répond la mère.

Will voit le garçon tracer le contour d'une cheminée plus grande. Will tend la main et, en quelques traits rapides, grossit la cheminée, puis il ajoute un généreux panache de fumée.

Le garçon adresse un large sourire à Will, qui se sent comme un héros.

— J'espère que votre fils ira bientôt mieux, dit Maren.

— Merci, leur dit le père. Merci.

— Cirque…

— *Zirkus…*

— *Sirkuksen…*

— *Cirkuszi…*

Le mot qui a salué l'arrivée de Will marque aussi son départ, au milieu des applaudissements et des acclamations. Maussade, Drurie leur fait traverser les derniers wagons des colons. Will, qui trimballe sa petite valise, se sent épuisé, tout à coup. Il n'a jamais eu une envie aussi pressante de se coucher. Drurie les conduit devant une porte qui exige deux clés. Lorsqu'elle s'ouvre, le vacarme des rails envahit l'espace. L'air froid frappe Will en plein visage. Il fait très noir dehors.

De l'autre côté de l'attelage, un commissionnaire se tient devant une fenêtre éclairée. Il adresse un signe de tête à Drurie et ouvre la porte. Puis, à la suite de Maren et de M. Dorian, le corps de Will, aussi lourd que du plomb, s'engage sur la plate-forme frémissante de la troisième classe.

CHAPITRE 10
LE MUSKEG

— Attention à la marche, je vous prie, dit le commissionnaire en les faisant entrer.

C'est un garçon dégingandé dont les fins poignets dépassent largement des manches de sa chemise.

— Le fourgon postal est un peu encombré. Peu de gens passent par ici.

Will contourne des sacs de toile bien remplis. C'est un long wagon surélevé, sans fenêtres et éclairé par des lampes à gaz. Une petite armée d'hommes en uniforme, assis devant des tables étroites, trie le courrier et jette des enveloppes et des paquets de toutes les formes dans des sacs ouverts. Le côté gauche du fourgon est tapissé de casiers. Juchés sur de hautes échelles, des postiers, chacun avec un sac sur l'épaule gauche, glissent les pièces de courrier dans des trous. Les échelles, accrochées à des rails, vont et viennent à une vitesse ahurissante.

— Voici James Kilgour, notre maître de poste, dit l'échalas.

Un homme aux moustaches blanches, coiffé d'une casquette officielle, lève les yeux de sa planchette à pince. Will remarque qu'il n'a que deux doigts à la main droite, le pouce et l'index.

— Bien le bonsoir, dit-il avant d'ajouter : Owney ! Où est le paquet pour Edmonton ?

Saisi, Will baisse les yeux et voit un chien miteux brun et blanc pousser un colis vers les pieds de M. Kilgour. Puis il se met en position assise, l'air immensément satisfait de lui-même.

— Bon chien, dit M. Kilgour en jetant le colis dans un sac ouvert et en faisant un crochet sur sa planchette à pince.

Il gratte le chien derrière les oreilles.

— Je vous présente Owney, notre chien de poste.

Les oreilles brunes triangulaires d'Owney se dressent et sa queue frétille avec reconnaissance. À son collier sont accrochées de si nombreuses médailles que Will s'étonne qu'il puisse redresser la tête. Will est sur le point de demander à quoi elles servent, mais il se retient à temps. M. Kilgour, en effet, a devancé la question.

— Des gens lui en donnent à chaque arrêt. Il est allé un peu partout. Houston. Churchill. Ann Arbor. Ce sont les maires qui lui offrent les médailles. Il porte chance, notre Owney. Il livre le courrier à temps et, depuis quinze ans qu'il est avec nous, aucun accident n'est survenu.

— Il est adorable, dit Maren en se penchant pour le caresser.

Will le flatte aussi, surtout pour pouvoir frôler la main de Maren.

— Merveilleux, dit M. Dorian, indifférent. Et si nous poursuivions ?

— Un moment, je vous prie, dit le maître de poste. Nous livrons bientôt un sac de courrier et, devant, nous avons tendance à nous marcher sur les pieds.

Il consulte sa montre de gousset.

— Harrison ! Reid ! Ouvrez !

Deux hommes accourent et tirent sur une chaîne pour remonter un haut panneau en métal sur le flanc du wagon. L'air nocturne entre au galop. Dans les ténèbres, Will voit défiler des poteaux télégraphiques.

— Sac en position ! crie le maître de poste dans le fracas des rails.

Au centre du fourgon se dresse un solide poteau métallique semblable à un mât. Deux bras en dépassent, à trois pieds l'un de l'autre. Harrison et Reid accrochent un sac de courrier à celui du bas et tournent les deux bras de manière qu'ils dépassent de la grande fenêtre.

— Nous y sommes ! crie l'un des hommes, qui a sorti sa tête par l'ouverture.

— Rentre ta tête, espèce de crétin ! Combien de fois faudra-t-il que je te le répète ? Tu veux te faire décapiter ou quoi ?

Le maître de poste regarde Will en roulant les yeux.

Par la fenêtre passe une masse indistincte, puis on entend un violent fracas métallique et Will voit disparaître le sac du bras inférieur. Au même moment, le bras supérieur, vide un instant plus tôt, pivote vers l'intérieur du fourgon, lesté d'un lourd sac de toile.

— Vous avez vu ? s'écrie le maître de poste en secouant la tête avec fierté, même s'il a sans doute mille fois été témoin de la manœuvre. Leur bras s'empare de notre sac et nous prenons le leur ! Très bien, les gars. Au tri ! Nous avons une heure avant la prochaine livraison, et après, c'est le muskeg !

— Au revoir, Owney, dit Maren en sortant.

Il remue la queue et se met à renifler les ballots posés sur le sol, comme s'il pouvait lire leurs adresses.

Le commissionnaire les fait passer dans le wagon suivant. Dès que la porte se referme derrière eux, Will note qu'il y règne une atmosphère beaucoup plus paisible que dans les wagons des colons. L'insonorisation doit être supérieure, au même titre que la suspension : le roulement est beaucoup plus doux. Le sol est recouvert d'une couche de peinture blanche toute fraîche ; au plafond, on remarque des volutes décoratives. Le long du mur, des lampes à gaz sont disposées à intervalles réguliers. Il y a un poêle à chacune des extrémités, mais l'air ne sent ni la cuisson ni la suie.

On met le wagon au lit. Des stewards distribuent des oreillers et des couvertures et abaissent les couchettes. De lourds rideaux préservent l'intimité des passagers. Le wagon est bondé, mais nettement moins que ceux des colons. Des gens les regardent et Will se rend compte que M. Dorian, Maren et lui détonnent au milieu des vachers et des fermiers usés par les intempéries, en maillot de corps et en pantalon de denim.

Après quelques wagons, des fourgons à bagages et les quartiers des membres du personnel, le commissionnaire arrive enfin devant un minuscule compartiment et se pousse pour les laisser entrer. On voit, posées contre un mur, trois couchettes qui obstruent presque en totalité l'unique fenêtre.

Le mur d'en face est occupé par un étroit banc en bois. Bref, on a tout juste assez de place pour changer d'avis, ainsi que la mère de Will avait l'habitude de le dire à propos de leur ancien appartement.

— Il y a des tablettes sur le mur d'en face pour vos affaires, dit le commissionnaire. J'espère que ça vous convient. C'est le seul compartiment libre en troisième classe.

— Nous vous sommes extrêmement reconnaissants, dit M. Dorian. Merci.

— J'ai fait préparer vos lits. La salle de bains est au bout du couloir. Le wagon-réfectoire n'est pas très loin. Souhaitez-vous y prendre votre repas, ce soir ?

— Nous avons déjà mangé, merci, répond Maren.

— Après le wagon-restaurant, vous trouverez le saloon, où vous vous produirez demain après-midi, poursuit l'homme. C'est un bel espace.

— Excellent, dit M. Dorian en refermant la porte. Merci.

Will jette sa petite valise sur une tablette et se perche sur le banc. Ses genoux touchent presque la couchette du bas.

— Tu t'es montré imprudent dans les wagons des colons, dit M. Dorian à voix basse. Tu t'es fait remarquer.

Will se demande si le maître de piste le réprimande.

— Désolé, mais les agissements de Peters sont inadmissibles. Pourquoi Sam Steele n'y met-il pas le holà ?

— Les agents de la Police montée ne patrouillent pas dans les wagons des colons, répond M. Dorian. Ces gens sont abandonnés à eux-mêmes.

— Je vais en parler à mon père, promet Will. Ils sont trop tassés, là-dedans. On a plus d'égards pour le bétail.

— Je suis d'accord avec Will, dit Maren. C'est injuste.

— L'injustice est partout, affirme M. Dorian d'un ton placide, même si, pour la première fois, Will détecte de la colère sous son flegme irritant. Les ancêtres de mon père sont venus de France pour prendre possession de ces terres. Puis les Anglais sont venus et les ont enlevées aux Français. Plus tard, les Américains ont tenté de les enlever aux Anglais. En tant que Métis, j'ai vu les miens être rejetés et humiliés. Je ne suis pas insensible aux souffrances des colons. Mais, après tout, ils constituent un autre groupe d'Européens venus s'approprier des terres qui, autrefois, appartenaient aux autochtones.

Will, qui n'y avait pas songé, ne sait que répondre. C'est beaucoup trop compliqué pour lui.

— Néanmoins, poursuit le maître de piste, tu as fait preuve de beaucoup de gentillesse envers ce garçon. Et ta prestation a été excellente.

— Ah bon? dit Will, surpris par le compliment.

— Parmi les meilleurs débuts qu'il m'ait été donné de voir.

— J'étais terrifié.

— Ça ne se voyait pas. Et les dessins que tu as réalisés… Quelle énergie!

On les lui a enlevés si rapidement que Will n'a pas eu le temps de les examiner attentivement. Il rougit. À sa connaissance, jamais son père ne l'a louangé ainsi.

— Vous allez lui donner la grosse tête, dit Maren.

— Je pense au contraire qu'il a une bonne tête sur les épaules. À présent, William, allons à la salle de bains pour permettre à Maren de se changer.

Will se demande comment il s'y prendra pour rester propre. À cause de la peinture qu'il a sur le visage, il ne peut pas se laver. Il ne peut pas non plus se nettoyer les dents puisque sa brosse et son dentifrice sont posés avec soin sur la porcelaine étincelante du lavabo de son compartiment de première classe. Il se dit qu'il pourra utiliser son doigt et un peu d'eau. Au moment où Will retire son gilet, les vieilles lunettes avec du tissu à la place des verres tombent de sa poche.

— Qu'est-ce que c'est ? demande Maren en les ramassant.

— Oh…

Will se sent idiot.

— Un truc que j'ai acheté à la Jonction…

— Des lunettes pour le muskeg, dit M. Dorian.

Will n'est pas vraiment étonné que le maître de piste soit au courant : rien de ce qui est bizarre ne lui semble étranger.

— C'est vrai, demande Will, ce qu'on raconte sur la Sorcière ?

— Certaines personnes le croient. Personnellement, je ne l'ai jamais vue. Et ce n'est qu'après la construction du chemin de fer que j'ai commencé à entendre des histoires à ce sujet.

M. Dorian hoche la tête d'un air pensif.

— On dirait que le train a creusé une cicatrice sur le continent et libéré toutes sortes de créatures. L'explication est peut-être toute simple : certaines personnes se laissent hypnotiser par le paysage de désolation et le clair de lune. Une sorte de

folie. Et c'est pour cette raison qu'elles se jettent dans les fondrières.

— Je ne vois que l'ombre des choses, dit Maren en essayant
les lunettes.

— C'est à ça qu'elles servent, explique Will. Il ne faut pas
regarder la Sorcière dans les yeux.

Maren les retire et les remet dans la poche de Will.

— Ça me semble un peu tiré par les cheveux.

— Nous traversons le muskeg ce soir, dit Will avec inquiétude, au souvenir du commentaire du maître de poste.

— Nous tirerons les rideaux, propose M. Dorian. On y va ?

Dans le wagon réservé aux ablutions, Will et M. Dorian
doivent attendre leur tour pour accéder aux lavabos et aux
toilettes. Un homme au dos velu se tamponne les aisselles avec
de l'eau et éclabousse le sol. Dans le miroir, il examine
M. Dorian et Will d'un air méfiant. Will se rend bien compte
qu'ils jurent dans le décor : un diseur de bonne aventure indien
et un Métis en costume…

Après, tandis qu'ils retournent vers leur compartiment,
Will voit la porte du wagon s'ouvrir, au fond, et le lieutenant
Samuel Steele entre.

Will est submergé par des émotions contradictoires.
L'exultation, d'abord, car voilà le policier revêtu de son
uniforme écarlate, aussi imprenable qu'une forteresse en
montagne ! Mais aussi la déception. Son aventure prendrait-
elle déjà fin ? Ce dénouement lui semble trop simple, précipité.

Il n'a qu'un geste à faire : interpeller l'homme et lui raconter son histoire. Il sera escorté jusqu'en première classe.

Il retrouvera son père. Brogan et ses hommes seront appréhendés.

Il n'hésite qu'un instant avant de s'avancer vers le policier. La main de M. Dorian se referme sur le haut de son bras. La sensation est curieusement familière, et Will se rend compte que c'est ainsi que Mackie l'a retenu après l'avoir conduit auprès de Brogan. Désorienté, Will, qui sent la peur le parcourir de la tête aux pieds, lève les yeux sur M. Dorian. Le maître de piste lui rend son regard avec calme et hoche la tête de façon presque imperceptible.

Will sait qu'il n'aurait qu'à crier à l'aide pour que le policier s'approche. Mais il s'en abstient. Il a confiance en M. Dorian. Il ne lui intime pas le silence sans raison.

— Ah! Monsieur Dorian, s'écrie le policier. J'ai assisté à votre spectacle, le premier soir. Merveilleux.

— Merci, lieutenant, répond M. Dorian. Nous nous ferons une joie de répéter l'expérience dans quelques jours.

— Et qui avons-nous ici?

— Amit, notre artiste spirite. Il aurait pu vous dessiner les yeux bandés, avec une grande précision, mais, maintenant qu'il vous a vu, nous devrons désigner un autre sujet.

L'agent de la Police montée rit.

— Dommage. Je vous recommande la prudence. Dans les classes inférieures du train, vous risquez de tomber sur des types peu recommandables.

— Nous serons sur nos gardes.

— Cette nuit, messieurs, nous traversons le muskeg. Fermez bien vos rideaux.

— Absolument, acquiesce M. Dorian.

Will sent une boule dans sa gorge et il ne peut se retenir de jeter un coup d'œil derrière lui lorsque Sam Steele disparaît. Les jambes lourdes, il suit M. Dorian jusqu'à leur compartiment. Dès que le maître de piste a refermé la porte, Will murmure :

— Pourquoi n'avez-vous pas voulu que je lui parle ?

— Que s'est-il passé ? demande Maren.

Elle s'est installée sur la couchette du haut et a enfilé sa chemise de nuit. Malgré son désarroi, Will remarque combien elle est jolie, avec ses cheveux dénoués.

— Nous avons croisé Samuel Steele dans le couloir, explique M. Dorian.

— Vous vous méfiez de lui ?

Will est curieux.

— Vous ne pensez tout de même pas qu'il est de mèche avec Brogan !

— Je confierais ma vie au lieutenant Steele. Non, c'est un homme tout ce qu'il y a de plus honorable. Mais si tu étais allé le voir, William, et que tu lui avais tout raconté, Brogan aurait été appréhendé…

— Mais c'est ce qu'on veut, non ? s'écrie Will, en proie à la confusion.

— … et le fourgon funéraire aurait sans doute été placé sous haute surveillance.

M. Dorian n'ajoute rien, se contente de regarder Will avec patience.

— Vous convoitez le crampon en or, vous aussi, souffle Will, incrédule.

Un sourire amusé prend forme sur les lèvres de M. Dorian.

— Non, je veux autre chose.

— Mais vous voulez prendre quelque chose dans le fourgon funéraire ?

— En effet.

— Vous voulez dévaliser *Le Prodigieux* ?

— J'ai besoin d'une peinture.

— Une peinture ! s'exclame Will. Et vous vous imaginez que je vais croire une chose pareille ? Une simple peinture ?

— Je m'étonne, répond M. Dorian avec ironie, qu'un artiste en herbe comme toi n'ait pas une plus haute opinion des beaux-arts.

— C'est un tableau très précieux ?

— Certains sont de cet avis. Il y a quelques années, j'ai offert une petite fortune à Van Horne en échange de ce tableau. S'il me l'avait vendu, je ne serais pas obligé de le voler aujourd'hui.

Soudain, Will revoit M. Dorian discuter avec le baron des chemins de fer dans le train de la compagnie.

— C'est le même ? demande Will. La boutique de forge ?

— Ah ! Je vois que tu t'en souviens. Van Horne adorait ce tableau, j'ignore pourquoi. Personnellement, je le trouve plutôt médiocre.

— Pourquoi tenez-vous tant à l'avoir, dans ce cas ?

— J'ai mes raisons.

Stupéfait, Will se tourne vers Maren. Lorsqu'elle détourne les yeux d'un air coupable, il sent un abîme se creuser en lui. Il avale, malgré sa bouche sèche.

— Tu es au courant?

Avec lenteur, elle hoche la tête.

Il se tourne vers M. Dorian.

— Je croyais que vous me protégiez…

— Nous te protégeons, Will, dit Maren.

— … mais vous vous servez de moi!

Il promène son regard d'elle à lui, blessé et, pour la première fois depuis qu'il est avec eux, effrayé.

— Ma clé! C'est elle que vous voulez, n'est-ce pas?

M. Dorian s'assied sur la couchette du bas et entreprend méthodiquement de délacer ses chaussures.

— Pas du tout. J'ai la mienne.

D'une chaîne à l'intérieur de son veston, il détache une clé à l'aspect familier et la tend à Will.

— Comment? demande Will, ébahi.

— Durant notre spectacle, elle était dans la poche de ton père. J'ai tout simplement pris son empreinte à l'aide d'un bloc d'argile et j'ai demandé à mon chef machiniste de m'en fabriquer une copie.

Will se rejoue la scène dans son esprit. Les spectateurs médusés par le passage d'un fuseau horaire, les talents d'hypnotiseur de M. Dorian ou les deux. Le maître de piste aurait facilement pu accomplir toutes sortes de choses à l'insu de tous.

— Que me voulez-vous, dans ce cas ? demande Will, inquiet.

— Ta collaboration… et ton silence, répond M. Dorian. Plus que deux nuits, William. Après, tu seras libre de retourner auprès de ton père.

— Libre ? Ça signifie que je suis prisonnier ?

— Je me suis peut-être mal exprimé, concède M. Dorian. J'espère seulement que tu jugeras opportun de nous aider.

— Vous aider ! s'exclame Will, en proie à un élan de colère. Pourquoi faudrait-il que je vous aide ? Vous n'êtes que des voleurs !

— Tu es fatigué, William…, dit le maître de piste.

M. Dorian le fixe de ses yeux sombres et il est vrai que Will est extrêmement fatigué. La veille, il n'a pratiquement pas fermé l'œil.

— Tu te démènes depuis longtemps déjà, poursuit M. Dorian. N'importe qui serait très, très fatigué.

À grand-peine, Will détache son regard de celui de M. Dorian.

— Ne m'hypnotisez pas ! s'écrie-t-il.

— Tout ce que je dis, c'est que tu as besoin de repos, William, insiste M. Dorian. En ce moment, c'est ce dont tu as le plus besoin. Si seulement tu acceptais de m'écouter, d'écouter le bon s…

Will élève la voix dans l'intention de noyer celle du maître de piste.

— Brogan essaie de me tuer ! Plus j'attends, plus il a de chances de me découvrir !

— Oui, et nous t'avons déguisé pour prévenir une telle éventualité. Brogan ne va pas te trouver. Nous t'avons accueilli sans poser une seule question et nous t'avons donné l'asile.

— Nous allons te protéger, Will, confirme Maren.

Il est incapable de la regarder dans les yeux. Il a été stupide. Il a cru qu'elle l'aimait bien, mais elle faisait seulement semblant : ainsi, ils ont pu le manipuler comme une marionnette.

— Vous ne pouvez pas me protéger contre un pistolet ou un couteau, lance-t-il avec mépris.

— En attirant l'attention sur toi, tu risques en tout cas de nous rendre la tâche beaucoup plus difficile, explique M. Dorian calmement.

— Et mon père ? insiste Will. Brogan essaiera peut-être de le tuer !

— Pas si fort, Will, dit Maren sèchement.

— Il faut que je le prévienne ! Tout de suite !

Elle semble mal à l'aise, mais garde le silence.

— Ton père est en sécurité, affirme M. Dorian.

— Qu'en savez-vous ? De toute manière, je suis sûr que c'est le cadet de vos soucis !

— Deux nuits, William. C'est tout ce que je te demande.

M. Dorian se lève et se dirige vers la porte, lui bloquant le passage. Son attitude n'a rien de menaçant, mais Will sait que, s'il essayait de sortir, M. Dorian l'en empêcherait. Il n'aurait pas le dessus sur lui et cette idée le remplit de frayeur.

Alors il hoche la tête et ne dit rien de plus.

Mais il sait déjà ce qu'il fera plus tard, à la faveur de la nuit.

Brogan frissonne en entrant dans un des wagons des colons, heureux de la chaleur, mais pas de l'odeur nauséabonde. Il se dirige vers le wagon de Peters et trouve l'Anglais lisant le journal, allongé sur un banc rembourré.

— Comment vont les affaires ? demande Brogan qui, en balayant les tablettes des yeux, s'efforce de déterminer combien d'articles l'homme a vendus.

— C'est un peu lent, aujourd'hui, répond M. Peters.

— Je te l'ai dit : il ne faut pas abuser des bonnes choses.

— Tu veux ta part, j'imagine ? dit Peters en se levant à contrecœur pour prendre le coffre-fort sous le banc.

— Garde l'argent pour le moment, dit Brogan. Comme acompte. T'as ce que je t'ai demandé ?

— Ah ! Mais bien sûr.

Sur une tablette, il prend une petite boîte en bois, dont il retire le couvercle. Nichée dans le sable se trouve une mince fiole, en bois elle aussi.

Brogan la prend avec précaution, lit l'étiquette, puis, retirant le bouchon, renifle.

Peters a un petit sourire narquois.

— Un grand cru ?

— Ça ira.

Brogan sort un sachet de sa poche, le remplit de sable et y glisse la fiole.

— Je te trouve bien désinvolte, dit Peters, un brin nerveux.

— À force de travailler avec ce produit, on finit par savoir ce qui est permis et ce qui l'est pas. Et je crois me souvenir que t'as dit pouvoir me vendre autre chose.

— Bien sûr, répond Peters.

Sous le comptoir, il récupère un étui mince et l'ouvre.

— En plein ce que je voulais, dit Brogan en tendant la main vers le pistolet.

Peters retient l'étui.

— C'est un article très cher.

— T'auras ton argent. T'inquiète.

— Avant que tu te fasses sauter, de préférence.

Un des gardiens de Peters se racle la gorge et tape sur le sol avec la crosse de sa carabine.

Brogan renifle et sort de sa poche une petite liasse de billets. Il en tend quelques-uns à Peters.

— Je me sens généreux.

— De grands projets, sans doute, dit Peters.

— Ouais. T'aurais pas vu le garçon dont je t'ai parlé, par hasard ?

À ces mots, les yeux de Peters se font plus rusés.

— Le rouquin ?

Brogan lui lance un regard implacable.

— En plein ça.

— Tu ne m'as pas dit que tu serais prêt à payer pour cette information ?

En grinçant des dents, Brogan lui offre deux ou trois billets de plus.

— Tu aurais peut-être intérêt à examiner de près le jeune Indien qui voyage avec M. Dorian.

— Pourquoi? demande Brogan d'une voix hostile.

— Il n'est pas celui qu'il prétend être.

— Mes hommes l'ont vu passer, ce gamin.

Peters hausse les épaules.

— Drurie, le commissionnaire, a dit qu'il ne connaissait pas un mot d'anglais, mais un de mes hommes à moi l'a entendu parler cette langue. Et il avait trois dollars sur lui. C'est beaucoup pour un enfant du cirque.

— J'espère pour toi que c'est pas une fausse piste, Peters.

— Tu ne seras pas fixé avant de l'avoir suivie.

Instinctivement, Brogan sent que Peters a peut-être raison.

— Ils sont encore ici?

— Passés en troisième classe pour la nuit.

— Merci.

— De rien. Tu as l'intention d'acheter des munitions pour ce pistolet?

Sur la couchette du milieu, Will attend son heure, tremblant de rage et de peur.

Sous lui, M. Dorian ronfle doucement; au-dessus, Maren est silencieuse. Le compartiment baigne dans une obscurité parfaite, exception faite du faible rayon de lune qui se découpe sous la fenêtre. Will ne sait plus depuis combien de temps il attend, mais il se dit qu'ils doivent sûrement dormir.

Quel idiot! S'être laissé leurrer par ces deux-là, comme un pigeon… Les récits selon lesquels les gens du cirque sont des crapules sont donc rigoureusement exacts! Malgré ses manières exquises et sa virtuosité, M. Dorian n'est qu'un vulgaire voleur. Maren aussi. Ne lui avait-elle pas subtilisé sa dent de sasquatch? Il souhaite la transformer en méchante, mais il voit sans cesse en pensée la fille aux yeux vifs qu'il a rencontrée trois ans plus tôt, dans les montagnes. Furieux, il froisse cette image comme un dessin gâché. Il faut qu'il sorte de là.

La solution, c'est descendre de la couchette en douceur et gagner la porte. Après, il pourra filer. Il redoute les attelages : si les serre-freins montent encore la garde, il risque d'être découvert. Et comment passer d'une classe à l'autre sans billet? Les commissionnaires le croiront sûrement. S'il fait assez de grabuge, ils le conduiront à tout le moins auprès de Sam Steele. Sauf s'ils sont acoquinés à Brogan… Mais il ne les a quand même pas tous achetés?

Il prend une profonde inspiration et bande ses muscles.

— Will? murmure Maren du haut de sa couchette.

Il ne dit rien, se contente de fermer les yeux. Il l'entend bouger et sait que, penchée sur le côté, elle le regarde. Elle le touche à l'épaule.

— Je sais que tu ne dors pas.

Il reste muet.

— Ne t'en va pas, lance-t-elle.

Il reste immobile.

Elle lui met un doigt dans l'œil.

— Aïe! halète-t-il.

— Désolée! C'était ton œil?

— Oui!

Il aperçoit la forme de la main de Maren, ses cheveux qui tombent en cascades sombres. Sous eux, M. Dorian s'agite, puis recommence à ronfler doucement.

– Excuse-moi, dit-elle. Je voulais juste te toucher la tête. Je sais que tu as le projet de t'en aller.

— De quoi parles-tu?

— Si tu pars, M. Dorian ne réussira pas à cambrioler le fourgon funéraire.

— Tu as droit à un pourcentage, je suppose?

— Pas vraiment.

Will fronce les sourcils. *Pas vraiment*? Qu'est-ce que ça veut dire?

— Je me moque bien de la peinture. Il a seulement besoin de moi pour couper l'électricité.

— Pourquoi ne s'en occupe-t-il pas lui-même?

— Le trou de la serrure est *sous* le fourgon… et le train sera en marche.

— *En marche*?

La voix de Maren ne trahit aucune inquiétude.

— Je peux y arriver. Je me suis exercée.

Il se souvient de l'avoir vue dans le gymnase se trémousser dos au fil de fer. À présent, l'image lui donne la nausée.

— Il t'oblige à faire ça ?

— Pas exactement.

— Alors ?

Elle soupire.

— Si j'accepte, il nous libérera de nos contrats, mes frères et moi. Et il me versera cinq mille dollars.

Will inspire à fond. C'est beaucoup d'argent.

— Ma famille pourra monter son propre spectacle. La jambe de mon père ne redeviendra pas comme avant. Personne ne voudra plus l'embaucher. J'ai besoin d'argent, sinon nous ne vivrons jamais tous ensemble. C'est ma chance de me libérer.

— Quand même, voler, c'est pas bien. Y a sûrement un autre moyen.

Sans s'en rendre compte, il est revenu à son ancienne façon de s'exprimer, les mots se tamponnant comme des wagons couverts à l'aiguillage.

— Et que feras-tu pour moi, Will Everett ? Voleras-tu à mon secours ?

Will rougit et se félicite de l'obscurité.

— Je ne saurais pas comment. Mais quand même, ça me paraît… injuste… que tu risques ta vie.

— Je ne me tracasse pas.

— Ni chaînes ni serrures pour te retenir.

— Exactement. S'il te plaît, Will, reste.

Il ne veut pas se laisser fléchir. Il n'a toujours pas confiance en elle. Il a cru qu'elle l'aimait bien. Comment savoir, maintenant ?

Ils l'aident, d'accord, mais, en même temps, ils l'utilisent. Et quel genre d'homme demande à une fille de tenter quelque chose d'aussi dangereux? Tout ça pour une peinture?

— Tu restes avec nous? demande-t-elle.

— Oui, répond-il.

— Tu mens.

Elle a raison, mais il ne peut toujours pas se fier à elle. Pour ce qu'il en sait, elle a inventé de toutes pièces la blessure de son père et son projet de monter sa propre troupe. Peut-être la peinture est-elle un mensonge, elle aussi; peut-être convoitent-ils le crampon en or, après tout.

— Je dois dormir, dit-il.

— Je vais veiller toute la nuit pour t'avoir à l'œil.

— Comme tu veux, lance-t-il.

Il se tourne face au mur. Il n'a aucune intention de céder au sommeil. Il va attendre qu'elle s'assoupisse, elle. Mais il n'a plus la force de vaincre l'épuisement. Bientôt, il s'endort.

Guidés par la lueur de la lanterne, Brogan, Mackie et Chisholm s'avancent d'un pas sûr, à la file indienne, sur *Le Prodigieux*.

De part et d'autre s'étend le Bouclier, croûte de roche ancienne que seules entrecoupent d'immenses bandes de muskeg sans fond. Des arbres rabougris s'accroupissent et se balancent comme de vieilles biques qui se protègent contre le vent cinglant. L'eau agitée scintille, comme si elle avait le projet de se soulever et de se répandre. Brogan a vu ce paysage de jour comme de nuit, à la lueur des éclairs et sous un soleil aveuglant, et il est toujours désolant. C'est le désert le plus perdu qui se puisse imaginer.

— On devrait pas être ici dehors, dit Chisholm derrière lui. La Sorcière…

Brogan se retourne avec un sourire méprisant.

— Quoi, la Sorcière ?

Dans l'ombre, les joues de Chisholm sont creusées.

— C'est juste qu'on raconte qu'elle s'active à la lueur de la lune.

— Y a pas de Sorcière, dit Brogan. Et si elle pointe le bout du nez, je vais lui flanquer une raclée dont elle va se souvenir longtemps. Si t'avais reconnu ce garçon quand il est passé devant toi, on se serait évité tout ça.

— Il avait un géant avec lui, répond Chisholm.

— Plus maintenant.

Si ce magicien sang-mêlé s'imagine pouvoir faire disparaître le garçon, il se trompe royalement. Un peu de maquillage peut leurrer les imbéciles comme Chisholm, mais lui, Brogan, saura le démasquer. Il aurait dû avoir la puce à l'oreille quand Dorian l'a appelé par son vrai nom dans les wagons du cirque. Qui le lui a dit ? Si c'était le garçon, il est en vie et à bord du train.

Et s'il est à bord du train, il est en troisième classe. Les endroits où on a pu caser les artistes pour la nuit ne sont pas légion. Ils dorment sûrement, en ce moment, et, grâce à la crosse du pistolet de Brogan, le maître de piste et la fille continueront de roupiller.

Quant au garçon, un coup de couteau silencieux – vite fait, bien fait.

La locomotive laisse entendre un long et retentissant coup de sifflet. Pour un serre-frein, il n'y a pas de son plus pressant. Arrêt soudain.

— Retournez à vos wagons! ordonne Brogan à Chisholm et à Mackie.

Tout le long du *Prodigieux*, des lanternes clignotent et des hommes courent sur les toits pour atteindre les freins. Un autre coup de sifflet long et désespéré traverse la nuit, puis un autre encore. C'est une urgence, peut-être un obstacle sur les rails…

En courant jusqu'à son poste, Brogan sent déjà le train ralentir. Il regarde autour de lui et voit l'eau lécher les rails, et monter encore. Il sait.

Le muskeg.

Will rêve qu'une femme crie, debout au pied de son lit. Elle le regarde droit dans les yeux et, d'un seul geste habile, arrache ses couvertures.

Lorsqu'il se réveille, un coup de sifflet à vapeur frénétique et le crissement des freins ont remplacé le cri de la femme. Le corps de Will heurte durement les barreaux de la couchette au moment où le train s'immobilise. Un frisson parcourt sa peau d'acier, et on dirait un cheval impatient de bondir. Au-delà des murs de leur minuscule compartiment, Will entend les grommellements de passagers surpris. D'une lointaine couchette montent les pleurs perçants d'un bébé.

Il tente de s'asseoir et se rend compte qu'on l'a lié au lit.

— Hé! s'écrie-t-il en tirant sur les menottes.

— Elle t'a attaché, dit doucement M. Dorian dans le noir. Pour ta propre protection, sans doute.

Assis sur le banc, le maître de piste est déjà habillé.

— Ma propre protection? s'exclame Will.

— Tu caressais le projet de t'enfuir, dit l'homme. On t'aurait peut-être capturé.

— Vous n'avez pas le droit de m'enfermer!

— Baisse le ton, William, s'il te plaît.

— Je pourrais crier à l'aide!

Soudain, M. Dorian est à côté de la couchette de Will, son visage féroce dans l'ombre.

— Oui, mais tu t'en abstiendras. Si tu cries, un commissionnaire viendra. On posera des questions. Pendant qu'on se demandera ce qu'il faut faire de moi, la nouvelle se répandra rapidement parmi les serre-freins. Avant que tu atteignes la deuxième classe, Brogan te rattrapera et la lame de son couteau trouvera le point de moindre résistance entre tes côtes.

Pendant un moment, Will garde le silence et respire avec force.

— Pourquoi nous sommes-nous arrêtés?

— Je sortais justement poser la question. Il y a peut-être eu un accident.

Will songe aussitôt à son père.

— Quel genre d'accident?

— Reste où tu es.

Will secoue les menottes d'un air de défi.

— Où voulez-vous que j'aille ?

M. Dorian sort dans le couloir et referme la porte derrière lui.

— Maren ! lance Will en martelant le fond de la couchette de la jeune femme.

Elle grogne quelque chose qui sonne comme « non » et se retourne, profondément endormie. Il martèle sa couchette et ne réussit qu'à se faire mal aux orteils.

Dehors, il entend des bruits de pas. Puis, quelqu'un, un commissionnaire, peut-être, dit :

— Une portion de la voie est inondée. On pose de nouveaux rails… ne vous inquiétez pas. Ça ne devrait pas tarder… nous avons l'habitude.

Will se contorsionne sur sa couchette et entrouvre les rideaux. Le muskeg est morne, mais aussi, dans la lueur argentée de la lune, d'une singulière beauté. Il voit des broussailles et des épinettes noires et des étangs qui luisent sombrement. Parce que les rails s'incurvent légèrement du côté gauche, il peut observer *Le Prodigieux* sur toute sa longueur et distingue même, loin, très loin, la silhouette de la locomotive. On dirait une petite montagne se profilant sur l'horizon plat. De minuscules étincelles scintillantes jaillissent de la cabine. Elle semble intacte. Son père se porte sûrement à merveille.

En cet instant, Will éprouve une nostalgie presque étouffante. C'est loin, mais il saurait courir jusque-là. Pas besoin de commissionnaires ni de passeports. Il courrait dans la clairière jusqu'à la locomotive. Il n'aurait qu'à sauter à bord pour être avec son père. Et il aurait sauvé sa peau, sans l'aide de personne.

Tressaillant, Will aperçoit une femme qui, debout au bord des rails, l'observe. Leurs regards se croisent. Un frisson parcourt le corps de Will, et il se rend compte que c'est la femme de son rêve.

Il laisse retomber les rideaux et appuie une main contre eux, comme pour effacer cette vision.

Qu'est-ce que j'ai fait, qu'est-ce que j'ai fait?

Il cligne des yeux, essaie de chasser l'image de son esprit. Mais c'est impossible.

Dehors, le vent souffle, emportant avec lui de lointains hennissements de chevaux et les beuglements grinçants du bétail. Will n'ose pas tourner la tête, car il a peur que quelqu'un soit à côté de lui sur la couchette. Non, il en est *certain*. En vain, il tente de suivre les plis ondulants des rideaux. Ses yeux refusent de lui obéir, cherchent à se dérober. Il sent sa tête pivoter, comme si quelque brutal instituteur avait posé une main sur son crâne.

Elle est couchée près de lui, ses membres pliés à des angles impossibles, et l'observe avec une terrible extase.

Il a envie de crier mais la terreur est refoulée en lui, comme dans un cauchemar, et il entend seulement un grognement assourdi.

La Sorcière tend la main et touche les menottes de Will. Elles s'ouvrent.

Tu voulais vivre une aventure, dit-elle sans parler.

Le cœur de Will s'affole. Oui.

Dans ce cas, viens en vivre une. Tu peux courir jusqu'à la locomotive. Tu peux retrouver ton père.

Will étire les jambes et se laisse glisser sur le sol, tremblant comme un pantin. Vêtu d'un caleçon long et d'un gilet, il fonce vers la porte, l'ouvre et sort dans le couloir. Il regarde droit devant lui. Sans avoir à tourner la tête, il sait qu'elle est là, collée à lui, telle une ombre. Il sent sa poigne, semblable à un étau, sur son avant-bras.

L'instant d'après, il est devant la porte du wagon. Pas de commissionnaire en vue. Il descend sur la plate-forme. Quatre pas et il est au bord. L'eau trouble, telle une marée huileuse, lèche l'assiette des rails.

Regarde, dit-elle dans la tête de Will. *La locomotive est si proche.*

Il se met en route. Il atteindra son but, à condition de garder ses yeux rivés sur la cheminée de la locomotive, sans regarder la femme qui l'accompagne.

Le chemin, cependant, l'éloigne de la voie ferrée, et il patauge dans la vase. Il ne s'en aperçoit qu'à l'instant où elle lui lèche les chevilles.

Continue, lui susurre la voix à l'oreille, avec obligeance. *La plus courte distance entre deux points est toujours la ligne droite.*

À chacun de ses pas lents, le sol, couvert de mousse, lui avale les pieds.

Il poursuit, dans la vase jusqu'aux genoux, à présent. La froide emprise de l'eau lui arrive aux cuisses. Puis le fond se dérobe et il s'enfonce jusqu'au cou.

— À l'aide ! crie sa bouche muette.

Il lève le menton, s'efforce de repousser l'eau sans en avaler. Il agite les bras dans l'espoir d'agripper quelque chose de solide, mais les moindres fragments de terre se désagrègent à l'instant où il y pose la main. Il bat des pieds dans l'espoir de trouver une prise. L'eau l'aspire avec avidité, et il se rend compte que ce n'est pas une eau ordinaire. Elle veut l'entraîner dans les profondeurs. Elle veut lui remplir les poumons.

À moins de cinq pieds se dresse un arbre gangrené et, en crachotant, il s'efforce de nager vers lui, mais en vain. La Sorcière du muskeg est assise parmi les racines noueuses.

Il sait qu'il n'atteindra jamais cet arbre.

Tu aimes ton aventure ? lui demande-t-elle sans un son.

Elle est si proche qu'elle n'aurait qu'à tendre la main pour le tirer de là. Son visage est sans expression. Elle le regarde s'enliser.

Du calme, dit-elle. *Vas-y. Respire.*

Il arrive à peine à soulever ses bras dans la vase épaisse.

Elle sourit, les yeux morts. *Tout va bien. Respire* à fond.

Il est submergé.

Respire.

Il lutte contre l'envie de remplir ses poumons. Il reçoit un bon coup sur le côté de la tête, et un autre, puis il a l'impression d'émerger du sommeil. La terreur s'infiltre en lui. Lentement, il lève la main pour se protéger, mais voilà qu'on lui cogne l'épaule. Il referme sa main sur la chose, qui tire. Instinctivement, il l'agrippe à deux mains. On l'entraîne vers le haut et sa tête émerge. Il avale l'air goulûment.

Maren est à l'autre bout de son long fil de fer, les lunettes de Will sur les yeux. Elle le ramène en tirant de toutes ses forces.

Il avance vers elle en battant des pieds.

— Ne te retourne pas ! crie-t-elle.

Retourne-toi.

Il va se retourner.

Regarde-moi, William.

— Regarde-moi, Will, hurle Maren.

Et il garde les yeux rivés sur elle, comme s'il la dessinait. Peu après, les mains de Maren le saisissent et tirent, puis il émerge de la fondrière.

Haletant, sanglotant, elle tourne le dos au muskeg et pousse Will vers le train. Il a les jambes si engourdies qu'il les sent à peine.

— Rentrons vite, dit-elle. Ton maquillage est à moitié effacé.

— Merci, répond-il d'une voix sifflante.

Il est sidéré par la distance qui les sépare du train. Il tape du pied sur le sol dans l'espoir d'y rétablir la circulation. Et alors il aperçoit trois silhouettes qui marchent vers eux.

— Hé ! crie Brogan. Qu'est-ce que vous faites, là-bas ?

— Qui c'est ? demande Mackie.

— Je les vois pas, répond Chisholm en plissant ses yeux exorbités en direction des deux silhouettes qui avancent de peine et de misère dans la fondrière.

Brogan soulève sa lanterne. Il y a une fille et quelqu'un qui s'appuie sur elle, un garçon, lui semble-t-il, mais c'est difficile à dire puisqu'il marche tête baissée. Qui peut bien être assez stupide pour s'aventurer dans ce... À moins qu'ils cherchent à s'enfuir?

Brogan trouve son couteau dans sa poche et l'empoigne avec force.

Soudain, les deux silhouettes chancelantes foncent vers le train, le plus vite possible.

— Attrapez-les! aboie Brogan.

Les hommes s'élancent. Il fait noir et la lueur de la lanterne balaie la terre boueuse de tous les côtés. La lune disparaît derrière les nuages et Brogan trébuche sur un objet et tombe. La lanterne lui échappe et s'éteint. Un instant aveugle, il se relève et croit voir le visage d'une femme qui lui sourit, la joue contre la vase. C'est sûrement une illusion, une ombre, et voilà que la lune resurgit. Il se remet debout et le garçon est là, devant ses yeux. C'est lui. William Everett.

Le voici. Quelle aubaine!

Brogan le plaque et ils tombent dans deux pieds de vase et d'eau.

Tu n'as qu'à le noyer, ni vu ni connu, dit la voix dans sa tête.

— Brogan! crie le garçon. Brogan! Arrête!

Se débattant avec vigueur, le garçon les enfonce de plus en plus profondément. Brogan tente de se mettre debout et sent ses pieds s'enliser. Il se stabilise, frappe le garçon en plein visage, serre son cou à deux mains et pousse. La tête du garçon disparaît, refait surface, haletante, et Brogan l'enfonce de nouveau, cette fois pour de bon.

Bien, dit-elle à l'intérieur de la tête de Brogan. *Maintiens-le sous l'eau.*

— Brogan! crie-t-on à côté de lui.

Mackie.

— Brogan! Lâche-le! C'est Chisholm!

— Cours! siffle Maren.

Will risque un dernier regard vers Brogan, qui lutte avec l'un de ses hommes dans la vase. Que s'est-il passé? Dans les eaux peu profondes, un troisième homme – Mackie, peut-être? – hurle, s'efforce de ramener les deux autres sur la terre ferme.

Puis Will regarde droit devant lui et adjure ses jambes engourdies de le ramener au plus vite à bord du *Prodigieux*.

CHAPITRE 11

LE MONDE
DES MERVEILLES

M. Dorian, qui les attend devant la porte du wagon, se précipite et les aide à y remonter.

— Dieu merci, dit-il avec un soulagement palpable. J'étais sur le point de partir à votre recherche.

Will est frissonnant, trempé et couvert de boue. Quelques passagers rôdent dans le passage et il baisse la tête pour cacher son visage à moitié démaquillé.

— Une simple petite balade dans la fondrière, lance M. Dorian à l'intention des curieux.

Une fois dans le compartiment, le maître de piste verrouille la porte.

— Que s'est-il passé ?

— Je n'arrive pas à croire que j'ai ouvert les rideaux, marmotte Will.

— Quand je me suis réveillée, explique Maren, tu étais parti et j'ai vu les menottes par terre. En regardant par la fenêtre, je t'ai aperçu. Ta démarche était anormale, comme celle d'un somnambule. Alors j'ai mis tes lunettes et je suis sortie en vitesse.

— Bien joué, Maren, dit le maître de piste.

— Tu l'as vue, non? demande Will.

— Avec ces lunettes, on ne distingue que des ombres. Une chose est sûre, il y avait quelqu'un avec toi. Elle bougeait beaucoup. Parfois, on aurait dit que ses pieds ne touchaient pas le sol.

— Elle est entrée ici, explique Will.

Il désigne les menottes.

— C'est elle qui les a enlevées. Qui est-elle?

M. Dorian inspire.

— Je n'en sais rien. Son comportement dépasse mon entendement et mes capacités. Le monde est rempli de merveilles. Le long de cette route, en particulier.

— Brogan et ses hommes étaient là, eux aussi, dit Maren au maître de piste.

M. Dorian se tourne vivement vers Will.

— Est-ce qu'ils t'ont reconnu?

— Je ne sais pas. Brogan criait. Nous avons couru.

— J'ai cru que notre compte était bon, raconte Maren, parce que, au début, tu allais très lentement. Puis, tout d'un coup, Brogan a renversé un de ses propres hommes. On aurait dit qu'il essayait de le noyer!

— Il a peut-être vu la Sorcière, dit Will. Elle vous met de drôles d'idées dans la tête.

— Il a peut-être pris ce type pour toi.

À cette pensée, Will frissonne.

— Débarrasse-toi de tes habits mouillés, dit M. Dorian.

— Désolé, lance Will.

Les sous-vêtements, en effet, dégagent un fumet nauséabond. Il se sent toujours dissocié de son corps, comme si ses membres étaient encore engourdis. Il commence à ôter les habits trempés et lance un regard gêné à Maren.

— Je ne regarde pas, dit-elle en se détournant. Tiens, je dépose tes vêtements secs sur la couchette.

— Je vais aller laver tout ça à la salle de bains, dit M. Dorian en mettant les articles souillés dans un sac en toile.

Il sort.

Avec gratitude, Will s'essuie à l'aide d'une petite serviette et enfile un pantalon et une chemise propres.

Maren fouille dans son sac à main.

— Mme Lemoine m'a donné un peu de peinture. Pour les retouches.

Elle produit quelques pots et un pinceau.

Will s'assied sur le banc et Maren s'agenouille devant lui.

— Tu crois que ça peut s'arranger ? demande Will.

— Je suis beaucoup moins douée que Mme Lemoine, mais je vais faire de mon mieux.

En le regardant avec intensité, elle passe le pinceau sur ses pommettes. Elle se mord la lèvre inférieure en travaillant. Will sait qu'elle se concentre, rien de plus, mais il est quand même gêné d'être l'objet d'une telle attention. Il fixe le sol, tout en continuant de jeter de petits coups d'œil au visage de Maren. Puis leurs regards se croisent.

— Tu m'as menotté à la couchette, dit-il.

— Je viens de te sauver la vie!

— Tu as fait de moi un prisonnier!

Il lui en veut encore, mais il ne parvient pas à mobiliser la même indignation qu'avant.

— J'étais sûre que tu allais filer. Alors je t'ai ligoté.

M. Dorian, de retour, verrouille la porte derrière lui. Il apporte deux tasses fumantes.

— Chocolat chaud, dit-il en en tendant une à Maren et l'autre à Will. Tes habits sèchent dans la salle de bains.

— Merci, répond Will. Et le train, ça va?

— Absolument. Je me suis renseigné. Un gouffre s'est ouvert sous les rails, mais des hommes s'emploient à le combler à l'aide de pierres et de gravier.

— Nous allons pouvoir passer?

— *Le Prodigieux* transporte des rails supplémentaires précisément pour ce genre d'incidents.

— Des blessés, à l'avant? demande Will en songeant à son père.

M. Dorian secoue la tête.

Will prend une gorgée de chocolat chaud. Il est juste assez sucré et très crémeux. Il ne sait toujours pas comment s'adresser à M. Dorian. Est-il un ami ou un geôlier?

— Allez-vous me menotter de nouveau?

— Ça dépend. Pouvons-nous te faire confiance?

— Me faire confiance à moi? Ce n'est quand même pas moi, le voleur.

— Je te répète que j'ai mes raisons.

— Qu'a-t-elle de si particulier, cette peinture?

— Disons simplement que je ne peux pas vivre sans elle.

Will pouffe de rire, mais s'arrête à la vue de la mine grave de M. Dorian, qui promène son regard de Will à Maren.

— Vous avez le droit de savoir, dit-il. Surtout toi, Maren, qui me donnes un coup de main. Je suis l'héritier d'une malédiction familiale – de nature médicale et non magique. Mon arrière-grand-père, un homme d'une force et d'une vigueur hors du commun, est mort à trente-neuf ans. Mon grand-père est mort au même âge. Mon père aussi. Ils ont tous les trois succombé à une crise cardiaque, soudaine et massive. Je célèbre mon trente-neuvième anniversaire dans deux semaines.

À voir M. Dorian, Will n'arrive pas à le croire atteint d'un tel mal.

— Vous avez consulté un médecin? demande-t-il.

— Plusieurs. Et tous répètent la même chose. Mon cœur renferme un défaut tragique. Il n'y a rien à faire. C'est une horloge qui, tôt ou tard, va s'enrayer et s'arrêter.

Will ne voit pas le rapport avec le vol d'un tableau.

— Étant donné mes antécédents familiaux, j'ai eu beaucoup de difficulté à me tailler une place au soleil, continue M. Dorian. Mais j'y suis arrivé. Mon cirque est l'un des meilleurs du monde. Et j'ai encore beaucoup de rêves, beaucoup de choses à accomplir. Je refuse d'être fauché dans la fleur de l'âge.

— Mais rien ne prouve que le même sort vous attend, dit Maren.

M. Dorian laisse entendre un petit rire sec.

— Disons que l'histoire n'est guère encourageante. Mais j'ai la ferme intention de déjouer le destin.

— Comment? demande Will en jetant un coup d'œil à Maren, qui semble aussi déconcertée que lui.

— Tu connais la légende de la fontaine de Jouvence, non?

Will hoche la tête.

— Mais…

— Écoute-moi. Les Arawaks des Antilles en ont parlé aux premiers colons espagnols. On trouve de nombreux récits concernant l'existence, en Floride, d'une source naturelle qui conférait la jeunesse éternelle. Un Espagnol du nom de Juan Ponce de León l'a trouvée. Mais il n'a laissé aucune indication écrite concernant son emplacement. J'ai cherché cette fontaine pendant des années.

— Je pensais que vous ne croyiez pas à la magie, s'étonne Will.

— Je n'y crois pas. Mais en quoi la fontaine de Jouvence est-elle plus magique que le sasquatch ou la Sorcière du muskeg? Pourtant, tu les as vus l'un et l'autre, de tes propres yeux. Ces choses n'ont rien de magique. Nous ne les comprenons peut-être pas encore, mais elles font partie de notre monde, et tout ce qui existe dans le monde est réel.

— Vous l'avez trouvée, cette source? demande Maren.

— Seulement son emplacement. Elle était tarie depuis longtemps. Mais j'ai appris qu'un type entreprenant avait trouvé le moyen de transporter de l'eau en secret. Il a trempé du tissu dans ce qui en restait et en a tiré un certain nombre de toiles. Et, en l'occurrence, il suffisait de peindre le portrait d'une personne sur l'une de ces toiles pour que le sujet reste jeune à jamais : seul son portrait vieillissait.

— C'est… impossible, dit Will.

— Le temps est un mystère. Tu l'as toi-même vu hésiter lorsque nous avons franchi le fuseau horaire. Cette eau a simplement pour effet d'aider le temps à s'oublier. Pour le reste, j'ignore tout de ses propriétés. Il paraît que l'une des toiles a abouti en Angleterre, où elle aurait assuré pendant des années la survie d'un personnage des plus désagréables. Une autre a fini en Perse et une autre encore entre les mains d'un prince russe. L'une a atterri sur nos rivages, dans l'atelier d'un peintre du nom de Cornelius Krieghoff. Il y a peint une boutique de forge. De toute évidence, il ne se doutait de rien. Van Horne non plus.

À certains moments, dont il gardait un souvenir précis, Will avait senti sa vie basculer. Il a eu cette impression le jour de sa rencontre avec Maren dans les montagnes. Et il éprouve la même sensation en ce moment. Le monde semble beaucoup plus grand et étrange qu'il l'avait imaginé. Il renferme non seulement le sasquatch, mais aussi la Sorcière du muskeg… et une toile capable de déjouer le temps. Il n'y comprend rien et il n'est même pas certain d'y croire.

— Il me faut cette peinture, affirme M. Dorian. Et je sais qu'elle se trouve dans le fourgon funéraire de Van Horne. Cachée de tous, telle une relique dans la tombe d'un pharaon. Je veux que mon portrait soit peint au dos de la toile. Mon corps cessera alors de vieillir. Le ressort de mon cœur n'éclatera pas. Voilà mon histoire, William Everett. Suis-je donc un méchant ?

Will réfléchit bien. C'est toujours un vol, mais, comme l'objet est condamné à rester dans les ténèbres pour l'éternité, il a tendance à moins s'en formaliser. Pourquoi le laisser là s'il peut servir à sauver la vie d'un homme ? Et pourtant…

— Obliger Maren à se glisser sous le…, commence-t-il avec hésitation. Ce n'est pas bien. Vous ne devriez pas lui demander de tenter un exploit aussi dangereux.

M. Dorian sourit.

— Ta chevalerie t'honore, William. Mais je pense que Maren a pris sa décision.

— Oui, confirme-t-elle avec, dans la voix, un soupçon d'irritation qui surprend Will. Et je te prierais de ne plus aborder cette question.

Il fronce les sourcils.

— D'accord…

— Ça porte malheur d'avoir avec soi quelqu'un qui vous croit incapable d'accomplir une tâche, explique-t-elle. Donne tes mains.

Il obéit pour lui permettre de les repeindre.

— Je pense que tu peux y arriver, dit-il pendant qu'elle applique le maquillage, sans ménagement. Mais cette serrure permet seulement de couper l'électricité. Savez-vous même où est la porte ?

— Bien sûr, répond M. Dorian. Du côté droit, à dix pieds de l'avant du fourgon.

Will essaie de le revoir dans son esprit. Dans sa hâte de retrouver Maren, il l'a seulement aperçu, ce jour-là, à la Jonction. Son regard, se souvient-il, s'est égaré dans les méandres des ornements, les couronnes et les guirlandes et les lierres et les frondaisons et les fruits en métal ouvragé. Il suppose que la porte doit y être dissimulée.

— Et si vous trouvez le tableau, qui peindra votre portrait?

— Mme Lemoine, répond M. Dorian. Elle est plutôt habile de ses mains.

— Ah! fait Will, un peu déçu.

Le wagon donne une petite secousse, suivie d'une seconde, plus longue.

— Ça y est, commente le maître de piste. Nous sommes repartis.

— Et Brogan et ses hommes? demande Will. Ils étaient sans doute à ma recherche. Sinon, qu'est-ce qu'ils fabriquaient, à cet endroit?

— J'espère qu'ils se sont noyés, marmotte Maren.

— J'en doute, dit M. Dorian. Mais j'espère qu'ils ne t'ont pas bien vu. Quoi qu'il en soit, avec toutes les personnes qui vont et viennent, ils ne tenteront rien. Notre porte est verrouillée et, pour ma part, j'ai assez dormi. J'espère que tu n'as plus le projet de t'enfuir, William.

Will expire à fond. Ils lui ont déjà sauvé la vie deux fois. Ce n'est pas rien. Même s'il avait envie de s'évader, il est à bout de force.

— Je ne vais nulle part, dit-il.

Et il est récompensé par un sourire de Maren.

— Bien.

De la poche de poitrine de son veston, M. Dorian sort l'un des outils autochtones que Will a vu accrochés au mur de son compartiment.

— Qu'est-ce que c'est? demande-t-il avec inquiétude.

— Un grattoir de peau cri. Les tours de magie sont parfois utiles, mais j'ai maintes fois observé que cet objet peut se révéler tout aussi convaincant.

Il pose la lame au tranchant affolant sur ses genoux et se tourne vers la porte.

— Vous montez la garde pour empêcher Brogan d'entrer ou pour m'empêcher de sortir? demande Will.

M. Dorian se tourne vers lui avec un sourire.

— Vous devriez essayer de dormir encore un peu avant l'aube, tous les deux, dit-il. Nous donnons un spectacle à midi.

CHAPITRE 12

DANS LE SALOON

Will fait la grasse matinée. À son réveil, il trouve Maren, déjà habillée de pied en cap, assise en tailleur sur le sol et regardant par la fenêtre.

— Où est M. Dorian ? demande-t-il.

— Parti nous chercher à déjeuner. Il préfère que nous ne nous promenions pas trop.

Dans la fenêtre, les arbres défilent, leurs feuilles étincelantes sous le soleil matinal. *Le Prodigieux* a laissé le muskeg derrière. Will aperçoit des champs cultivés, entourés de hautes clôtures ; dans les vallons, la brume s'attarde. Au loin, une maison et une grange, un cheval dans un pré.

Sur un crochet suspendu au-dessus de sa couchette, il prend un pantalon et une chemise, qu'il enfile sous les couvertures.

— Tu crois que c'est vrai ? demande-t-il.

— Pour la toile ? Je ne sais pas. Il connaît tant de choses sur tant de sujets. Il ne se laisse jamais berner ; il connaît tous les trucs.

Elle secoue la tête.

— S'il croit à la fontaine de Jouvence, c'est sans doute qu'elle existe.

— Tu le connais bien ?

— Pas tellement. Personne ne le connaît vraiment. Il est charmant quand il le veut et parfois plus féroce que nécessaire.

— C'est un homme bon ? demande Will avec optimisme.

— En tout cas, il administre un bon cirque. Personne n'est plus doué que lui pour recruter des artistes de talent et créer de nouvelles attractions. C'est lui qui offre le meilleur spectacle dans tout le pays et il a pour but d'être le meilleur du monde. Certains le considèrent comme un exploiteur parce qu'il oblige les gens à signer des contrats à long terme.

— Comme le tien.

Elle hoche la tête.

— Il paie généreusement et traite bien les merveilles, mais il garde pour lui la plus grande partie de l'argent qu'elles rapportent. J'ai entendu dire qu'il avait eu une enfance difficile.

— Parce qu'il est un Métis, dit Will.

— Il n'en parle presque jamais. Mais je pense qu'il est arrivé quelque chose à sa mère. Je n'en sais pas plus. Il est mystérieux… comme tout le monde, je suppose.

— C'est juste que…

Will secoue la tête, cherche les mots.

— Pourquoi faut-il que ce soit son portrait à lui qui figure sur la toile ? Pourquoi pas celui du fils des colons, celui qui est malade ? Pourquoi pas le tien ? Qu'a-t-il fait pour mériter la vie éternelle ? On dit que le monde est rempli de saints, mais je suis à peu près sûr qu'il n'est pas du nombre.

Il fixe la porte de leur compartiment. En ce moment, personne ne la défend.

— Tu te demandes encore si tu dois lui donner un coup de main ? lance Maren.

Will soupire.

— J'ai des doutes à son sujet. Mais je veux t'aider, toi.

— Tu restes ?

— Je reste.

Will sent son visage s'embraser dans l'éclat du sourire de Maren.

Elle prend sa remarquable bobine de fil de fer sur la tablette et la débarrasse de la vase séchée de la fondrière.

— Pourquoi l'as-tu prise avec toi, la nuit dernière ?

— C'est une habitude. Tu vas trouver ça idiot, mais je me sens mieux quand je l'ai avec moi. Comme si, avec elle, j'étais certaine de pouvoir me sortir de toutes les situations.

— Je ne trouve pas ça idiot, répond-il. Je trouve au contraire que c'est rempli de bon sens.

— Il m'arrive de rêver que je traverse un vaste espace sur mon fil…

— Les chutes du Niagara ?

— Peut-être. Je suis à mi-chemin, avec de l'eau en dessous et la brume qui tourbillonne. Je suis tellement loin que je ne vois plus le rivage.

— Tu as peur ?

— Pas au début. Le commencement est toujours paisible. Mais, au bout d'un moment, je ne sais plus trop de quel côté aller.

— Si c'était mon rêve à moi, je tomberais sûrement, dit Will.

— Oh! Je les fais aussi, ces rêves-là. De toute façon, ma bobine m'accompagne partout. Comme ton crayon, j'imagine.

Surpris, Will rit.

— Ouais, je suppose que mes pensées... flottent librement quand mes mains et mes yeux sont occupés. Ça m'aide à réfléchir. En plus, j'adore ça.

— Ça se voit.

— Certaines parties sont particulièrement amusantes.

— Lesquelles?

— Oh, je ne sais pas. Des trucs que je vais prendre plaisir à exécuter. Un rideau, avec tous ses plis, par exemple. Et les ombres. J'aime bien les ombres.

— Ça me semble difficile.

Il rit.

— Moins que de marcher sur un fil de fer!

— Là-haut, j'ai le sentiment d'être capable de tout.

— De toute façon, dit Will, je ne suis pas encore un très bon dessinateur. Mais je veux en devenir un.

Il se remémore la conversation qu'il a eue avec son père, le premier soir.

— Mon père veut que je devienne commis pour la compagnie.

— C'est ce que tu veux, toi ?

— J'y ai réfléchi. Si je travaillais pour la compagnie, je réussirais peut-être à améliorer la condition des colons. À les débarrasser des gens comme Peters.

— Ce serait bien, concède Maren.

— Et je pourrais participer à la conception de certains projets, lui dit Will. Des ponts et des bateaux, peut-être.

— Je suis sûre que tu y réussirais très bien.

— Ce serait un bon travail, confirme Will.

— Mais ça ne t'attire pas vraiment, hein ?

— Non. À San Francisco, il y a une école des beaux-arts où j'aimerais étudier.

— Qu'est-ce qui t'en empêche ?

— Mon père refuse de payer.

Elle renifle.

— Tu n'aurais qu'à trouver un boulot. À assumer tes propres dépenses. Je travaille depuis que j'ai cinq ans.

Will se sent puéril. Même quand il était pauvre, il n'a jamais été forcé de travailler. Au cours des années qu'il a passées seul avec sa mère, il se débrouillait, faisait des courses, coupait du bois, pompait de l'eau, aidait à laver et à nettoyer. Mais il n'a jamais été contraint de travailler à l'extérieur. C'était pourtant le lot de nombreux enfants. Les usines et les ateliers… Ça lui a été épargné, au moins. Il doit être difficile de gagner de l'argent.

— Je n'ai peut-être pas ce qu'il faut pour vivre à la dure, dit-il. C'est ce que pense mon père.

— Et tu crois ça ?

Il hausse les épaules.

— Si M. Dorian ne m'avait pas recueilli, Brogan m'aurait tué. Puis je me suis laissé ensorceler… Je n'ai pas pensé à mettre mes lunettes. Sans toi, je me serais noyé.

— C'est exactement le contraire, dit-elle. Tu as échappé à Brogan ! Tu as couru sur les toits du *Prodigieux*… en pleine nuit ! C'est quand même un exploit !

Il hoche la tête avec un léger sourire.

— Je préfère ta vision des choses.

— Alors tu devrais y aller, à ton école des beaux-arts.

Quand Will ouvre la porte du saloon, le bruit l'assaille à la manière d'une cascade de jetons de poker. Du piano poussé dans un coin monte une chanson, largement oblitérée par les rires et les battements de pieds des clients.

Un haut bar en bois s'étire sur presque toute la longueur du wagon. Des hommes juchés sur des tabourets, leurs bottes posées sur l'appuie-pied en laiton, boivent et catapultent leur jus de tabac dans des crachoirs. L'arrière du bar est tapissé de miroirs qui réfléchissent la pièce, laquelle semble encore plus vaste et bondée. Deux faisans naturalisés, qu'on dirait surpris, trônent sur le comptoir. La tête d'un orignal aux bois imposants observe les tables de jeu d'un air solennel.

Dans le maelström d'odeurs (bière éventée, fumée de cigares, cuir poissé de sueur) perce le parfum de femmes. Depuis sa première nuit dans le train, Will n'a rien senti de tel. Mais cette fragrance est complètement différente des subtiles odeurs qu'il a l'habitude de humer dans des salons ou sur sa mère. C'est un parfum capiteux et criard, assorti aux robes plissées de couleurs vives que revêtent les serveuses et les femmes qui dansent avec des hommes. Le balancement et le roulement du train semblent exacerber l'animation des danseurs. Tout le monde chancelle et titube.

Le saloon est un wagon à étage et, au deuxième niveau, des hommes, appuyés contre la balustrade, leur verre en main, épient les danseurs et les tables à cartes. Des portes s'ouvrent sur de petits compartiments. Will voit un homme suivre une femme aux épaules dénudées dans l'un d'eux. Il surprend Maren qui le regarde et rougit.

Le commissionnaire les conduit au centre de la pièce. Contre un mur, on a érigé une petite plate-forme à l'aide de caisses de whisky et accroché des rideaux pour ménager une sorte d'arrière-scène à l'intention des artistes.

— J'espère que ça vous conviendra, dit le commissionnaire.

— Je suis certain que nous pourrons compter sur l'attention pleine et entière des clients, répond M. Dorian d'un ton pince-sans-rire.

— Oh, ils sont là pour vous, dit l'homme. D'où l'affluence.

À l'une des tables à cartes, un homme se lève en poussant un cri de joie et en brandissant une liasse de billets de banque. Aussitôt, l'un des autres joueurs se précipite sur le gagnant et ils roulent sur le sol en se rouant de coups de poing. Derrière le comptoir, le barman décroche une masse et frappe violemment sur le bar. Vite, l'échauffourée prend fin et quelques hommes s'éloignent en boitant, tachés de sang.

— Moi, en tout cas, je suis impatiente de m'exécuter, dit Maren, tandis que le commissionnaire s'esquive rapidement.

— Et si nous nous préparions? demande M. Dorian en poussant Maren et Will derrière les rideaux.

Isolé du saloon, Will retire son manteau et songe : *plus que deux représentations après celle-ci et je serai de retour en première classe.* En même temps, une autre partie de lui est excitée et emballée par l'imminence du spectacle.

Ils préparent leurs accessoires avec soin. Ôtant son veston, M. Dorian grimace soudain, le visage blême, mais il respire un bon coup et se redresse.

— Ça va? demande Will.

Sans un mot, le maître de piste se faufile entre les rideaux.

Will et Maren glissent leur visage dans l'ouverture. Will détecte la légère odeur métallique de son costume à paillettes, qui sent le renfermé, mais aussi le parfum plus subtil du savon et de la peau et des cheveux, si innocent dans l'atmosphère oppressante et saturée de bière du saloon.

M. Dorian, sur l'estrade de fortune, ne dit rien. Sa seule présence a pour effet d'apaiser la foule. Le brouhaha s'estompe comme un grand coup de vent parvenu au bout de ses forces. Méthodiquement, silencieusement, M. Dorian roule ses manches jusqu'aux coudes.

Will n'a aucune idée de ce que mijote le maître de piste. Comme il ne révèle jamais ses intentions, Will est aussi curieux que les autres. M. Dorian soulève ses bras, les doigts écartés. Puis il serre les poings. Quand il les rouvre, il tient une carte dans chaque main, entre le pouce et l'index. Will se rend compte qu'il s'agit dans les deux cas d'un deux de cœur.

Des grognements et des murmures déferlent dans le saloon.

— Ce truc-là, ma grand-mère le fait mieux que lui, dit une voix avec mépris.

Derrière les rideaux, Will chuchote :

— Ils n'ont pas l'air trop impressionnés.

— Attends.

— Qu'est-ce qu'il prépare ?

— Tu vas voir.

M. Dorian brandit les cartes, les retourne pour montrer aux spectateurs qu'il en tient seulement une dans chaque main, rien de plus.

Un geste du poignet et le trois de cœur apparaît dans chacune des mains du maître de piste. On entend des grognements d'appréciation et quelques tièdes applaudissements. M. Dorian tape du pied sur une caisse comme pour reprocher aux spectateurs leur incrédulité et une troisième carte se matérialise dans chacune de ses mains. Très lentement, ses bras ondoient dans les airs, tels des serpents charmés, se rapprochent l'un de l'autre, puis s'éloignent. Et les cartes continuent d'apparaître dans ses mains : un cinq de cœur, puis, le six, le sept… Le rythme s'accélère, il tape du talon, à la façon d'un danseur de flamenco, les cartes placées en éventail.

Le pièce baigne dans un silence que seuls ponctuent les martèlements furieux des talons de M. Dorian. Même les parties de poker se sont interrompues, et les tricheurs admirent le spectacle sans retenue.

Un valet, une dame, un roi de cœur. Les bras de M. Dorian
exécutent dans les airs des motifs plus complexes encore et,
après quelques fioritures de plus, un as éclot dans chacune de
ses mains, complétant la série.

La pièce croule sous les applaudissements, mais M. Dorian
n'a pas encore terminé. Il lance les deux séries de cartes dans
les airs, où, lentement, elles forment des arcs de cercles qui
s'entrecroisent et se mêlent sans qu'il y touche. Le maître de
piste les observe, les mains levées, comme s'il les dirigeait, les
encourageait à se déployer en spirales.

— Assez ! leur crie-t-il.

Et elles retombent en cascades dans ses mains. Il en fait
une seule pile, qu'il s'apprête à ranger dans la poche de son
pantalon. Puis il change d'idée et lance les cartes aux spectateurs, mais elles se transforment en deux douzaines de
colombes qui s'élèvent dans le ciel et s'échappent par les hautes
fenêtres.

Accompagnés de battements de pieds et de cris d'approbation, les applaudissements redoublent.

— Mesdames et messieurs, je m'appelle M. Dorian, et
voici le Zirkus Dante !

Il les tient dans sa main. Sans effort, il les entraîne vers
d'autres exploits et merveilles. Il hypnotise quelques-uns
d'entre eux, change les cheveux d'un homme en chauve-souris
et les remet sur sa tête, gravit six marches invisibles.

Dans le brouillard de la fumée de cigares et de cigarettes,
Will voit un homme se frayer un chemin jusqu'au bar. Il jette
un billet sur le comptoir et montre une bouteille du doigt. Le

corps tout entier de Will se crispe. Un verre à la main, Brogan se tourne pour regarder M. Dorian.

— Il ne s'est pas noyé, finalement, murmure Maren avant que Will puisse dire un mot.

M. Dorian revient derrière les rideaux au milieu d'un tonnerre d'applaudissements.

— Brogan est dans la foule, lui dit Will.

— Faut-il garder Will ici ? demande Maren.

— Il va peut-être partir avant ton numéro, répond M. Dorian. Sinon, tu resteras derrière.

M. Dorian sort pour présenter Maren et l'aider à tendre son fil entre les balustrades des galeries. Des spectateurs sifflent leur admiration.

Will fixe Brogan, adossé au bar. Une bière à la main, il regarde Maren sauter sur le fil. Il a l'air plutôt à son aise. Will l'imagine mal partir avant la fin. Lorsque Maren revient en coulisse, son premier numéro terminé, Brogan est encore là, un autre verre à la main.

— Nous allons passer au numéro final, décide M. Dorian.

Il s'avance devant les spectateurs.

— Mesdames et messieurs, pour terminer notre spectacle en beauté, j'invite Maren la Miraculeuse à remonter sur la scène !

Maren est sur le point de faire son entrée lorsqu'un spectateur crie :

— Le petit Sultan !

Will s'étouffe.

— Où est le petit Sultan? lance une autre voix.

— Le garçon à la peau brune qui dessine!

— On veut le petit Sultan!

— On a dû parler de toi, souffle Maren.

— Je veux qu'il fasse mon portrait! hurle une femme.

M. Dorian revient en coulisse et jette un regard à Will.

— Rien à faire. Tu sors?

Will, la gorge sèche, hoche la tête. Il apparaît au milieu d'acclamations qui ne semblent pas tout à fait bien intentionnées. Il évite de regarder Brogan, mais sent les yeux de l'homme le fixer, tel un feu incandescent dans son champ de vision périphérique. Après avoir salué, il tourne le dos à l'auditoire. Pendant que M. Dorian le présente, Maren se matérialise, le foulard à la main. On désigne un premier volontaire. Assis sur son tabouret, les yeux bandés, Will entreprend de dessiner l'image reflétée dans les paillettes de Maren. Il a la tête ailleurs, la main tremblante. Le dessin est maladroit, mais M. Dorian le lui arrache après la minute convenue et le brandit à la vue de l'auditoire et du sujet.

Avec soulagement, Will entend l'homme dire:

— Pas mal. Pas mal du tout. Il a un don, le garçon à la peau brune.

De nouvelles acclamations fusent, plus senties que les premières.

— Il vous prend pour des ânes! crie une voix parmi la foule.

Sans se retourner, Will sait qu'il s'agit de Brogan.

— Un problème, mon bon monsieur? demande M. Dorian.

— Y a pas de « mon bon monsieur » qui tienne, monsieur Dorian !

La voix se rapproche.

— Vous et moi, on est de vieux amis, pas vrai, monsieur Dorian ?

Dans les paillettes de Maren, Will le voit se frayer un chemin parmi la foule jusqu'à la scène. Il ne bouge pas, s'efforce de maîtriser sa respiration. Pour un peu, il détalerait.

Il a tué le gardien. Je pourrais être le prochain.

— J'ai comme l'impression que ce garçon est un imposteur, monsieur Dorian, dit Brogan.

— Je vous assure, monsieur, qu'Amit est tout ce qu'il y a de plus légitime.

— Dans ce cas, je veux qu'il fasse mon portrait !

— Comme vous voulez, monsieur. Je prends toujours plaisir à convertir les non-croyants. Si vous voulez bien vous placer ici…

— Non, non, dit Brogan.

Will le voit dénouer le foulard noir qu'il porte autour du cou.

— Je veux qu'il utilise ceci.

Un silence tendu s'installe dans le saloon, comme à l'approche d'un gros orage. Pourquoi le barman ne réagit-il pas ? Pourquoi Sam Steele ne vient-il pas patrouiller de ce côté-ci ?

— Si vous avez des doutes, dit M. Dorian, vous n'avez qu'à nouer notre foulard sur votre visage.

— Non. Y a un truc. Vous m'aurez pas aussi facilement. Qu'il prenne celui-ci.

Will déglutit.

— Comme vous voulez, acquiesce M. Dorian. Les pouvoirs d'Amit n'en seront pas affectés.

— Vous permettez? demande Brogan avec condescendance en grimpant sur la scène d'un pas lourd.

La tête de Will est brusquement tirée vers l'arrière au moment où on lui enlève le foulard truqué. Il n'a pas senti pareil danger de mort depuis la poursuite en forêt. Il s'efforce de soutenir le regard de Brogan en priant pour que l'homme ne perce pas le secret de ses yeux. Son cœur bat fort dans sa poitrine.

Will fixe M. Dorian qui, pour faire bonne mesure, lui dit quelques mots d'hindi. Il répète l'une des trois phrases qu'il a apprises et M. Dorian hoche la tête.

Le foulard du serre-frein empeste le tabac et le sébum. Brogan le noue fermement. Will avale avec difficulté, mais sait qu'il doit rester calme.

— Ça y est, dit Brogan. Voyons-le dessiner, maintenant.

— Un portrait de vous, monsieur? demande M. Dorian.

— Nan! Il m'a bien vu. Il pourrait plutôt dessiner cette dame, là? Approche, ma jolie, et laisse-le faire ton portrait. Mets-toi ici, dans le cercle magique.

Les spectateurs, assoiffés de sang, poussent des acclamations. Ils sont du côté de Brogan, désormais, et espèrent un bon spectacle.

Will est séparé du monde par un grand voile noir. En lui, la panique grimpe son escalier en colimaçon.

— Et que cette fille s'éloigne de lui. Je gage qu'elle lui dit des choses.

— D'accord, dit Maren.

Will l'entend s'approcher et glisser le crayon et le carnet à dessins dans ses mains aveugles. Très vite, à l'aide du crayon, elle trace quelque chose dans sa main. Est-ce un *B* ? *B* pour Brogan ?

Serait-ce un piège ? Derrière lui, il y aurait donc Brogan lui-même et non une femme ? Will inspire. À supposer qu'il ait raison, connaît-il assez bien le visage de Brogan pour le reproduire ? Il essaie de se rappeler des détails, mais ils sont flous. Une fois le crayon sur le papier, cependant, il se sent plus calme. Ses épaules se détendent. Aveugle, sa main travaille plus vite que d'habitude. La pointe du crayon ne quitte jamais le papier, suit le contour des lèvres qu'il voit dans sa tête, puis celui du nez et des yeux. Avec un grand geste, il arrache la page et la brandit. Il sent M. Dorian la lui enlever et la montrer aux occupants du saloon.

— Mesdames et messieurs, inclinons-nous devant les pouvoirs psychiques de ce garçon !

Des applaudissements et des rires moqueurs fusent. On entend aussi quelques huées. Qui en est la cible ? Brogan ou lui ?

— Le garçon t'a bien eu ! entend-il quelqu'un crier. Il t'a pas raté !

On dénoue doucement le foulard et Will a la surprise de se retrouver nez à nez avec Brogan. Ce dernier le fixe avec intensité.

Dans sa main, il tient le portrait. Will ne peut se retenir de jeter un coup d'œil à son travail. Pas mal, pas mal du tout. Le serre-frein esquisse un sourire forcé et tapote Will sur la tête en lui frottant le front à l'aide du pouce.

— C'est un bon truc, petit, chuchote-t-il.

Son haleine sent les œufs marinés.

Will hausse les sourcils, feignant l'ignorance, mais il craint que sa peur se transmette par les pores de sa peau.

— Cet homme vous importune-t-il, monsieur Dorian ?

Will se tourne vers l'imposante silhouette de Samuel Steele, dont l'uniforme écarlate, dans la foule, semble en flammes. Le policier darde son regard sur Brogan. À la vue de Steele, le serre-frein se raidit, puis ses yeux se tournent vers M. Dorian, dont il attend la réponse.

Will a toutes les peines du monde à tenir sa langue.

— Non, lieutenant Steele, répond gaiement M. Dorian. Un cirque accueille toujours avec joie la participation du public.

— Très bien, tonne l'agent de la Police montée. Mais que l'ordre soit respecté ! Toute atteinte à la personne ou à la propriété sera sévèrement punie. Il en va de même pour le respect des bonnes mœurs.

Il balaie des yeux la galerie, où des femmes maquillées lui sourient d'un air angélique.

Brogan retourne au bar et, de nouveau adossé au comptoir, assiste à la fin du spectacle, avec une expression d'une exaspérante sérénité. Samuel Steele reste dans le saloon.

Will est heureux de se dérober derrière les rideaux. Pour la grande finale, Maren revient sur scène, au milieu de sifflets admiratifs et de bruits de baisers, pour exécuter la Disparition. M. Dorian a soin d'inviter une spectatrice à monter sur l'estrade pour l'enchaîner. L'effrontée demoiselle ne peut toutefois résister à la tentation de flirter avec des membres de l'auditoire et de secouer sa jupe plissée en dentelle. Caressant les épaules nues de Maren, elle s'écrie :

— Oh là là, que voilà une fraîche créature, n'est-ce pas, messieurs ?

Will donnerait cher pour que Maren disparaisse plus vite encore que d'habitude.

M. Dorian la recouvre avec le foulard.

— Mesdames et messieurs, nous avons été heureux de jouer pour vous aujourd'hui. Nous espérons que vous garderez de bons souvenirs du Zirkus Dante et que, la prochaine fois que nous nous produirons chez vous, vous viendrez nous voir. Vous constaterez alors que les merveilles dont vous avez été témoins aujourd'hui ne sont qu'un avant-goût des prodiges que nous avons à vous offrir !

Lorsqu'il tire sur le foulard, Maren a disparu.

— Me diras-tu un jour comment tu t'y prends ? lui demande Will lorsqu'elle se matérialise derrière lui.

— Tu serais déçu, dit-elle. Dans certains cas, ne vaut-il pas mieux se poser des questions que de connaître la vérité ?

— Je ne sais pas, répond Will.

Ils enfilent leurs manteaux, plient rapidement bagage et sortent du saloon, escortés par le commissionnaire dégingandé.

Samuel Steele salue Will au passage.

Will est heureux quand la lourde porte de la troisième classe est verrouillée derrière eux, bien qu'il soit conscient qu'elle ne suffira pas à décourager Brogan. Il sent encore, sur son front, la pression de son pouce calleux. A-t-il tenté d'enlever la peinture sur le visage de Will ? Ce dernier n'a pas encore eu l'occasion de se regarder dans un miroir.

Un commissionnaire petit et affairé leur fait traverser un wagon bordé de couchettes destinées aux membres du personnel et de compartiments servant à l'entretien. Puis, à la grande surprise de Will, il ouvre la porte sur une lumière et un soleil abondants. Des hommes et des femmes s'appuient sur la balustrade d'une plate-forme ouverte et admirent un paysage de prairies ondulantes. Inspirant à fond, Will sourit. Après un long séjour à l'intérieur, la brise sur son visage lui procure une merveilleuse sensation.

— Un wagon d'observation ? demande Maren au commissionnaire.

— Non, mademoiselle. C'est un stand de tir.

En y regardant de plus près, Will remarque en effet que les passagers tiennent des carabines. Au bout se trouve un cabinet dans lequel sont entreposées d'autres armes à feu. Un homme en choisit une après avoir remis de l'argent à un steward.

— Sur quoi ces gens tirent-ils ? demande Maren.

— Oh, ils se contentent parfois de décharger leurs armes, explique le commissionnaire. Pour certaines personnes, c'est réconfortant, je suppose. Il nous arrive de croiser des animaux sauvages et les passagers s'amusent à leur tirer dessus, pour le sport.

Will examine le lointain horizon. L'exercice a quelque chose d'hypnotique : que des herbes, à perte de vue, où on distingue, après le long hiver, les premiers signes de verdure, et la cicatrice laissée par les rails qu'emprunte *Le Prodigieux*. Le ciel bleu le coiffe à la façon d'un dôme.

— Tu entends quelque chose ? demande-t-il à Maren.

Dans le brouhaha du train, c'est difficile à dire, mais, par les plantes de ses pieds tout autant que dans l'air qui l'entoure, Will sent une profonde vibration terrestre. Et puis ils arrivent. Venue du côté gauche du train, une vague sombre franchit la crête d'une colline et, en gonflant, s'avance vers eux. Touffes de poils massives, épaules musculeuses, têtes cornues. Leurs sabots martèlent le sol avec un bruit de tonnerre.

— Regardez ! hurle l'un des passagers en se mettant en position de tir. La chasse aux bisons est ouverte !

La prairie s'est transformée en une mer sombre et agitée. Pendant un moment, Will se demande si ces animaux si puissants ne risquent pas de renverser *Le Prodigieux*, car ils foncent vers lui tête première. Au dernier moment, cependant, ils changent de cap et courent le long du train.

Les passagers jouent des coudes pour se tailler une place du côté gauche et tirent à qui mieux mieux dans l'océan de bisons. Aux yeux de Will, c'est l'activité la plus absurde et la moins sportive qu'on puisse imaginer.

— Je pense que j'en ai descendu un ! crie un homme.

— Moi aussi ! Regardez ça ! hurle un autre.

Will voit les pattes avant de l'une de ces bêtes puissantes se dérober sous elle et soulever un nuage de poussière et de terre. D'autres bisons, courant derrière, la piétinent.

Se tournant vers M. Dorian, Will observe, sous le flegme habituel, une pâle furie.

— C'est ainsi qu'on extermine un peuple, déclare le maître de piste. Il suffit d'éliminer la source de sa nourriture.

— Des Indiens ! crie l'un des passagers.

Sur les traces du troupeau massif apparaissent des dizaines d'autochtones à cheval, certains armés de fusils, d'autres d'arcs. Avec habileté, ils divisent le troupeau, l'aiguillent vers une autre direction. Will voit un jeune brave brandir sa carabine vers le train d'un air courroucé.

— Il serait plus sage de rentrer, maintenant ! crie le steward à l'avant du wagon.

— Pas quand la chasse est aussi bonne ! lance un homme en tirant de nouveau.

— Maudits Peaux-Rouges ! crie un autre passager, qui a le visage congestionné et de petits yeux rapprochés. Ils les éloignent de nous !

Horrifié, Will voit l'homme viser l'autochtone le plus proche et tirer deux ou trois coups.

M. Dorian s'avance et agrippe le canon de l'arme.

— Qu'est-ce que vous fabriquez ? crie-t-il, les yeux incandescents.

— Des coups de semonce, rien de plus, répond l'autre d'un ton belliqueux. Qu'est-ce que ça peut bien vous faire ?

— Leur existence dépend de la viande et des peaux de ces animaux.

— Je ne leur prends pas leurs bisons. Je leur donne un coup de main, c'est tout.

— Pas en tirant sur les chasseurs.

— Un Indien de moins, qu'est-ce que ça change ? grogne l'homme avant qu'une flèche l'atteigne en plein cœur.

Il chancelle, mort avant de toucher le sol.

— Et un homme blanc de moins, murmure M. Dorian.

Un mouvement de panique se répand dans le wagon. Quelques hommes courent vers la sortie, mais la plupart rechargent leurs armes et se mettent à tirer sur les autochtones.

— Arrêtez ! crie M. Dorian.

Le maître de piste a perdu son sang-froid. Les joues rouges, il s'empare du fusil d'un homme et le fracasse sur son genou.

— Arrêtez tout de suite, bande d'imbéciles !

— Tout le monde à l'intérieur ! crie une fois de plus le steward.

Personne ne bouge.

— Monsieur Dorian, hurle le commissionnaire, rentrez immédiatement !

Dans une cacophonie de coups de feu, les autochtones convergent vers le train. Des flèches sectionnent l'air. Will s'accroupit et saisit la main de Maren.

— Viens, dit-il en l'entraînant vers le wagon suivant au milieu de la foule en panique.

Will détecte une odeur de tissu calciné et voit une volute de fumée monter de sa petite valise, à quelques pouces de sa poitrine. Il lève les yeux, inquiet. Dans la bousculade des corps, il aperçoit, près de la balustrade, un homme qui, les yeux voilés par une casquette, pointe son fusil vers lui. Will se crispe lorsque résonnent une douzaine de coups de feu en même temps. Soudain, M. Dorian, tout près, agite son épais manteau devant lui, à la façon d'une cape. Une balle tombe des plis du vêtement et danse par terre.

— Cours! crie M. Dorian.

Penché, Will détale sur les talons du maître de piste. En s'approchant de la porte, il voit un intrépide cavalier autochtone s'avancer vers le train sur un magnifique cheval noir. Incroyablement rapide, il devance *Le Prodigieux*, franchit sans encombre le barrage de coups de feu. Le chasseur bande son arc et vise l'un des passagers, puis sort une autre flèche de son carquois et glisse la corde dans l'encoche. Instinctivement, Will oblige Maren à se pencher. Sans bruit, la flèche se fiche dans le poteau de bois devant lequel Maren se trouvait l'instant d'avant. Elle regarde Will, les yeux exorbités par la surprise.

Soudain, une voix – et jamais Will n'aurait cru qu'une voix puisse porter autant – s'élève, malgré les cris et les détonations et le vacarme du train.

— Posez vos armes! Tout de suite!

Will pivote et reconnaît la silhouette écarlate de Sam Steele, qui s'avance sur la plate-forme en brandissant des pistolets de la taille d'une enclume. Il tire un coup en l'air en guise d'avertissement.

— Posez vos armes, vous entendez ? Sinon, je tire dans le tas !

Il se tourne vers les chasseurs autochtones.

— Et ça vaut pour vous aussi ! C'est terminé, compris ?

Les tirs s'interrompent aussitôt, et le commissionnaire entraîne Will, pantelant, dans le wagon suivant. Des hommes en sueur parlent avec jubilation de l'escarmouche. Des stewards en uniforme se fraient un passage parmi la foule pour venir prêter main-forte au policier.

— Rendez les carabines, messieurs, dit l'un d'eux en tendant la main vers des hommes qui obéissent à contrecœur. Elles appartiennent au *Prodigieux* et ne doivent servir que dans le wagon de tir.

— On leur a montré, à ces Peaux-Rouges ! crie l'un des passagers, triomphal. On leur a montré !

Le commissionnaire précède Will, Maren et M. Dorian dans le wagon. Les genoux de Will tremblent et Maren semble ébranlée. À l'oreille de Will, elle murmure :

— Merci.

Le commissionnaire leur indique leur compartiment, mais Will est distrait. M. Dorian verrouille la porte, entrouvre les rideaux et balaie la prairie des yeux. Aucune trace des bisons ni des autochtones.

— On dirait bien que le lieutenant Steele a mis un terme à cette folie collective, déclare-t-il, les traits tirés.

Il se tourne vers Will.

— Ce n'est pas un autochtone qui a tiré sur toi. Tu le sais, hein ?

Will hoche la tête.

— Je crois que c'était Chisholm.

— Je l'ai entrevu. Il a profité de la confusion pour te tirer dessus. C'était idéal : personne n'aurait rien remarqué.

Will, à la vue du trou laissé par le projectile dans sa valise, se sent presque défaillir.

— Merci, dit-il. Vous avez bloqué le second coup de feu.

— Un bon manteau a de multiples usages, répond le maître de piste.

— Ils savent qui je suis, dit Will en repoussant la panique. Ils vont revenir !

— C'est bien possible, en effet, concède M. Dorian.

Will cligne des yeux. Il espérait que M. Dorian secouerait la tête, tenterait de le rassurer.

— Ils ne risqueront rien à la clarté du jour, lui dit Maren.

— Que viennent-ils de faire, à ton avis ? s'exclame Will.

— À la nuit tombée, nous allons changer de compartiment, dit M. Dorian. D'ici là, je crois qu'il serait sage de passer le plus de temps possible dans des lieux publics. Plus ils seront bondés, mieux ça vaudra. Commençons par le wagon-restaurant. Vous devez êtres affamés, tous les deux.

Manger est la dernière chose dont Will a envie. On vient tout juste de tenter de le tuer. Dès que Maren a retiré son costume de funambule, le trio s'aventure quand même vers le wagon-restaurant.

La deuxième classe, bien qu'on y soit encore très loin du luxe de la première, est beaucoup plus confortable que la troisième. Les couloirs sont recouverts de lambris et de papier peint en tissu. Une épaisse moquette amortit les pas de Will et isole le wagon du bruit des rails. Les fenêtres sont plus grandes et les lampes à gaz plus nombreuses.

Dans le wagon-restaurant, Will sent les autres passagers le regarder et reconnaît deux ou trois des hommes du wagon de tir. Partout où il pose les yeux, il croit apercevoir Brogan ou Chisholm ou Mackie.

Le repas qu'on lui sert a l'air délicieux, mais il a peur d'y toucher. Comment être sûr que l'un des hommes de Brogan ne s'est pas introduit dans les cuisines pour saupoudrer son assiette de poison ? Avec envie, il voit Maren attaquer son pâté au poulet. Elle surprend son regard et note son assiette inentamée. Semblant comprendre la cause de son trouble, elle hausse les sourcils et prend une bouchée de son plat.

— Pas mal, dit-elle avant d'avaler.

Will se met à manger. Les passagers parlent de l'échange de coups de feu avec les autochtones et il entend toutes sortes de rumeurs se propager d'une table à l'autre. Dix passagers tués. Quinze autochtones. Trois passagers. Deux autochtones. Un brave est monté à bord et a scalpé un steward. Sam Steele a sauté sur le cheval d'un autochtone et a repoussé les chasseurs avant de remonter à bord du *Prodigieux* avec un tomahawk.

Rassasié, Will se sent mieux. Avec tous ces gens autour de lui, il éprouve un faux sentiment de sécurité. Il n'aurait qu'à se lever de table pour réintégrer sa vie normale.

Vers la fin du repas, Sam Steele entre dans le wagon-restaurant et dit quelques mots au chef steward avant de passer son chemin.

— Mesdames et messieurs, dit ce dernier, le lieutenant Sam Steele me demande de vous informer que, au terme d'une courte échauffourée avec quelques Indiens, deux de nos passagers ont tragiquement perdu la vie.

Des hoquets horrifiés envahissent le wagon. Des hommes tapent sur la table et promettent une vengeance sanglante. M. Dorian mange en regardant droit devant lui. Les deux hommes du wagon de tir lui jettent un regard sombre et Will croit entendre l'un d'eux marmotter le mot « sang-mêlé ».

Will regarde avec envie du côté où Sam Steele a disparu. Vers l'avant. Il surprend Maren qui le fixe avec angoisse. Craint-elle qu'il cherche à s'enfuir ? Il en rêve, mais il se retient. Ils ont maintenant sauvé sa vie à trois reprises. Il a fait une promesse à Maren et il entend bien la tenir.

— J'ai failli l'avoir, dit Chisholm en avalant nerveusement une bouchée de viande en conserve. Je l'avais dans ma mire, puis Dorian a agité son manteau devant lui. Comment un manteau peut-il arrêter une balle de fusil ?

— T'aurais dû me laisser tirer, aussi, dit Mackie. Je l'aurais eu du premier coup.

— Laisse-le, ordonne Brogan en extrayant un morceau de nourriture coincé entre ses dents. D'après ce que je comprends, c'était pas un coup de tout repos.

Il en veut à Chisholm d'avoir gâché le travail, mais il s'efforce d'avoir l'air jovial. Après tout, il avait bien failli noyer le pauvre homme dans la fondrière. Pour la suite, il a besoin de tout son monde.

Les trois hommes ont trouvé refuge dans le compartiment des serre-freins Peck et Strachan, non loin des derniers wagons des colons.

— On aura pas une autre chance comme celle-là, dit Mackie, maussade.

— On en aura peut-être pas besoin, dit Brogan.

— Qu'est-ce que tu veux dire? C'est toi qui as dit qu'il nous le fallait, ce garçon.

— Oh, pour l'avoir, on va l'avoir.

— C'est quoi, le plan? demande Chisholm, les yeux plus exorbités que jamais.

— Le policier était juste là, dans le saloon. J'ai cru que mon compte était bon. Pourquoi le garçon est pas allé le voir? Parce qu'il veut quelque chose. Ou plutôt parce que M. Dorian veut quelque chose. Il a mis la main sur une clé du fourgon funéraire. Je gage qu'ils ont leur propre plan.

— J'aime pas attendre, dit Mackie.

— Ce Dorian, il sait faire disparaître des choses, affirme Chisholm. Qu'est-ce qui nous dit qu'il fera pas disparaître ce qu'on cherche, nous… qu'il va pas disparaître lui-même?

Brogan réfléchit un moment et secoue la tête.

— C'est de la magie, ça, dit-il. Et je crois pas à la magie.

Lorsque les commissionnaires ont terminé leur dernière ronde et que tout le monde est couché, Will, Maren et M. Dorian sortent en silence de leur compartiment. Leurs valises à la main, ils rebroussent chemin jusqu'à un compartiment plus petit et libre, cinq wagons derrière. Une fois la porte verrouil-lée, Will aide les autres à descendre les couchettes.

— C'est pour quand? demande-t-il en étendant un drap et une couverture sur celle du bas. Le cambriolage?

M. Dorian sort sa montre et la consulte des deux côtés. Au cours de l'après-midi, il a plusieurs fois demandé à des stewards de lui indiquer la situation et la vitesse précises du train.

— Nous devons nous trouver à l'intérieur du fourgon funéraire à quatre heures du matin au plus tard.

— Tu n'as qu'à rester ici, Will, enchaîne Maren. Verrouille la porte derrière nous. Personne ne sait où tu es. Nous serons de retour avant le déjeuner.

Will secoue la tête.

— Je ne reste pas ici tout seul.

— Mieux vaut que tu ne sois pas impliqué dans tout ça, Will, insiste-t-elle.

Il rit.

— Je ne vois pas comment je pourrais être plus impliqué que maintenant. Je vous accompagne. Je me sentirai beaucoup plus en sécurité.

M. Dorian le regarde en face.

— Je te préviens, Will. Tu risques de le regretter. Quelque chose me dit que nous allons rencontrer de la résistance.

Pourtant, la décision est facile à prendre. L'idée de rester seul dans ce compartiment le plonge dans la terreur. Qui plus est, il tient à être de la partie, au cas où Maren aurait besoin de son aide.

— Je viens, répète-t-il.

— Très bien. Je vous suggère à tous les deux de dormir un peu.

— Vous ne vous couchez pas? demande Maren au maître de piste.

— Pas encore.

Plus tard, Will, sous les couvertures, a les yeux grands ouverts. On a réduit l'intensité de la lampe à gaz. Au-dessus de lui, Maren, déjà endormie, se retourne. En face, M. Dorian, allongé sur sa couchette, écrit, tout habillé. Il se retourne et surprend Will qui l'observe.

— Serez-vous jeune pour l'éternité? demande Will. Une fois votre portrait réalisé?

— Je ne crois pas. Le portrait va vieillir et, à un âge vénérable, il va en quelque sorte mourir.

— Et que va-t-il vous arriver?

M. Dorian lève les yeux de sa page.

— Je serai peut-être rattrapé par les années, ou encore je vais me mettre à vieillir normalement. Ce serait une prime inespérée. Je veux juste bénéficier des années auxquelles j'ai droit, Will. Est-ce trop demander?

Will n'a pas de réponse.

— Maren dit que vous avez de grandes ambitions pour le Zirkus Dante?

M. Dorian sourit. C'est un sourire différent de ceux, impassibles, que Will lui a connus jusque-là. Le genre de sourire que l'on esquisse à l'évocation de ce qui nous plaît le plus.

— Oui, répond-il. J'aimerais ouvrir des cirques à l'étranger, ajouter des animaux à mes ménageries. De quoi faire pâlir l'arche de Noé !

Il rit et Will l'imite.

— Vous devez être la seule personne au monde à posséder un sasquatch.

— Je crois l'être, pour le moment. Mais on trouve toujours de nouveaux animaux et de nouvelles merveilles à collectionner. Imagine si je réussissais à capturer un wendigo !

— Vous en avez déjà vu un ? demande Will, soulevé par l'enthousiasme du maître de piste.

— Pas encore, mais je compte bien y arriver. Et il y a, en Extrême-Orient, un homme capable de voler. Tu imagines, Will ? Voler ! J'espère le mettre sous contrat avant M. Barnum. Je veux réunir tout ce qu'il y a sur cette Terre, tous les exploits possibles. Créer un monde nouveau pour échapper au nôtre.

Les dernières paroles de M. Dorian, songe Will, sont empreintes de mélancolie. Le maître de piste plie la feuille et la range dans sa poche, puis il écrit quelques mots sur une deuxième.

— Un petit message destiné à nos amis du cirque, explique-t-il. Question de leur laisser savoir comment nous nous tirons d'affaire.

— Comment parviendra-t-il jusqu'à eux ?

— Il sera porté par un vent arrière favorable.

Sous les yeux de Will, M. Dorian plie le papier en deux dans le sens de la longueur, puis exécute une série d'autres manœuvres, de plus en plus complexes et ingénieuses. Le produit fini ressemble à une oie. Il tire sur un petit bout qui dépasse, à l'arrière, et la chose bat des ailes et frémit avec impatience.

— Il vole vraiment ? demande Will, incrédule.

— Absolument.

M. Dorian s'approche de la fenêtre et l'ouvre. L'air nocturne, que pimente la fumée du charbon, envahit le compartiment. Le maître de piste sort la tête, la tourne d'un côté et de l'autre, apporte quelques ajustements aux ailes.

Puis il lance l'oiseau de papier.

Will regrette amèrement de ne pas pouvoir le suivre dans son voyage. Dans le cas contraire, il le verrait prendre de l'altitude en tremblant légèrement. Le train va si vite qu'il est difficile de déterminer si l'oiseau de papier avance ou pas, mais, à l'occasion, ses ailes battent ou frémissent, et il s'élève et vire. Les wagons défilent sous lui.

L'oiseau de papier fonce vers un serre-frein qui fume, debout sur un wagon couvert. Il plisse les yeux, puis tend la main pour l'attraper, mais l'oiseau le contourne.

Plus loin, un autre serre-frein le voit et, certain qu'il s'agit d'une chauve-souris, lui assène une tape qui l'envoie valser loin de la voie ferrée. L'oiseau se rétablit et bat des ailes ; le train est loin, à présent, et l'aéronef en papier poursuit obstinément son trajet dans la nuit.

Et peut-être est-il plus futé qu'il n'y paraît, car devant lui se profile la deuxième portion du *Prodigieux*, toujours engagée dans une longue courbe. L'oiseau de papier vire légèrement sur l'aile et se range dans l'axe du train. Le mécanisme de papier qui l'anime semble tomber en panne. Les ailes cessent de battre et, lentement, l'oiseau de papier commence à descendre vers le toit des wagons de marchandises.

Il glisse, de plus en plus bas, jusqu'à l'instant où il s'empêtre dans le filet qui dépasse de la fenêtre d'un wagon sur lequel est écrit ZIRKUS DANTE.

Il s'agit non pas d'un filet, mais bien d'un capteur de rêves autochtone, et l'oiseau de papier se blottit dans ses rayons. Vite, on rentre le capteur de rêves.

L'oiseau de papier est déplié, le message lu.

CHAPITRE 13
LE FOURGON FUNÉRAIRE

Will sent une main qui le réveille.

— C'est l'heure, dit Maren.

La lampe à gaz dégage une faible lueur. Maren est déjà habillée, comme M. Dorian, qui passe un rouleau de fil mince sur son épaule. Vite, Will remonte son pantalon sous les couvertures.

— Tu es sûr ? lui demande Maren lorsqu'ils sont prêts.

Il hoche la tête. M. Dorian s'empare d'une lampe éteinte et déverrouille la porte, puis ils sortent dans le couloir. Pendant la traversée des wagons-lits, Will se sent comme un fantôme. Des deux côtés, d'épais rideaux, tirés sur les couchettes, assourdissent les ronflements et les murmures des passagers. Will promène son regard d'un côté et de l'autre, terrifié à l'idée qu'un bras sorte et les accroche. Les moindres toussotements, les moindres reniflements le font sursauter. M. Dorian est doté d'un sixième sens qui leur permet d'éviter les rares commissionnaires et les passagers insomniaques qui viennent à leur rencontre ; il pousse Will et Maren dans une salle de bains ou un compartiment vide où ils attendent que la voie soit libre.

Le wagon-restaurant, où les tables sont déjà dressées, est désert. Pendant qu'ils longent les cuisines, Will, par la fenêtre ronde de la porte, distingue de longs comptoirs étincelants, des poêles embrasés et des casseroles hautes comme des cheminées qui crachent de la vapeur. Déjà, des cuisiniers hachent des légumes et pétrissent de la pâte en prévision de l'assaut matinal.

Chaque fois qu'ils s'apprêtent à passer dans un autre wagon, M. Dorian les oblige à se mettre à l'écart, pendant que, par la fenêtre, il s'assure qu'il n'y a pas de serre-frein juché sur le toit, à l'affût. Ensuite, il ouvre la porte, tout doucement, et ils traversent rapidement l'attelage.

Dans le wagon-buanderie, ils respirent une entêtante odeur d'amidon et d'eau de Javel. Sur des cordes, des nappes et des draps et des uniformes se balancent en silence, au rythme du train. Dans la pâle lueur des lampes à gaz, les tissus scintillent. Épiant les ombres, Will presse le pas.

Devant la porte du wagon suivant, M. Dorian s'écarte brusquement de la fenêtre.

— Un homme sur le toit, chuchote-t-il. Brogan tient à savoir ce que nous mijotons.

Ils attendent que le serre-frein passe son chemin. Quelques minutes, puis quelques minutes de plus.

— Il ne bouge pas, constate M. Dorian. Nous avons besoin d'une diversion.

— J'ai une idée, dit Will.

Il retourne dans la buanderie, où il décroche une chemise blanche amidonnée et ouvre une fenêtre. Il y glisse la chemise et referme : ainsi, la moitié du vêtement bat au vent, à la façon d'un homme qui appelle à l'aide.

— Bien joué, dit M. Dorian. Voyons s'il mord à l'hameçon.

De retour près de la porte du wagon, ils attendent. Will s'agenouille et regarde par la fenêtre. Le bout de la cigarette du serre-frein est incandescent. Puis ce dernier tourne brusquement la tête et on aperçoit la lumière d'une lanterne. Il saute sur le toit de leur wagon et fonce vers la buanderie.

— Maintenant, ordonne Will.

Il ouvre la porte et les entraîne de l'autre côté de l'attelage. Dans le wagon suivant, Maren lui sourit.

— Quelle bonne idée ! Tu es parfait, comme complice.

— Je ne suis complice de rien du tout, répond Will, horrifié par cette idée.

— Quiconque aide une personne à commettre un crime est considéré comme un complice, affirme M. Dorian.

Will fronce les sourcils et rit doucement.

— Dans ce cas, j'en suis un.

Il connaissait assez bien Van Horne. Peut-être le vieil homme ne serait-il pas fâché que son tableau soit volé. Après tout, le baron des chemins de fer avait un faible pour l'extraordinaire. Il était lui-même si débordant de vie qu'il aurait sans doute été dépité de savoir qu'il aurait pu vivre plus longtemps. Mais il aurait aussi apprécié les machinations suscitées par la toile.

Vers la fin de la deuxième classe, M. Dorian les arrête et dit :

— Nous devons monter sur les toits. Il y aura des commissionnaires en faction à l'entrée de la première classe et personne ne doit nous voir.

Will avait beau savoir que le moment était imminent, il se passerait volontiers de telles acrobaties.

— Prêt à remonter sur les toits du *Prodigieux*, William ? demande M. Dorian. Le train va un peu moins vite. Nous amorçons lentement l'ascension des montagnes. C'est tout droit.

Will hoche la tête.

— Je l'ai fait une fois, je peux donc le refaire.

— Excellente attitude. Nous devons avancer le plus rapidement possible. Il risque d'y avoir d'autres hommes là-haut.

Après l'attelage suivant, M. Dorian gravit l'échelle. Hissant la tête au-dessus des toits, il regarde bien devant et derrière, puis il fait signe à Will et à Maren de le suivre.

Malgré son manteau, Will frissonne lorsque, sur le toit du *Prodigieux*, le vent l'assaille. Il se remet d'aplomb. Les wagons de passagers sont différents des wagons de marchandises. En effet, ils sont dépourvus de passerelles et leurs toits s'inclinent davantage de part et d'autre.

Sous la lune en forme de rognure d'ongle, Will ne voit qu'à quelques pas devant lui. M. Dorian n'allume pas la lanterne. La nuit est idéale pour passer inaperçus, mais pas pour sauter d'un wagon à l'autre. M. Dorian marche avec aisance et Maren le suit avec une totale insouciance. Pour une funambule, c'est de la petite bière.

Au bout du premier wagon, Will voit M. Dorian et Maren sauter, puis être avalés par les ténèbres. Seules les lanternes qui jalonnent les flancs du train indiquent à Will que *Le Prodigieux* avance en ligne droite. Vite, il frotte la dent de sasquatch dans sa poche. Il distingue à peine l'autre wagon lorsqu'il amorce sa course et s'élance dans la nuit. Pendant une seconde, dans le vide, il éprouve une fiévreuse sensation de vertige, puis il atterrit et Maren est là pour lui tendre la main et l'aider à garder son équilibre.

— Tu as réussi, murmure-t-elle.

De wagon en wagon, la confiance de Will s'affermit, son corps se familiarisant de nouveau avec les incessantes secousses et oscillations du train.

Droit devant, Will aperçoit la lueur d'une lanterne, distante d'environ trois wagons. Il est sur le point de toucher Maren à l'épaule, mais déjà elle se retourne et il voit M. Dorian qui, de l'index, leur fait signe de reculer. Will s'accroupit et court jusqu'à l'arrière du wagon.

— Baissez-vous, entend-il chuchoter M. Dorian.

Will descend sur la plate-forme et se plaque d'un côté de la porte afin qu'on ne puisse pas le voir par la vitre. Maren et M. Dorian viennent vite le rejoindre.

— Il ne nous a peut-être pas vus, dit M. Dorian. Nous allons passer sous lui.

Il jette un coup d'œil par la fenêtre, ouvre la porte et les fait entrer. De retour en première classe, Will éprouve une drôle d'impression. C'est un monde différent, lui semble-t-il. À moins que ce monde soit le même et que ce soit lui qui ait changé. Il est habillé en artiste spirite indien, associé des bandits qui s'apprêtent à dérober le contenu du fourgon funéraire d'un baron des chemins de fer.

Il regarde autour de lui dans l'espoir de se repérer et détecte une odeur d'amandes rôties et de maïs soufflé.

— Le cinéma est droit devant, dit-il.

À pas feutrés, ils s'avancent dans le couloir au sol recouvert d'une épaisse moquette. Des ampoules électriques brillent sous des abat-jour roses décoratifs. Le trio atteint le fond du wagon. Maren jette un coup d'œil sur le toit et indique que la voie est libre. En silence, ils ouvrent la porte et entrent dans un wagon surélevé.

À l'intérieur, Will est accueilli par le bruit de l'eau. Cinq ou six marches le déposent sur les carreaux noirs et blancs qui bordent la piscine. Au centre, la fontaine argentée éclabousse la surface de l'eau qui grouille de poissons. La seule lumière, qui provient de la piscine elle-même, projette, sur le plafond, des reflets bleus ondulants.

À la suite des autres, Will contourne la piscine et longe les tentes où les baigneurs se changent. Au fond, distinct malgré le clapotis de l'eau, ils entendent le déclic d'une poignée qu'on tourne.

Saisissant la main de Maren, Will l'entraîne sous une tente. Il y a une fermeture éclair, mais il ne veut produire aucun bruit. Par une fente étroite, il voit M. Dorian disparaître sous la tente opposée à la leur.

Grimpant les marches, un serre-frein coiffé d'une casquette se profile. Malgré la distance, Will croit reconnaître Mackie. Il tient à la main une longue perche en métal terminée par un crochet. Un instant immobile, il tend l'oreille.

Marchant lentement au bord de la piscine, Mackie, d'un geste désinvolte, balance sa perche dans la première tente.

Avec un claquement, l'épais tissu se fronce profondément. Il se dirige vers la deuxième, frappe fort à la hauteur de la poitrine, continue. Avec horreur, Will le voit s'approcher de la tente où se cache M. Dorian. Il serre fort la main de Maren. Le serre-frein tape sur la tente. Le tissu s'affaisse et, à l'intérieur, retentit un couinement presque comique.

— Ça fait vraiment mal!

— Sors de là, aboie Mackie en reculant d'un pas et en corrigeant son emprise sur la perche.

Will s'attend à voir M. Dorian surgir en titubant, couvert de sang. Non, pourtant.

— Dehors! crie Mackie.

Il tape de nouveau, à la hauteur des genoux.

À l'intérieur de la tente, un autre cri résonne, suivi de:

— Viens me chercher si tu l'oses!

Mackie se renfrogne. Avec le bout de la perche, il écarte les rabats de la tente et entre, prêt à en découdre. Dès qu'il est à l'intérieur, M. Dorian, à la stupéfaction de Will, émerge d'une autre tente. Prestement, le maître de piste descend la fermeture éclair et assène un violent coup de pied à la tente. Celle-ci s'écroule au milieu d'un grand branle-bas. Mackie jure.

— Venez m'aider! lance le maître de piste.

Maren et Will se précipitent. Ensemble, ils saisissent la tente et la balancent dans la piscine. Les poissons exotiques détalent à la façon d'éclairs de couleur. En quelques secondes, le tissu, saturé d'eau, commence à sombrer.

— Il va se noyer! crie Will.

Déjà, cependant, la main de Mackie émerge de la tente agitée et entreprend de remonter la fermeture éclair.

Après le wagon-piscine, M. Dorian les guide une fois de plus vers les toits du *Prodigieux*. Sur le wagon suivant, Will sent davantage les vibrations du train. La chute serait deux fois plus longue.

Lentement, les yeux de Will se réadaptent à l'obscurité et il se hâte à la suite de Maren et de M. Dorian. Il sait qu'ils doivent laisser Mackie derrière.

Le cœur battant, il exécute son premier saut et atterrit en position accroupie, un peu à côté de la cible. Dès le troisième bond, il se sent de nouveau plus en confiance. Il essaie de se souvenir de leur position exacte en première classe et suppose qu'ils sont à la hauteur des wagons-restaurants. Devant, il aperçoit la pâle lueur du wagon panoramique, où une lampe à gaz est encore allumée. Quelques minutes plus tard, ils y sont, à l'endroit où, quelques jours plus tôt, à Halifax, Will s'est tenu. C'est comme si ce souvenir appartenait à un autre. Par la vitre en forme de dôme, il voit un monsieur solitaire qui somnole dans un fauteuil, la main toujours fermée sur un verre de brandy.

Un nouveau bond, un autre. Défilent sous lui les salons, la salle de billard, la bibliothèque. Et là, au loin, devant lui, se dresse la locomotive. On dirait, s'élevant au-dessus du tender chargé de charbon, une petite ville en forme de moteur, une symphonie de pistons, une vaste cheminée tendue vers le ciel.

Will précipite le saut suivant. Au moment où ses pieds quittent le toit, le vent vire et un nuage de suie et de chaleur déferle sur lui, lui brûlant les yeux. Il cligne furieusement et le wagon s'éloigne de lui en tournant.

Il grogne en tendant les bras. Un seul de ses pieds accroche le coin du toit, qu'il heurte, l'épaule en premier. Il cherche fébrilement une prise.

L'ayant entendu crier, Maren se retourne et fonce vers lui. Elle se laisse glisser sur le toit incliné et lui saisit le poignet. Elle est petite, mais Will, lorsqu'elle le remonte, sent sa force compacte, stupéfiante. Avec son aide, il pose ses pieds sur le toit et se hisse jusqu'au centre du wagon.

— Doucement, dit-elle en appuyant son front contre celui de Will.

Haletant, il hoche la tête et la suit. Bientôt, il se rend compte qu'il marche sur le toit du compartiment où il a passé la première nuit. Après, les wagons ne comptent plus qu'un étage et ils doivent redoubler de prudence, car ce sont ceux qui abritent le matériel d'entretien et les membres du personnel. Bientôt, les commissionnaires et les stewards émergeront du sommeil et se prépareront pour une autre journée à bord du *Prodigieux*.

Will distingue maintenant les aigrettes ornementales du fourgon funéraire. Deux wagons de plus et ils seront arrivés à destination. À la suite de M. Dorian et de Maren, il descend jusqu'à la petite plate-forme trépidante. Derrière lui se trouve l'extrémité d'un wagon de service, sans porte, et, devant eux, l'éclat sombre de l'acier du fourgon funéraire.

— Restez là, ordonne M. Dorian.

Sur les rails, le vacarme est infernal, mais Will a surtout conscience des vibrations supplémentaires : celles de l'électricité qui parcourt l'enveloppe de métal.

Le maître de piste consulte sa montre.

— Nous avons trente-cinq minutes.

— Avant quoi? demande Will.

M. Dorian ignore la question et allume la lanterne.

Maren s'accroupit et retire son manteau, d'où elle sort son étonnante bobine de fil. Parler de ce qu'elle s'apprête à tenter, voire l'imaginer, était une chose. Maintenant qu'il plonge son regard sous le fourgon, voit la vitesse à laquelle défilent les traverses dans le fracas des rails et sent dans sa chair les oscillations et les balancements du train, Will est terrifié pour elle.

— Rien ne t'oblige à faire ça, tu sais, dit-il.

— Chut, répond-elle en enfilant ses chaussons aux semelles en caoutchouc. On ne dit jamais ça à un artiste avant la représentation.

— Justement, ce n'est pas une représentation.

— Elle s'est entraînée, lui rappelle M. Dorian.

— Êtes-vous sûr qu'il y a assez de place?

— C'est faisable, répond M. Dorian. J'ai tout mesuré.

Une fois de plus, Will fixe l'infime espace qui file sous eux et, en pensée, voit Maren tomber.

— Pourquoi ne pas attendre que le train soit arrêté? demande-t-il.

— Il faut agir maintenant, répond sèchement M. Dorian.

— Pourquoi?

— Ça suffit, William!

— Mais c'est dangereux! s'exclame Will, soudain tremblant de fureur. Si c'est si important, pourquoi n'y allez-vous pas vous-même?

— Assez !

C'est Maren qui a crié et Will, surpris, se tourne vers son visage en colère.

— Va-t'en, si tu préfères. Sinon, cesse de nous déranger !

Il a le visage aussi cuisant que si elle l'avait giflé. Il essayait de la protéger et elle le traite comme un bébé qui pleurniche.

— Vas-y donc ! lance-t-il brusquement pour cacher sa profonde blessure.

Il est au bord des larmes. Il a envie de gravir l'échelle et de regagner la première classe. De les abandonner à leurs exploits périlleux et à leur cambriolage insensé ! Mais il ne bouge pas.

Au moment où Maren s'approche du bord de la plate-forme, il sort la clé de sa poche et la lui tend.

— Tiens. Prends l'original. Ça ira peut-être mieux.

— Merci, Will, dit-elle.

M. Dorian dispose les obturateurs de sa lanterne de manière à projeter un fort et mince faisceau lumineux dans le monde qui tourbillonne sous le fourgon. Des fils d'acier et des câbles bien huilés et des tiges en métal qui tournent, le mouvement des traverses qui défilent à toute vitesse.

Maren commence à dévider le fil de sa bobine. Rigide, il s'étire.

— Rappelle-toi de ne pas toucher le dessous du fourgon, la prévient M. Dorian.

Elle hoche la tête et déroule le fil miraculeux, le guide sous le fourgon jusqu'à ce qu'il s'accroche à une tige horizontale de l'attelage éloigné. Elle fixe l'autre bout sous la plate-forme. Sa corde raide est tendue.

D'un geste fluide, elle s'installe sur le fil, les bras écartés, en équilibre sur son dos. Ses pieds, dans leurs chaussons aux semelles en caoutchouc, la poussent sous le fourgon. Parce qu'elle doit éviter de toucher à quoi que ce soit, elle peut à peine plier les genoux.

Le maître de piste se met à plat ventre pour l'éclairer. Afin de mieux voir, Will plaque sa joue contre le métal froid. Il n'ose pas dire un mot. Le train tressaute et Maren est violemment secouée. Ses mains dansent dans les airs. Will se retient avec difficulté de lui demander de revenir.

— La serrure n'est plus loin, dit M. Dorian avec calme, Maren ne pouvant pas voir derrière elle. Plus que quelques poussées… Là, ça y est.

Maren est en équilibre sous une boîte noire. Elle sort la clé de sa manche. Se balançant de gauche à droite, au gré des oscillations du train, elle insère la clé dans la serrure et la tourne. Dans les oreilles de Will, le léger bourdonnement s'interrompt.

— Brave fille, tu as réussi! souffle M. Dorian. Tu as réussi! Maintenant, reviens. Et surtout, fais très attention!

Pour Will, le retour n'est pas moins angoissant que l'aller. Maren glisse vers eux. Cette fois, au moins, elle peut s'aider de ses mains et utiliser le ventre du fourgon pour se pousser et rétablir son équilibre.

Sur la plate-forme, elle bondit sur pied en arborant un large sourire. Will ne peut se retenir de la serrer fort dans ses bras en poussant un soupir de soulagement.

— Désolée de t'avoir crié après, lui dit-elle à l'oreille.

— Je suis juste content que tu t'en sois sortie.

— Dépêchons-nous, dit M. Dorian.

Ils gravissent l'échelle jusqu'au toit du fourgon et se dirigent vers l'avant. M. Dorian fixe sa corde à un barreau en métal et descend en rappel le long du fourgon. Will voit le maître de piste promener ses mains sur le dense feuillage métallique et, enfin, introduire la clé. Un pan du fourgon s'ouvre et glisse contre la paroi. Le maître de piste s'y introduit.

— Après toi, dit Maren à Will. Je te tiens la corde.

— Merci, répond Will avec gratitude.

Si on lui avait dit, quelques jours plus tôt, qu'il se laisserait glisser sur le côté d'un train fonçant à toute allure, il aurait ri et regretté de ne pas posséder un tel courage. Mais il l'a maintenant, ce courage, malgré ses mains qui glissent à cause de la sueur. Il lève les yeux sur Maren et cette seule vision lui donne confiance.

M. Dorian, qui l'attend dans l'embrasure de la porte, le tire vers l'intérieur. Quelques secondes plus tard, Maren les rejoint. M. Dorian rallume sa lanterne.

Le fourgon dégage d'écœurants relents musqués : la cire de chandelle, la poussière, l'encaustique et une odeur légèrement sucrée, peut-être, craint Will, celle des restes de Cornelius Van Horne se décomposant doucement. À la vue du fourgon, Will songe aux images qu'il a vues de la tombe d'un pharaon, avec des objets empilés ou amassés ici et là. Un fauteuil et un pouf, sans doute les préférés de M. Van Horne. Une urne de haute taille ornée de plumes de paon. Un jeu d'échecs avec les pièces en position, comme si une partie était imminente. Des raquettes en piteux état. Un chien bien-aimé naturalisé.

Accrochée à un mur, une grande photographie encadrée. S'approchant, Will tressaille.

C'est une photo qu'il n'a encore jamais vue, mais dont il est le sujet. Elle a été prise à Craigellachie. On voit Will, à l'avant-plan, le marteau de forgeron immobilisé au moment où il frappe sur la tête du dernier crampon.

— Incroyable, dit Maren. Pourquoi est-ce que personne n'est au courant?

— Donald Smith préférait l'autre photo, explique le maître de piste. Même s'il a seulement gauchi le crampon et qu'il a fallu le redresser.

— Celle-ci illustre la vérité, dit Maren en souriant.

Will croit déceler de l'admiration dans ses yeux et il boit ce moment comme du petit-lait. Il n'a jamais attaché trop d'importance à cette histoire, n'y a jamais vraiment vu un exploit personnel. Il était seulement là, assis sur le quai de la gare d'Adieu, et M. Van Horne a conçu de l'affection pour lui.

— Le dernier crampon du chemin de fer, poursuit-elle. Tu es célèbre, en quelque sorte.

— Non, répond-il. Je n'ai rien fait pour le construire.

Will voit M. Dorian balayer les murs des yeux.

— Où est le tableau? demande-t-il.

— Pas ici. Il aimait beaucoup cette toile. Il l'aura gardée plus près de lui.

Le maître de piste s'avance vers un mur intérieur. Will comprend qu'il divise sans doute le fourgon en deux. Au centre se découpe une porte en métal qui ressemble à s'y méprendre à celle de la voûte d'une banque.

— On ne passera jamais, murmure Will. Pas sans la clé. Vous pouvez la crocheter?

Maren soupire et secoue la tête.

M. Dorian les surprend tous les deux.

— Inutile. La serrure est commandée par une minuterie.

Effectivement, la porte laisse entendre un subtil tic-tac, là où les deux horloges sont posées côte à côte.

— Vous constaterez, explique M. Dorian, que la première horloge indique l'heure actuelle et la seconde l'heure et la date de notre arrivée dans la ville de la Porte des lions. La serrure s'ouvrira à ce moment-là.

— Que faisons-nous ici, dans ce cas? demande Will, exaspéré.

Si M. Dorian est au courant depuis le début, pourquoi diable les a-t-il entraînés dans cette vaine aventure?

M. Dorian consulte sa montre.

— Je crois avoir démontré qu'on ne peut pas se fier au temps. Dans cinq minutes, nous allons franchir un fuseau horaire.

Will se souvient des aiguilles de sa montre et de leurs hésitations.

— Je me suis toujours demandé si c'était…

— … un truc? poursuit M. Dorian avec un sourire. L'Univers joue les meilleurs tours de tous.

— Depuis le début, vous étiez au courant de l'existence de cette serrure? demande Maren, ahurie.

— Évidemment, réplique M. Dorian. Je connais même l'homme qui l'a conçue. Moi.

— Lorsque nous allons changer de fuseau horaire…, commence Maren.

— Les aiguilles vont vaciller. L'horloge va s'arrêter et, pendant un instant, le verrou va croire que nous sommes arrivés à destination ou, à tout le moins, perdre la notion du temps. Dans un cas comme dans l'autre, elle va s'ouvrir.

Will se retourne vivement en entendant le bruit de lents applaudissements. Derrière eux, Brogan bat des mains. Il est flanqué de Chisholm, qui tient un couteau dans sa main agitée, et de Mackie, ses vêtements mouillés plaqués sur sa forte charpente. Il a un poing américain à la main droite. Brogan brandit un pistolet.

— Heureusement que nous vous avons laissés ouvrir la voie, dit Brogan. La clé, c'était juste le commencement, hein ? Je savais pas qu'il y avait encore des obstacles à l'intérieur. La vraie clé, c'est vous, pas vrai, monsieur Dorian ?

Will se contente de regarder devant lui, subjugué par la taille de Brogan et de ses hommes.

— Pas mal, ton déguisement, petit, concède le serre-frein. En te voyant dans le saloon, j'ai compris… comme j'ai compris que tu mijotais quelque chose. Je me suis demandé : « Pourquoi il a rien dit à ce policier ? » Et c'est là que j'ai pigé que vous vouliez entrer dans le fourgon, au moins autant que moi.

— Brillante déduction, monsieur Brogan, déclare M. Dorian.

— Alors, allez-y. Faites-le, votre tour de passe-passe…

— Je ne crois pas à la magie, monsieur.

— Tout ce que je vous demande, c'est d'ouvrir cette porte !

M. Dorian consulte sa montre et Will entrevoit le double cadran, l'un mesurant le temps terrestre, l'autre le temps cosmique.

— Qu'espérez-vous donc trouver à l'intérieur, monsieur Brogan ? demande calmement le maître de piste, sans quitter la montre des yeux.

— Vous occupez pas de ça. Laissez-nous entrer, c'est tout.

— Je ne vois pas ce qui nous empêcherait de repartir gaiement, vous et moi, chacun avec l'objet de sa convoitise.

Brogan émet un rire sarcastique.

— Qui vous dit qu'on veut pas la même chose ?

— Si je comprends bien, c'est de l'or que vous cherchez ?

— Et vous, ça vous intéresse pas, je suppose ?

— En ce moment, non.

— Vous avez bien de la chance. Qu'est-ce que vous proposez, alors ? demande Brogan.

— Nous devons attendre.

Brogan lance un regard nerveux à Mackie.

— Surveillez-le bien, les gars. Il a plus d'un tour dans son sac.

Brogan pose alors son arme contre la tempe de M. Dorian.

— Je vous déconseille de jouer au plus fin avec moi, mon bon monsieur.

— Loin de moi cette idée.

Will regarde Maren, songe à l'arme à feu, à la facilité avec laquelle le projectile la traverserait, traverserait leur chair tendre et impuissante.

M. Dorian brandit sa montre dans les airs.

— Nous y voici, messieurs…

Le geste est bizarrement théâtral, mais tous lèvent les yeux. Will fixe la trotteuse.

— C'est imminent…, lance M. Dorian. Bientôt… vous allez éprouver le phénomène et…

— Taisez-vous ! ordonne Brogan.

Will remarque le visage tendu du serre-frein, les rides qui s'étirent sur ses joues, semblables à des lits de rivières asséchées.

— Je sais à quoi vous voulez en venir !

— Je n'ai absolument rien à faire, réplique M. Dorian d'un ton apaisant. Il s'agit de circonstances indépendantes de ma volonté.

— Taisez-vous donc ! répète Brogan, dont la voix est toutefois assourdie.

— Absolument rien à faire…

Will éprouve la plus singulière des sensations, comme si ses sens souhaitaient flotter librement à l'extérieur de son corps.

— Nous y sommes presque, murmure M. Dorian, d'une petite voix qui semble venir de très loin.

Will voit la trotteuse de la montre s'arrêter et trembler. Il a conscience du tonnerre des rails sous ses pieds, d'une violence surnaturelle. Mais le lent tic-tac de la porte de la voûte s'élève au-dessus du raffut. Il la parcourt des yeux, avec la sensation d'être sous l'eau. La première horloge encastrée hésite et s'arrête. De l'intérieur de celle-ci provient un déclic étonnamment délicat, semblable à un claquement de doigts.

Ce n'est qu'un moment, mais il renferme des multitudes. Autour de Will, le fourgon paraît prendre de l'expansion. Il a conscience de la présence de Maren à côté de lui, de celle de Brogan et de ses deux complices. Curieusement, seul M. Dorian semble absent, mais il se matérialise à côté de Will, sa main se tendant vers la roue qui commande l'ouverture de la porte.

Elle tourne avec une superbe lenteur, la lueur de la lanterne se réfléchissant sur les rayons. La porte s'ouvre vers l'extérieur. Les narines de Will se remplissent d'une profonde odeur métallique, puis les aiguilles de l'horloge se remettent en marche.

Inspirant bruyamment, Will recouvre ses sens et Brogan arrache la lanterne à M. Dorian, puis il agite son pistolet.

— Entrez!

En franchissant le seuil, Will détecte un bruit métallique en provenance de la porte. Il remarque que M. Dorian l'a entendu, lui aussi, et ses yeux trahissent la surprise. Will n'a toutefois pas le temps de l'interroger sur la signification du son.

La lanterne impatiente darde sa lumière. Par rapport à l'antichambre, cette pièce-ci semble vide. Au centre repose l'énorme sarcophage. Will a passé les trois dernières années dans une ville portuaire où on racontait à mi-voix des histoires de spectres. De phares et de navires fantômes, de mines ensevelies sous l'eau, d'apparitions et de présages. Pourtant, jamais il n'a eu, autant qu'en ce moment, le sentiment d'être en présence du surnaturel. Un picotement dans ses orteils, un fléchissement de ses articulations et, dans ses oreilles, un bourdonnement subtil, mais insistant, qui accélère son pouls.

La lumière de la lanterne révèle des photos de la famille de Van Horne et puis… *La Boutique de forge* de Cornelius Krieghoff. Se tournant vers M. Dorian, Will le voit fixer le tableau, tel un homme qui, égaré dans le désert, aperçoit une oasis.

— Il vous plaît, ce tableau? dit Brogan. Vous allez avoir le temps de l'admirer à votre goût. Prenez ce qu'on est venus chercher, les gars.

— Le crampon, hein? demande Will.

Brogan renifle.

— Le crampon?

— Vous avez essayé de le voler, dans les montagnes.

— Oh, je vais le prendre, le crampon, mais c'est juste le début.

Brogan plisse les yeux.

— Ton père t'a jamais parlé de ça?

Le train est secoué et Will avance d'un pas pour garder son équilibre.

— Parlé de quoi?

— Dans les montagnes, on s'est pas contentés de construire un chemin de fer. On a cherché de l'or, ton père et moi. Le chemin de fer était au bord de la faillite, petit. Van Horne était désespéré. Personne voulait le tirer d'affaire. Nous, les hommes, il nous a pas payés pendant deux mois. Tu te souviens d'avoir eu faim, pas vrai ? Qu'est-ce qu'elle mettait dans ton assiette, pendant ce temps-là, ta mère ?

Will se rappelle l'époque où, parce que son père n'avait pas d'argent à envoyer à la maison, ils avaient mangé des soupes et des ragoûts insipides. Sans le travail de sa mère à l'usine, on les aurait jetés à la rue.

— Van Horne était désespéré. Personne voulait donner un sou de plus pour son satané chemin de fer. Mais il a entendu des Indiens dire qu'il y avait de l'or dans les montagnes. Il nous a envoyés dynamiter des tunnels. Et nous en avons trouvé, de l'or. Dieu sait que nous en avons trouvé. Assez pour sauver son chemin de fer. Mais il a gardé le secret. Il voulait surtout pas que les gens sachent qu'il avait été sauvé par la chance. Et la question de savoir si l'or appartenait vraiment à la compagnie… C'était pas évident. Une chose est sûre, en tout cas : personne a jamais vu Van Horne avec de la suie et de la nitroglycérine sur les mains. Ce gros bonnet prenait son bain dans la sueur et dans le sang des autres ; j'espère qu'il est en train de s'y noyer. Cet or, on l'a extrait, nous autres, et c'est Van Horne qui l'a pris. Mais il en reste beaucoup. Y a pas qu'un homme mort, dans ce fourgon.

Brogan tourne la lanterne et illumine trois grands cageots, posés contre le mur. L'un d'eux, ouvert, laisse voir le lustre discret de lingots d'or.

— Cet or, ton père allait l'utiliser pour lancer la ligne de paquebots sur le Pacifique. Je vais le prendre, moi.

— Vous ne pouvez pas faire ça ! s'écrie Will avec une indignation soudaine et féroce. Vous ne pouvez pas le lui voler !

— Je l'ai trouvé, cet or! rugit Brogan. Pareil que lui. Pourquoi j'aurais pas ma part? Pas de promotion pour moi. On m'a pas fait cadeau du chemin de fer, comme à ton père!

— Il a sauvé la vie de Van Horne! se récrie Will. Et il a travaillé fort pour arriver là où il est aujourd'hui. Ce n'est pas un voleur comme vous!

Will éprouve une écœurante sensation de douleur avant même de se rendre compte qu'il a encaissé un coup de poing. À genoux, il halète, les larmes aux yeux. Brogan crache à côté de lui.

— Moi, un voleur? Demande à ton père s'il a pas glissé un peu de cet or dans sa poche, à supposer que tu le revoies un jour.

Il se tourne vers ses hommes.

— Allez chercher l'or! Tirez les cageots jusqu'à la porte.

Après deux pas, Mackie s'arrête pile. Dans le sarcophage, on entend quelqu'un gonfler ses poumons.

Will sursaute au moment où le couvercle est repoussé avec violence. Maren referme les doigts sur son avant-bras et le serre très fort. Il a la sensation que son corps entier a été frappé par la foudre.

Des ténèbres du cercueil, Van Horne émerge. Sa barbe et ses favoris touffus voilent son visage creusé. Un veston pend sur sa poitrine affaissée. Ses mains autrefois si fortes sont recouvertes de peau flasque. Comme s'il subissait une crise, son torse frémit, puis, au prix d'un mouvement convulsif, Van Horne se dresse, tel un infernal diable à ressort.

On entend une sorte de grésillement, puis une odeur âcre se répand – et Mackie laisse entendre un bruit de gorge, à la fois terrible et aigu. Son dos s'arque et le soulève sur la pointe des pieds, le menton dressé : on le dirait tiré par une chaîne invisible. Ses habits mouillés fument ; le long de son corps, ses bras raides tremblent. Les tendons de son cou saillent à la façon de cordes noueuses. Pour Will, cette vision est presque aussi effrayante que celle du cadavre qui se dresse devant lui.

Chisholm agrippe Mackie dans l'intention de le rabattre au sol, mais, à l'instant où il touche son compagnon foudroyé, il émet à son tour des bruits de suffocation, les deux hommes en apparence soudés l'un à l'autre.

Will jette un coup d'œil au cadavre de Van Horne, à moitié convaincu que c'est lui qui produit cet effet diabolique sur les hommes de Brogan. Il se rend compte à présent qu'il s'agit d'un simple chef-d'œuvre mécanique, semblable à ceux qu'il a vus dans les wagons du Zirkus Dante.

— C'est juste un pantin ! hurle Brogan à ses hommes.

— Ils sont électrocutés, dit M. Dorian avec sang-froid. C'est un piège.

Brogan met M. Dorian en joue avec le pistolet.

— Je croyais que vous aviez coupé le courant !

— Le pantin est animé par une batterie distincte.

On entend un autre bruit sec et les hommes de Brogan tombent par terre.

Sans tourner le dos à M. Dorian, le serre-frein, méfiant, pousse du bout du pied ses deux compagnons tombés au combat. Ils gémissent et tremblent, et leurs yeux exorbités ne cillent pas.

— Ils s'en remettront, déclare le maître de piste. Ne vous inquiétez pas.

Sous les yeux de Will, le cadavre oscillant de M. Van Horne avance en silence sa main squelettique et la referme sur l'avant-bras de Brogan.

Ce dernier recule en criant et essaie de se dégager. Avec un bruit métallique, les doigts, un à un, emprisonnent la chair du serre-frein. Le bras du pantin, raide et d'une force inouïe, tient Brogan à bonne distance du sarcophage.

Brogan, furieux, se tourne vers M. Dorian.

— Vous étiez au courant !

— Évidemment. À la demande de M. Van Horne, j'ai participé à la conception de cette pièce.

— Sortez-moi de là ou je tire !

— J'ai bien peur que ce soit hors de question, répond M. Dorian.

Brogan appuie sur la gâchette. Le déclic du chien se fait entendre. Il appuie encore et encore. Six chambres vides.

— Pas commode de tirer sans ceci, dit le maître de piste en tendant les balles, comme s'il projetait de les rendre à Brogan.

Ce dernier s'élance vers elles, mais il est retenu par Van Horne.

— Vous serez libérés à notre arrivée dans la ville de la Porte des lions.

M. Dorian se tourne vers Maren.

— Le tableau, s'il te plaît. Ne touche pas le sol. Au-delà de cette limite, il y a des pièges partout.

Tel un chat, Maren bondit et atterrit sur un petit bureau posé près du mur. Elle décroche le tableau et le lance à M. Dorian, qui l'attrape. Puis, avec agilité, elle regagne sa place à côté de Will.

Sauvagement, M. Dorian s'emploie déjà à arracher la peinture de Krieghoff de son cadre. Sortant le racloir de la poche de son manteau, il détache la toile du châssis. En toute hâte, il la plie et la glisse dans son veston. Ses mains tremblent.

— Sortons d'ici ! crie-t-il en poussant Will et Maren devant lui.

— Ne soyez pas stupide ! hurle Brogan. Nous pouvons partager l'or ! Vous serez riche !

Dans l'antichambre, Will voit M. Dorian claquer la porte, mais, avec un *bang*, elle refuse de se refermer. Il essaie de nouveau, plus fort. Quelque chose la bloque.

— Le pêne, dit Will, comprenant enfin la cause du bruit qu'il a surpris plus tôt. Il est ressorti.

M. Dorian jette un coup d'œil. Effectivement, un gros pêne métallique fait obstacle.

— Après le passage du fuseau horaire, murmure-t-il, la porte a dû essayer de se verrouiller toute seule.

— Quel dommage ! croasse Brogan, de l'autre côté de la porte. Vous pourrez pas nous enfermer, pas vrai ?

Pour la première fois depuis que Will le connaît, M. Dorian semble troublé.

— Vite ! lance ce dernier. Il faut sortir d'ici.

Dans la porte, des arbres chargés de neige défilent à toute allure. En s'aidant de la corde, Maren grimpe sur le fourgon funéraire. Will la suit. Descendre est une chose ; monter en est une autre. Elle l'aide à se hisser sur le toit.

Will regarde autour de lui, sidéré. Venues de l'est, les premières lueurs de l'aube dorent les versants plissés des montagnes qui s'élèvent tout autour du *Prodigieux*. Le ciel enveloppe Will d'un manteau glacé et il frissonne.

Sous lui, M. Dorian entreprend à son tour de remonter sur le toit et chancelle, le visage crispé. Will et Maren s'agenouillent, le prennent chacun par un bras et le tirent jusqu'à eux. Il hoche la tête d'un air reconnaissant en tirant la corde vers lui.

Will est choqué par l'aspect de M. Dorian dans la lumière du soleil. On dirait qu'il est malade.

— Ça va ? demande Maren.

— Un peu essoufflé, c'est tout, répond-il en se levant.

— Ça y est, dit Will, doucement. C'est terminé.

— Pas tout à fait, dit M. Dorian.

Will se retourne. Sur les toits du *Prodigieux*, se profilant contre le soleil, six serre-freins, dangereusement proches, foncent vers eux.

CHAPITRE 14

SUR LES TOITS
DU PRODIGIEUX

— Debout ! rugit Brogan.

Frappant Mackie du bout de sa botte, il l'atteint juste sous le menton.

Celui-ci tousse, roule sur lui-même et vomit sur la botte de Brogan.

— Que…, gémit-il.

— Tu as reçu un choc électrique. Recule avant d'en prendre un autre et emmène Chisholm avec toi.

Le visage de fouine de Chisholm se contracte de façon convulsive, puis il ouvre les yeux et s'assied, visiblement sonné.

— Petit Jésus ! s'écrie Mackie à la vue de l'imposant cadavre de Cornelius Van Horne, dont la poitrine se soulève et s'abaisse de façon irrégulière.

— C'est juste une marionnette, explique Brogan, mais elle me tient, alors vous allez devoir lui péter le bras.

— J'aime pas les marionnettes, dit Mackie.

— T'as envie de finir tes jours en prison ? Alors, arrive tout de suite !

Grimaçant de répulsion, Mackie s'approche du cadavre. Il agrippe le poignet squelettique et tente de le casser.

— Solide, marmotte-t-il en tapant du poing contre l'avant-bras.

L'autre main de la marionnette bondit et lui attrape le biceps.

— Elle m'a eu ! braille-t-il. Elle m'a bien eu !

— Crétin, grogne Brogan. Chisholm, amène ta carcasse de gros paresseux et sors-nous de là !

Chisholm s'avance à son tour, ses yeux exorbités encore agrandis par la peur.

— T'es sûr que c'est pas le mort ?

— Il est là-dessous quelque part. Ce truc est purement mécanique, lance Brogan. Remonte sa manche !

Délicatement, Chisholm défait le bouton de manchette du cadavre et remonte sa manche. La couleur de sa chair est étonnamment semblable à celle d'un humain, et non dure comme celle d'un pantin.

— Regarde, dit Brogan. Y a une petite porte ou quelque chose du genre.

Chisholm y enfonce son canif et ouvre un panneau. Le bras est traversé de câbles bien tendus, semblables à des veines et à des tendons.

— Coupe-moi tout ça, ordonne Brogan. Ça devrait faire l'affaire. T'as des cisailles ?

— Tiens, dit Mackie en en sortant une paire de sa poche et en la tendant à Chisholm, qui la laisse tomber par terre.

— Je suis encore un peu secoué, explique-t-il.

— Donne-moi ça! aboie Brogan.

Celui-ci place les lames de part et d'autre d'un câble et serre fort. On entend enfin un claquement sonore et les doigts du pantin se détendent. Brogan dégage son bras.

Après avoir libéré Mackie, Brogan jette un regard furibond aux cageots remplis d'or, de l'autre côté de la pièce, hors d'atteinte. Un pas de plus et le sol déclencherait une autre décharge d'électricité.

— On viendra chercher l'or plus tard, dit-il. Allons voir si les autres ont réglé son cas à Dorian.

Les six serre-freins s'immobilisent, à un wagon de Will et des autres, leur bloquant l'accès à la première classe.

— Où est Brogan? crie le plus grand de la bande.

Will se rend compte que les hommes n'avaient pas prévu une telle éventualité. Ils avaient sans doute compté trouver l'or à leur arrivée et toucher leur part du butin.

— Il est dans le fourgon funéraire, enfermé avec Mackie et Chisholm! répond M. Dorian. C'est terminé, messieurs. Vous avez échoué. Et si vous prisez la liberté, vous aurez le bon sens de tourner les talons et de regagner vos postes. Nous ne vous avons pas encore bien vus.

Tendu, Will attend. Peut-être croiront-ils que M. Dorian est armé d'un pistolet. Dans leurs mains, Will distingue l'éclat d'un couteau, une longue clé anglaise, le reflet d'un poing américain. Ils ne semblent pas avoir envie de battre en retraite.

— Nous pourrions aller vers la locomotive, murmure Will à l'intention de M. Dorian. Il y a les chauffeurs, les mécaniciens. Mon père...

M. Dorian ne dit rien, son visage blême fixé sur les serre-freins. Plus que jamais, il a l'air d'un étrange corbeau, son veston noir gonflé par le vent semblable à des ailes déployées.

— Qu'est-ce qu'on fait? lui demande Maren.

Abasourdi, il regarde autour de lui. Entre les dents, il grommelle:

— Ils devraient pourtant être là...

— Qui ça? demande Will.

— Liquidez-les! hurle une voix derrière lui.

En se retournant, il aperçoit Brogan qui, tel un singe, grimpe sur le flanc du fourgon funéraire, suivi de Mackie et de Chisholm.

Will avale sa salive. Ils sont coincés. Les six serre-freins chargent en criant.

— Nous allons les contourner, dit Will à Maren. Ils ne peuvent foncer vers nous qu'un ou deux à la fois. Retourne en première classe et donne l'alarme.

— Je m'occupe de Brogan, dit M. Dorian.

De son veston, il sort le grattoir et, d'un air menaçant, s'avance vers les trois autres en décrivant devant lui des gestes brutaux.

— Les voici, s'écrie Maren lorsque le premier serre-frein franchit d'un bond l'espace entre les deux wagons.

Le corps de Will n'a qu'une envie : fuir. Il l'oblige toutefois à aller au-devant du torrent d'hommes. Il n'a rien pour se battre, mais, tout d'un coup, il se souvient des mots de M. Dorian : « Un bon manteau a de multiples usages. » Deux serre-freins fondent sur lui, les bras écartés, semblables à des oiseaux de proie se préparant à festoyer.

— Attrape-le ! crie l'un à l'autre.

D'un haussement d'épaules, Will se débarrasse de son manteau et le jette en direction des deux hommes. Le vent le plaque contre leur visage. Ils lèvent les bras pour l'ôter, vacillent et se déséquilibrent réciproquement. L'un d'eux tombe. En poussant un cri, il heurte le gravier et disparaît dans les broussailles en roulant sur lui-même. Le second parvient à se défaire du manteau, mais il trébuche et reste accroché au bord du toit, ses jambes ballant dans les airs. Will ne peut se résigner à le précipiter en bas du train.

Et ensuite Will n'a qu'une vision fragmentée : tout se passe très vite. Derrière lui, M. Dorian affronte Mackie, Brogan et Chisholm. Son terrifiant grattoir découpe l'air glacial. Pourtant, l'expression de M. Dorian, les crocs dénudés, les yeux brûlants de menace, est encore plus terrifiante.

À droite de Will, un serre-frein agrippe Maren, qui se dégage facilement. Il la saisit de nouveau, par les deux bras, cette fois. Un simple mouvement des épaules et elle se libère. Cette fois, cependant, une paire de menottes pend au bout d'un des bras de l'homme. En jurant, il se rue une fois de plus sur elle, au moment où un autre serre-frein, venu du côté opposé, l'agrippe fermement. Ils la tiennent, maintenant, mais Maren émerge habilement de la mêlée. Lorsque les deux serre-freins s'élancent vers elle, ils se rendent compte qu'ils sont menottés l'un à l'autre. Ils se désarçonnent et tombent en tas sur le toit.

Devant Will, il n'y a plus que deux hommes, à une certaine distance l'un de l'autre. S'il parvient à franchir cinq ou six wagons de service, il atteindra ceux qui abritent les membres du personnel. Parvenu là, il sonnera l'alarme. Il s'élance.

Il esquive l'un des serre-freins et s'apprête à sauter sur le wagon suivant lorsque, par-derrière, on lui empoigne les jambes. Il s'écroule sur le toit, le souffle coupé. Haletant, il se retourne et tape du pied l'homme qui cherche à le jeter en bas du train. Il n'a encore jamais frappé personne, mais sa réaction est instinctive. Il fonce et plante son poing dans la mâchoire de l'homme. Ce dernier titube en laissant entendre un grognement de surprise. Puis son bras musclé attire Will et lui assène un coup si violent que celui-ci, pendant un bref instant, perd connaissance. Lorsqu'il recouvre ses esprits, sa tête, au bord du wagon, pend dans le vide. Les rails défilent sous lui à toute vitesse. Le serre-frein se penche dans l'intention de le décrocher. Désespérément, Will cherche une prise, mais en vain.

Une longue perche en bois saisit le serre-frein par le ventre, à la façon d'une baguette soulevant un morceau de bœuf, et le catapulte en bas du train. Levant son regard, Will aperçoit les jumeaux Zhang, juchés sur leurs échasses. Li baisse les yeux sur lui.

— Pousse-toi, moustique! crie-t-il.

En s'éloignant tant bien que mal du bord, Will plisse les yeux et voit un autre homme monté sur des échasses émerger des reflets du soleil. C'est Roald, des couteaux noués sur la poitrine. À ses côtés court en bondissant M. Beaupré. Sur le toit, rien ne l'oblige à se pencher pour marcher et il se dresse du haut de ses huit pieds. Il saute et atterrit au milieu de la bousculade.

Will est sur le point de courir vers la première classe lorsqu'il voit Maren esquiver un serre-frein qui brandit une clé anglaise. Il ne sait pas si elle a perdu pied ou si l'homme l'a touchée à l'épaule, mais elle tombe. Sa tête cogne lourdement contre la surface. Elle ne bouge plus. Il crie son nom et fonce au cœur de la mêlée.

Déjà, M. Beaupré s'emploie à désarmer l'homme à la clé anglaise, tandis qu'un autre homme frappe le géant par-derrière. Le corps de Maren commence à pencher vers le bord du toit. Will s'élance vers elle, glisse, l'agrippe par le bras.

Aussitôt, la main de Maren se referme sur lui et l'entraîne vers le bas.

— Maren! crie-t-il.

— Ah! lance-t-elle en clignant des yeux. Je t'ai pris pour un des leurs.

— Ça va?

— Je faisais semblant. J'avais l'intention de jeter cet homme par-dessus bord!

— Nous avons de l'aide!

— Je sais!

— Tunnel! hurle l'un des hommes.

Will, en se retournant, voit une montagne de pierre foncer vers eux à la façon d'une tête de troll, la gueule grande ouverte. Déjà, la locomotive s'est engouffrée à l'intérieur. Les jumeaux Zhang s'aplatissent sur le toit, leurs échasses de travers.

— Roald! crie Maren.

Et Will a une dernière vision du frère de Maren et de sa stupéfaction au moment où la montagne s'approche en rugissant. On entend un bruit sourd suivi d'un claquement sec, puis, pendant quelques longues secondes, tout est ténèbres et fumée…

La lumière les éclabousse de nouveau, et Will tousse en clignant des yeux.

— Roald! crie de nouveau Maren.

Son frère bondit en brandissant sa dernière échasse.

— Ça va! crie-t-il en lançant celle-ci. Attention devant!

Habilement, M. Dorian s'écarte. L'échasse frappe Mackie et lui fait perdre pied. Brogan se rue sur le maître de piste, puis il bat en retraite, du sang jaillissant de sa joue.

Les deux serre-freins menottés par Maren chargent les frères Zhang et leurs échasses, dont l'une se casse en deux. Les jumeaux siamois s'écroulent sur le toit. À la manière d'une araignée infirme, ils tentent de se relever. Soudain, grimpés sur seulement deux échasses, ils exécutent une pirouette digne d'une ballerine. Un homme menotté pousse un cri au moment où l'un des couteaux de Roald s'enfonce dans son épaule.

Se retournant, Will voit Roald s'apprêter à lancer un autre couteau, mais, avant, un grand nuage de fumée et de vapeur déferle et oblitère le monde. Enveloppé dans ce brouillard âcre, Will a le vertige. Désorienté, il s'agenouille et se cramponne au toit.

Lorsque la fumée se dissipe, Will voit M. Beaupré tordre le bras d'un homme qui crie. Puis le géant soulève sa proie en rugissant:

— Toi, je vais te jeter en bas du train!

Et il met sa menace à exécution.

Will regarde devant lui. Le train fonce à toute vapeur vers le flanc rocheux d'une autre montagne.

— C'est le Connaught! crie l'un des serre-freins.

Will a entendu parler de ce tunnel qui décrit trois spirales complètes au cœur de la montagne, et voilà que sa gueule noire béante fond sur eux.

L'obscurité est totale. Trois sifflets de locomotive lui font presque exploser la cervelle. Il est conscient de la proximité du plafond qui rugit tout près de sa tête.

La faible lueur des lanternes accrochées aux flancs du train laisse entrevoir la forme du tunnel. Le toit est plus élevé que Will l'aurait cru, assez pour laisser passer la haute cheminée de la locomotive. Le train, en amorçant sa longue descente sinueuse, ralentit considérablement, mais pas autant qu'il le devrait, car de nombreux serre-freins ont déserté leur poste.

— Je suis là, dit Maren en lui prenant la main.

Des gouttelettes glacées tombent sur Will. Sans manteau, il commence à éprouver le froid glacial. Le toit devient glissant.

Dans le tunnel, la dense fumée de la locomotive lui pique les yeux. Il n'y voit pas à deux pieds devant lui. Il aimerait se rouler en boule, à la façon d'un tatou, et disparaître. Frissonnant, il se crispe, redoutant le contact d'un assaillant. La fumée se dissipe.

— Attention! crie Maren en lui saisissant les épaules pour l'écarter.

Une ombre large passe à vive allure. Dans la lumière qui s'estompe, il aperçoit une sorte de glaçon de pierre, mi-vert, mi-brun, à la forme tourmentée.

— Stalactite, souffle-t-il au moment où un autre l'effleure au passage.

Autour de lui, dans la vapeur et l'obscurité, il entend des cris. Il n'a qu'une idée très confuse de la situation. Combien de serre-freins reste-t-il? Cinq? Six? Les deux qui sont menottés l'un à l'autre, dont l'un a un couteau fiché dans l'épaule. Un autre avec une énorme clé anglaise. Sans oublier Brogan, Mackie et Chisholm.

Après le passage d'un nouveau panache de fumée aveuglante, une ombre se profile au-dessus d'eux. M. Beaupré se baisse en souriant.

— J'ai encore jeté un homme en bas du train, lance-t-il gaiement.

Il s'assied soudain et Will voit la tache sombre qui se répand sur la chemise du géant.

— Vous êtes blessé! s'écrie-t-il, horrifié.

— L'un d'eux avait un couteau, explique M. Beaupré d'un ton neutre.

Sur ces mots, sa tête bascule vers l'arrière et il s'endort.

Will et Maren s'efforcent d'amortir sa chute sur le toit. Le train poursuit son virage serré et le corps du géant roule. Will l'agrippe, mais l'homme est trop lourd, et il doit le lâcher. Sinon, il risquerait d'être entraîné avec lui. Avec un sanglot, il voit M. Beaupré tomber dans le tunnel et disparaître.

Un autre amoncellement de fumée les enveloppe et, lorsqu'il en émerge, Will, cette fois, voit Chisholm penché sur lui, un couteau à la main.

— Te voilà, dit l'homme en s'avançant.

Avec Maren, Will recule comme il peut. Le couteau tremble dans la main de Chisholm. Le train tourne et tourne encore, et le serre-frein ne semble pas tout à fait stable. Derrière lui, une pâle aura se profile. Ils approchent sans doute de la sortie.

Will voit la silhouette méchamment incurvée d'une stalactite venant du côté du tunnel.

— Attention ! ne peut-il s'empêcher de crier.

Le sourire incrédule de Chisholm se fige au moment où la stalactite le projette contre la paroi du tunnel.

Le Prodigieux émerge du tunnel et Will est momentanément aveuglé par la lumière du soleil et la neige des montagnes. Plissant les yeux, il se met précautionneusement en position accroupie et regarde autour de lui. Il voit les deux serre-freins menottés battre en retraite, traverser le wagon voisin en boitant. Puis un troisième saute à son tour et leur emboîte le pas. Aucune trace de Brogan ni de Mackie. Ont-ils déjà fui ? Sont-ils tombés dans le tunnel ? Will pousse un profond soupir et ses épaules s'affaissent. Les frères Zhang tiennent les vestiges de leurs échasses. M. Dorian balaie les environs du regard, les yeux affolés, le grattoir toujours à la main. Roald ramasse un de ses couteaux sur le toit et court vers sa sœur.

— M. Beaupré…, commence-t-elle avant d'éclater en sanglots.

— Je sais, dit son frère en la serrant dans ses bras.

Elle se presse contre sa poitrine et Will éprouve un pincement aigu au cœur.

— Que s'est-il passé ? demande M. Dorian, le visage livide.

— Il a reçu un coup de couteau, répond Will d'un air
hébété. Nous n'avons pas pu le retenir et il est tombé dans le
tunnel.

M. Dorian se laisse choir lourdement.

— Vous avez ce que vous êtes venu chercher ? demande
Roald.

Pendant un moment, le maître de piste ne semble pas
avoir entendu la question, puis il hoche la tête.

— Oui. Oui, je l'ai.

— J'espère que c'en valait la peine ! crie Maren d'une voix
rauque. Vous avez sacrifié une vie pour l'obtenir !

— Chut, lui dit Roald, tout doucement.

Will, cependant, remarque que les frères Zhang regardent
leur maître de piste avec une certaine méfiance. M. Dorian ne
dit rien et Will se demande ce qu'il ressent, à supposer qu'il
ressente quelque chose.

Il commence à neiger, et d'énormes et magnifiques flocons
passent en coup de vent, se posent sur les vêtements de Will et
fondent aussitôt.

— Il faut que je retourne en première classe, dit-il. C'est
terminé.

L'idée lui semble impossible. Les quatre derniers jours ont
pris les dimensions d'une vie entière. Il a survécu, mais, en ce
moment, il est loin d'exulter. Il se sent vidé, épuisé, triste.

Il inspire. Il regagnera les wagons de première. Il racontera au lieutenant Samuel Steele les événements de la Jonction ainsi que la suite. Au prochain arrêt, il retrouvera son père dans la locomotive. Et après…

— Nous n'avons pas terminé, dit M. Dorian en regardant Will. Pas tout à fait. Je dois faire appel à tes talents, William.

— Pour quoi faire? demande celui-ci en fronçant les sourcils.

— J'ai besoin d'un portrait.

— Et Mme Lemoine?

— Il faut que ce soit toi, Will. Et ça ne peut pas attendre.

Le maître de piste se relève avec difficulté.

Will déglutit.

— Votre cœur?

— Oui.

— Je ne suis pas sûr d'être à la hauteur, dit Will avec désespoir.

Il ne doute pas uniquement de ses talents comme peintre. Il n'est plus du tout certain d'avoir envie d'aider M. Dorian.

— Écoute-moi bien, dit M. Dorian en grimaçant sous l'effort. J'ai consacré des années de ma vie et des sommes colossales pour en arriver à ce moment! J'ai la toile, maintenant, et toi, tu vas peindre mon portrait!

— Qu'est-ce qui m'y oblige? demande Will, dont la fureur s'échappe soudain. Pourquoi faut-il que vous viviez? M. Beaupré est mort, lui! Vous avez risqué nos vies à tous! Maren aurait pu mourir, elle aussi! Vous en souciez-vous seulement?

— Bien sûr que oui, répond l'homme avec lassitude.

S'il avait l'air malade avant, il a, en ce moment, une mine d'agonisant.

— Que se passe-t-il? demande Roald.

— Il se meurt, explique Maren à Will.

Will regarde M. Dorian, sa colère se muant en pitié.

— D'accord, dit-il. Je vais peindre votre portrait.

CHAPITRE 15
LE PORTRAIT
DE DORIAN

Maren crochète la serrure du wagon de service et ils s'y engouffrent, M. Dorian s'appuyant sur Roald de tout son poids. L'espace exigu empeste la graisse et les vapeurs de peinture. Des tablettes encombrées tapissent les murs. Maren allume une lanterne. Will fouille déjà à gauche et à droite; à cause de sa précipitation et de sa fatigue, il fait tomber toutes sortes d'objets. Il attrape des pinceaux, quelques pots de peinture et une bouteille de ce qui a l'apparence de la térébenthine. Son atelier.

Doucement, Roald dépose M. Dorian par terre, l'adosse à des tablettes, puis va rejoindre Meng et Li Zhang.

— Surveillez l'arrière du wagon, ordonne-t-il aux jumeaux. Surtout, pas d'invités surprises.

Il lance à Will un regard qui trahit sa confusion.

— Je continue de croire qu'il a besoin d'un médecin.

— Pas de médecin, dit M. Dorian, les dents serrées. J'ai ce qu'il me faut ici.

Il sort la toile de sa poche et la tend à Will.

— Je monte la garde, dit Roald en se dirigeant vers l'avant du wagon. Au cas où Brogan et Mackie se manifesteraient.

— Il faut la monter sur quelque chose, dit Will en s'agenouillant pour étendre la toile sur le sol, le côté peint en bas.

— Pas le temps, dit M. Dorian en toussant.

— Je ne pourrai pas travailler autrement, riposte Will.

Il balaie les environs des yeux et trouve un bout de contreplaqué. Il le laisse tomber par terre et, dans un coffre, déniche des clous et un marteau.

— Tiens la toile, dit Will à Maren.

Il entreprend de planter des clous sur le pourtour. Il a presque peur de toucher la toile. Mais elle n'est ni brûlante ni glacée.

Ses parents n'ont jamais été trop portés sur les enseignements bibliques, mais il ne peut s'empêcher de se demander si la toile n'a pas quelque chose de maléfique. Il termine avec le marteau. La toile est toujours gondolée par endroits, mais il devra s'en satisfaire.

M. Dorian se redresse le plus dignement possible.

— Mon profil gauche est le meilleur, dit-il en esquissant un sourire douloureux.

Will examine les pinceaux difformes et les pots de peinture. Il y a du noir et du blanc, du vert et du rouge… Bref, les couleurs du *Prodigieux*. Il pourra en produire d'autres à l'aide des couleurs primaires.

— Faut-il que le portrait soit très fidèle ? demande-t-il, inquiet à présent.

La vie d'un homme est entre ses mains. Qu'est-ce qui prouve qu'il est assez doué pour mener l'entreprise à bien ? Il arrive à copier les œuvres des autres, mais il n'a jamais réalisé un portrait à l'huile.

— C'est l'occasion dont tu rêvais, Will, dit M. Dorian. La naissance de l'artiste.

Maren place la lanterne à côté de lui et il frissonne dans la légère chaleur de la flamme. Les ombres cisèlent les traits du maître de piste, dont la tête ressemble presque à un crâne.

Will se rend compte qu'il n'a pas le temps d'apprêter la toile. Il fouille ses poches à la recherche de son bout de crayon. Qu'il s'y trouve encore est en soi un petit miracle. Ce crayon est un survivant. S'il réussit le portrait, Will le conservera pour toujours comme porte-bonheur. Penché sur la toile, il commence à dessiner le contour de M. Dorian, à esquisser ses traits, à définir l'angle de sa tête et de ses épaules.

La vérité, c'est qu'il est incapable de peindre. De peindre bien, en tout cas. Ses dessins sont corrects, mais ses peintures sont mortes. C'est du moins ainsi qu'il se les représente. Lorsqu'il commence à appliquer la peinture, le tableau perd toute sa vitalité. Il l'enterre doucement et chaque coup de pinceau le tue un peu plus. Là, il se précipite, oblige ses yeux à fixer leur sujet.

Maren retire les couvercles des pots de peinture.

— Où les veux-tu ? demande-t-elle.

— Juste ici, sur ma droite, répond-il. Je vais utiliser les couvercles pour mélanger les couleurs. Tu peux trouver des linges pour les pinceaux ?

Le contact de son crayon sur la toile n'a pas provoqué d'étincelles spectrales sur ses mains. Il se demande s'il s'agit d'un tissu d'absurdités et si M. Dorian a risqué leurs vies pour rien. M. Beaupré est mort. Certains serre-freins sont sans doute morts. Will songe à l'homme qu'il a fait tomber. A-t-il péri, lui aussi?

— Will? dit Maren avec douceur.

Il se rend compte qu'il fixe la toile.

— Commence, ordonne M. Dorian, la voix sifflante.

L'idée le terrifie. Le dessin est plutôt ressemblant. Il le retouche, conscient de tergiverser.

Après avoir mis un peu de rouge sur le couvercle, il ajoute du blanc et mélange le tout jusqu'à l'obtention d'un rose passable. La lumière est si faible qu'il est difficile de voir s'il imite la couleur de la chair. Dans un autre couvercle, il amalgame du rouge et du vert pour produire du brun, puis il en ajoute un peu à son rose pour l'adoucir. Il dilue la peinture avec de la térébenthine. Ainsi, les traits seront plus fins et plus minutieux.

Avec le pinceau le plus petit, il commence à peindre la chair de M. Dorian en suivant son dessin. Peut-être aurait-il eu avantage à mettre plus de blanc, car la peau de M. Dorian est terriblement blême à présent. Faute d'avoir été bien nettoyés, les poils du pinceau sont raides. Impossible de bien calculer ses mouvements. Will sent la panique monter en lui. Comment réussira-t-il la bouche et les yeux?

Il revient sans cesse à son sujet, s'efforce d'obliger ses yeux à suivre et à sentir, mais ils ne veulent plus voir. Dans sa tête, les angoisses résonnent à la façon des incessants croassements d'un corbeau.

— Dépêche-toi, William, je t'en prie, dit M. Dorian en grimaçant de nouveau.

Will se rend compte qu'il doit appliquer la peinture plus vite, mais, à mesure qu'il oblitère son dessin par petites touches successives, il a peur de s'égarer.

Avec un linge, il nettoie son pinceau et passe au brun foncé pour commencer les cheveux de M. Dorian. Puis il change de pinceau et s'attaque aux ombres qui entourent le nez et les orbites du maître de piste. Par petits traits, il taille des creux profonds dans ses joues.

— Ça va, Will? demande Maren.

Il étudie son travail et se rend compte que le phénomène se produit, comme toujours.

— Le tableau meurt, dit-il.

— Il se meurt, lui! lui rappelle Maren.

— Laisse tomber les détails, William! s'exclame M. Dorian, dont le visage se crispe. Regarde-moi et peins-*moi*.

Will fixe le maître de piste avec intensité. Les ombres s'épaississent et son visage blême semble suspendu dans l'espace. Dans les ténèbres, seule reste cette tête ardente. Et soudain, Will voit M. Dorian tel qu'il est, au-delà de la chair et des os. Comme si sa vie tout entière jaillissait de lui, et Will découvre son désespoir et sa peur et son désir, sa terrible envie de vivre – tel un feu qui consumera tout sur son passage.

Fiévreusement, Will renverse de la peinture dans un couvercle, mélange. Il prépare les couleurs dont il aura besoin et, cette fois, ne se donne pas la peine de les diluer. Il travaille *alla prima*, ajoute de la peinture sur la toile, essaie d'en appliquer une couche épaisse. La toile semble en vouloir davantage.

La respiration du maître de piste est sifflante.

— Dépêche-toi! crie Maren.

En Will, quelque chose débloque et ses traits se font plus amples, plus rapides. Un peu comme si le pinceau touchait le visage de M. Dorian. Il mélange les couleurs à la hâte, sans se donner la peine de laver les pinceaux entre deux applications, se contentant d'étendre de la peinture sur la toile.

— Terminé! s'écrie-t-il.

Brogan baisse les yeux sur l'attelage à l'arrière du fourgon funéraire.

— C'est impossible, dit Mackie. Pas quand le train est en mouvement.

— C'est possible, au contraire, riposte Brogan en lui montrant la fiole de nitroglycérine qu'il trimballe dans son sachet rempli de sable.

Mackie est le seul homme qui lui reste. Chisholm a disparu dans le tunnel, mais Mackie a eu le bon sens de se cacher lorsque la cavalerie est arrivée avec ses échasses et ses couteaux à lancer. Ils ont tous deux trouvé refuge à l'avant du fourgon funéraire.

— On peut plus revenir en arrière, dit-il à Mackie, dont il sent les doutes. T'es avec moi ou contre moi. Décide. Mais je veux que tu saches que la route risque d'être tachée de sang.

— Je suis avec toi, répond Mackie, fâché. Pour moi, c'est la richesse ou la damnation.

Brogan a passé des années à dynamiter. À forer des fourneaux dans le roc, à y entasser de la poudre ou à y verser de la nitroglycérine et à dérouler la mèche. Il a vu quantité d'hommes, tant qu'il en a perdu le compte, se faire exploser. Lui s'en est toujours sorti sans une égratignure. Il est comme un chat. Avec neuf vies.

— Il suffit de dynamiter l'attelage et de laisser *Le Prodigieux* derrière, explique-t-il à Mackie. On a le fourgon funéraire. Il nous reste à prendre la locomotive.

— Comment ? Avec les chauffeurs et les mécaniciens…

— On leur ordonne de sauter, ils sautent.

Il montre son arme.

— T'as pas de balles, lui rappelle Mackie.

— Oui, mais ils le savent pas, eux. Tu courrais le risque, toi ? Et s'ils sautent pas, je les poignarde.

Mackie ne dit rien.

— Ensuite, on emprunte la locomotive jusqu'aux contreforts, du côté d'Adieu. On fait péter le fourgon funéraire, puis on prend l'or. On est sur la rivière et on traverse la frontière avant que les agents de la Police montée aient eu le temps de seller leurs chevaux.

Il sait exactement où il s'en va. Il a pris des coups, mais il tient encore debout.

— Et penses-y un peu, dit-il en gratifiant Mackie d'un sourire forcé. Y a moins de monde avec qui partager le magot, maintenant.

Will examine le portrait. Une réussite. Malgré ses mélanges maladroits, ses couleurs sont étonnamment vives. Il n'a pas signé un portrait appliqué, réaliste. Nul ne louerait son exactitude photographique. Mais il rend compte de l'homme, de son âme.

— Montre, ordonne M. Dorian.

Will retourne la peinture, violente collision de couleurs et de textures. M. Dorian l'examine, le visage immobile. Il sourit et hoche la tête.

— Oui, dit-il. C'est ça.

Il vide à fond ses poumons.

— Vous vous sentez mieux ? demande Maren.

— Oui, répond-il.

Il fait le geste de se lever et, sans crier gare, son corps est secoué, puis il pousse un cri en serrant sa main gauche, comme s'il venait de se brûler.

— Monsieur Dorian ! crie Maren.

Il n'entend pas, cependant, car il gémit, laisse entendre la plainte la plus insistante et la plus déchirante qui soit. Il s'effondre. Maren l'aide à s'allonger par terre.

Roald rapplique en courant.

— Qu'est-ce qui ne va pas ? demande-t-il.

— Ça ne marche pas, constate Maren en se tournant vers Will d'un air désespéré. Pourquoi ?

— Je vais chercher le médecin ! crie Roald.

— Non… non, gémit M. Dorian.

Roald, cependant, fonce déjà dans le wagon.

— Il n'y a rien à faire.

— C'est le portrait qui cloche? demande Will, affligé.

— Non, c'est la toile, répond M. Dorian en grimaçant.

— Quoi? demande Maren.

M. Dorian secoue la tête, les yeux révulsés, les lèvres bleues. Il bredouille quelques mots que Will n'arrive pas à saisir, puis il grimace de nouveau et soupire:

— L'arroseur arrosé…

Son corps tressaute à quelques reprises, puis il se pétrifie.

— Est-il mort? demande Maren.

Will touche le poignet froid de M. Dorian, essaie de détecter son pouls, vainement.

— Son cœur a flanché, constate Will.

— Je ne comprends pas, murmure Maren.

— La toile, dit Will, qui saisit enfin le sens des dernières paroles de M. Dorian. Elle n'avait rien de spécial. Il s'est trompé. On lui a joué un tour.

Le wagon tremble au moment où retentit une violente explosion, si violente que Will croit à un déraillement. Le train s'incline et les roues gauches quittent le rail. Puis il retombe lourdement.

Will gravit l'échelle et monte sur le toit. Il aperçoit le fourgon funéraire, droit devant. À la seule vue de l'écart, il comprend que *Le Prodigieux* a été sectionné. Lentement, la locomotive, avec le tender et le fourgon funéraire, s'éloigne des autres wagons. L'arrière du fourgon de Van Horne a été défiguré par l'explosion, la peinture écaillée, les aigrettes décoratives tordues. Sur le toit, Mackie et Brogan se dirigent vers la locomotive.

— Comment ont-ils fait ? demande Maren en se hissant à côté de Will.

— Nitroglycérine, répond-il.

Il essaie d'évaluer la distance grandissante entre le wagon de service et le fourgon funéraire. Si Brogan a en main des explosifs, qui sait ce qu'il mijote ? Le père de Will est dans cette locomotive.

Un coup de sifflet insistant traverse l'air des montagnes, signal ordonnant l'arrêt du train. Tout ce qu'espère Will, c'est que, sur la portion du train qui s'est détachée, il reste assez de serre-freins compétents pour le ralentir. Car il n'a plus de tête, à présent, et il y a sans doute devant des virages serrés et des ponts sur chevalets.

Brogan et Mackie ont bondi sur le wagon où les chauffeurs et les mécaniciens dorment. Après, il ne reste que le colossal tender, lesté d'eau et de charbon. Impossible de passer par-dessus. Mais, d'un côté, on a aménagé une étroite passerelle pour permettre aux hommes d'aller et venir entre la locomotive et leur wagon.

Will détale, penché vers l'avant.

— Will ! crie Maren derrière lui. Qu'est-ce que tu fais ?

— Il faut que je traverse ! hurle-t-il. Mon père !

Il atteint l'avant du wagon de service. La distance qui le sépare du fourgon funéraire, déjà de plus de quinze pieds, s'agrandit. Il sait que ce saut est au-dessus de ses forces.

— Tu peux m'aider à traverser ? demande-t-il à Maren, qui a couru derrière lui.

Elle regarde devant. Will aperçoit une longue ligne droite. Sans un mot, elle sort sa bobine et la déroule prestement. Elle accroche le grappin au barreau d'une échelle, à l'arrière du fourgon défiguré, et fixe l'autre bout au toit. Brièvement, *Le Prodigieux* ne fait plus qu'un. Grâce à un fil de fer.

— Nous sommes actuellement à quinze pieds, lui dit-elle. La bobine en contient trente. Nous n'avons pas beaucoup de temps. Tu vas devoir marcher avec moi. Tu dois me faire confiance, Will. Tu t'en sens capable ?

— Oui. Et pour toi, c'est possible ?

— J'ai déjà transporté une enclume. Un garçon comme toi, ce n'est rien du tout. Vas-y. Je dois me placer juste derrière toi.

Il sent sa volonté fléchir.

— Allez ! crie-t-elle. Marche sans t'arrêter. Ne regarde pas en bas. Je m'occupe du reste.

Il fait un premier pas, puis un deuxième, et il va vaciller lorsqu'il sent les mains de Maren, l'une sur sa taille, l'autre sur son épaule opposée, le guider. Aussitôt, à son grand étonnement, il se stabilise. Il s'oblige à poursuivre en regardant fixement sa destination : l'arrière trépidant du fourgon funéraire. Il doit se concentrer, mais, plus encore, s'abandonner.

— Ne te débats pas, murmure-t-elle.

Il le faisait à son insu. Il essaie de respirer.

— Tu t'en sors très bien, lui dit-elle à l'oreille.

Leur destination semble aussi éloignée qu'au départ, mais Will sait que l'écart entre les deux wagons s'agrandit, leur fil de fer s'étirant, petit à petit.

— Il faut que tu accélères un peu, Will, lui dit-elle. Seulement un peu. C'est bien…

Du coin de l'œil, il voit un objet passer en coup de vent, sur la gauche, puis disparaître. Un peu plus tard, une autre forme se profile et, cette fois, il se rend compte qu'il s'agit d'une personne. Il entrevoit la salopette que portent les chauffeurs.

— Il les oblige à sauter du train en marche! halète-t-il.

— Ce n'est pas le moment de s'en préoccuper!

Un troisième homme traverse le ciel. Will ignore s'ils sont morts ou vivants. Son père est-il du nombre? Il ne le croit pas, mais…

Maren le pousse sans ménagement.

— Concentre-toi, Will! ordonne-t-elle.

Devant, les rails commencent à s'incurver.

— Nous tournons vers la droite, hoquette-t-il, alarmé.

— Je te tiens. Avance. Regarde seulement le bout du fil.

Le train s'incline et Will sent son corps vaciller. Les mains de Maren, fermes, le pressent, le poussent. Il baisse les yeux – il ne peut pas s'en empêcher. Il va tomber! Il va être broyé entre les deux wagons!

— Ça va, Will, dit-elle. C'est de nouveau tout droit. Continue. Nous y sommes presque.

Le regard de Will se porte sur l'arrière du fourgon. Ils se rapprochent, mais il a l'impression que le train prend un pas d'avance pour chaque deux pas qu'ils accomplissent.

Un choc secoue le fil qui, soudain, ramollit sous leurs pieds.

Will sent Maren regarder par-dessus son épaule, mais il n'ose pas l'imiter.

— Cours ! crie-t-elle. Vas-y, *cours* !

Inutile de se retourner, car il a compris. Le fil, arrivé au bout de la bobine, s'est cassé ; flottant derrière eux, il s'affaisse rapidement.

Il détale, les mains de Maren le guidant, son corps si près du sien qu'ils ne forment plus qu'une seule personne, avec quatre jambes parfaitement synchronisées. Sous ses pieds, le fil est aussi mou que de la neige : eux, ils montent, tandis que lui s'affaisse sur les rails.

— Vite, vite ! crie Maren.

Et il se donne un élan, aiguillonné par le corps derrière le sien.

Il tend la main vers l'échelle tordue, à l'arrière du fourgon funéraire, et agrippe un barreau, puis il se met de côté pour laisser de la place à Maren. Regardant par-dessus son épaule, il voit le fil de fer traîner sur les rails, où il soulève des étincelles. Le reste du *Prodigieux* semble incroyablement distant.

— Ce n'est pas encore les chutes du Niagara, dit-il, pantelant, mais presque.

— Du jamais vu, confirme-t-elle, non sans une certaine satisfaction.

Les montagnes, leurs cimes baignées par le levant, les dominent, aussi vieilles que la planète. Avec Maren, il court sur le toit du fourgon jusqu'à l'autre bout et saute sur le wagon-dortoir.

— On devrait jeter un coup d'œil à l'intérieur, dit-il.

Son père était peut-être en période de repos, mais Will en doute. Il a presque sûrement tenu à être aux commandes pendant la traversée des montagnes. Et si Will a vu juste, Brogan et Mackie ont vidé le wagon et obligé les hommes à sauter par-dessus bord.

Vite, il descend et réalise que la poignée est détruite, la porte entrouverte. Il entre. Des couchettes désertes, des assiettes cassées et de la nourriture répandue sur le sol.

— Tu vois : ils les ont obligés à sauter, dit Will.

— Ils devaient être combien, ici ? demande Maren.

— Aucune idée. Ils travaillent par quarts, c'est tout ce que je sais. Peut-être deux chauffeurs et un mécanicien de plus.

Elle hoche la tête d'un air sombre. Les trois hommes qu'ils ont vus tomber du train en dégringolant.

Will reconnaît le veston de son père, accroché à une patère, et sa gorge se serre. Ils se sont séparés en si mauvais termes…

— Ils sont plutôt costauds, ces chauffeurs, non ? demande Maren. Brogan n'a même pas d'arme à feu.

— Il a un pistolet, mais pas de balles. Mais eux n'en savent rien. Et il manie bien le couteau.

— Ils ont des armes, là-bas ? demande-t-elle.

Will secoue la tête.

— Sais pas.

Ils sortent et le tender se dresse devant eux, semblable à une falaise. Mackie et Brogan ne sont pas sur la passerelle qui le longe d'un côté. Ils ont déjà atteint la locomotive.

À la file indienne, Will et Maren s'engagent sur l'étroit passage. Il recommence à neiger. À l'approche de la locomotive, les flocons tombent en couches épaisses qui tapissent les surfaces métalliques.

Will reste un peu en retrait et se penche pour jeter un coup d'œil dans la partie inférieure de la locomotive. Normalement, un chauffeur devrait être en poste à cet endroit, prêt à jeter du charbon dans la boîte à feu. À présent, le compartiment est vide.

Il franchit d'un bond la porte ouverte, Maren sur ses talons, et regarde autour de lui. Une pelle repose en travers sur le sol ; un peu de charbon est répandu autour. Il tend l'oreille, mais n'entend que le souffle titanesque des pistons. La chaudière ouverte crache du feu. De la vapeur sifflante s'échappe des nombreuses soupapes d'aération qui entourent le foyer.

Là, à l'avant du *Prodigieux*, on éprouve une incroyable sensation de vitesse. Le paysage défile de tous les côtés et, pour la première fois, Will voit droit devant lui, aperçoit les rails que la locomotive dévore en s'enfonçant dans les montagnes.

À l'extérieur du compartiment, une volée de marches monte jusqu'à l'autre plate-forme réservée aux chauffeurs et, de là, jusqu'à la cabine du mécanicien. Sans bruit, Will grimpe, la neige lui cinglant le visage. Il a soin de plaquer son corps sur le côté ; à mi-parcours, il jette un coup d'œil dans le compartiment supérieur. Vide, lui aussi. Mais il entend, provenant de la cabine du mécanicien, au-dessus, des bruits de pas et des cris. Il ne distingue toutefois pas les paroles.

— Tout le monde est là-haut, murmure-t-il à Maren.

— Quelqu'un vient, siffle-t-elle.

Ils filent dans le compartiment du chauffeur et se serrent contre le mur. Par une petite fenêtre, Will voit deux chauffeurs, leurs mains levées d'un air pitoyable, descendre les marches extérieures. Ils se dirigent non pas vers le niveau inférieur, mais bien vers un étroit marchepied qui, le long du foyer, court à l'oblique jusqu'à l'avant de la locomotive. Les flocons tombent dru.

À la suite des deux hommes vient le père de Will, les mains levées, lui aussi. Derrière lui se trouve Brogan, le pistolet à la main. Il force les hommes à avancer dans la neige qui pique la peau.

Sortant la tête par la porte, Will les voit se diriger vers la petite plate-forme montée sur le chasse-pierres, tout à l'avant de la locomotive.

Will rentre la tête en vitesse et parcourt frénétiquement le compartiment, à la recherche d'une arme. Il saisit une pelle.

— C'est ça, ton plan? demande Maren, soucieuse.

Avant de perdre courage, il s'engage sur le marchepied et, à pas de loup, suit Brogan en espérant que le serre-frein ne se retournera pas. Le flanc massif du foyer dégage une chaleur infernale, et le vacarme des pistons et des soupapes d'aération est aveuglant. Dans la neige tourbillonnante, le monde est noir et blanc. Will raffermit sa poigne sur la pelle. Encore vingt pieds et il sera assez près pour…

— Terminus, tout le monde descend! hurle Brogan à l'intention de ses prisonniers, dès qu'ils ont atteint le chasse-pierres. De cette hauteur, vous allez probablement vous en tirer avec quelques côtes cassées.

— Le pistolet n'est pas chargé! crie Will.

— William? s'étonne son père.

Pour la première fois depuis un long moment, Will se souvient de sa peau peinte et de ses cheveux teints.

— C'est moi, papa!

Brogan se tourne vers lui, mais le pistolet reste braqué sur son père.

— T'es sûr de ce que t'avances, petit? demande-t-il. Tu veux que je fasse un essai sur ton père?

— M. Dorian a pris toutes les balles! hurle Will.

Brogan esquisse un sourire suffisant.

— Un homme a toujours d'autres munitions sur lui.

— Il ment! crie Will.

Il songe : et s'il dit la vérité?

— Retourne d'où tu viens, Will! crie son père.

Brogan charge Will, qui brandit la pelle, heurte Brogan à l'épaule et le désarme. Le pistolet tombe avec fracas sur la passerelle métallique. Avant que Will ait pu s'élancer de nouveau, Brogan lui arrache la pelle et lui assène un coup violent dans la poitrine. Une douleur cuisante se répercute dans tout son corps.

— Brogan! crie son père.

Will sent la pointe d'un couteau contre sa gorge, puis Brogan lui prend la tête en étau. Son père, le pistolet à la main, s'immobilise.

— Lâche-le ! hurle James Everett.

— Vas-y, tire, halète Brogan. Y a pas de balles.

Le père de Will vise la tête de Brogan et appuie sur la gâchette. Rien.

— J'ai déjà tué un homme, dit Brogan, et ça me dérange pas de recommencer. Si tu veux que ton garçon reste en vie, sautez, tes hommes et toi, et je vais le laisser sauter après vous.

Will sent la pointe du couteau peser plus fort contre sa peau. Il reste parfaitement immobile.

— Allez ! dit Brogan. Sinon, je lui tranche la gorge ! Allez ! Tous !

Il y a une brève accalmie dans la neige et le ciel s'ouvre juste assez longtemps pour laisser percer le soleil. Du côté droit, Will voit les montagnes. L'air tremble. Une sorte de roulement enterre le rugissement de la locomotive à vapeur. Sur les versants éloignés, la neige se fronce et commence à glisser.

— Avalanche, gargouille Will malgré le couteau contre sa gorge. Avalanche !

Son père se tourne du côté des montagnes.

— Laisse-moi remonter dans la cabine, Brogan.

Will ne voit pas le visage de Brogan, mais il sent la tension de son corps agité.

— Reste où tu es, Everett ! Mackie est dans la cabine. Il s'en sortira très bien.

— Arrête le train ! crie le père de Will en agitant les bras vers Mackie sur son perchoir. Arrête-le !

Will n'a pas l'impression que le train ralentit beaucoup. La locomotive négocie un virage et, droit devant, à mille cinq cents pieds, la neige se déverse sur les rails avant de dégringoler dans le défilé profond d'une rivière. De la buée monte, comme dans une chute d'eau.

Will entend maintenant le grincement des freins et le train ralentit davantage, mais encore trop peu. Il fonce dans la neige de plus en plus épaisse et le chasse-pierres projette sur eux des torrents de glace. Droit devant, Will aperçoit un menaçant mur de neige.

Puis il vole dans les airs, à moitié assommé par la secousse qui arrête le train et le soulève de terre. Il s'est libéré de Brogan et tout est blanc. Il se roule en boule afin de se protéger, car il ne sait ni où ni comment il va atterrir. Tout ce qu'il espère, c'est qu'il tombera sur du mou.

De ceci, personne n'est témoin.

Dans les wagons du Zirkus Dante, Goliath fait les cent pas dans sa cage. *Le Prodigieux* a enfin été stoppé dans sa course folle par la neige abondante. Les narines du sasquatch se gonflent, car il détecte une odeur familière, qui déclenche en lui une agitation frénétique. Il pousse un hurlement en direction des étroites bouches d'aération. Il martèle les murs blindés.

Il s'accroupit, broie des poignées de paille. Puis il se dresse, tendant l'oreille pour mieux saisir le cri lointain. Goliath hurle de plus belle. La réponse est plus rapprochée.

Il tourne en rond dans sa cage, secoue les barreaux, se jette contre le mur, si fort que le bois craque.

Sur le toit de son wagon, un bruit sourd résonne. Il s'arrête, lève les yeux. Un deuxième bruit sourd, puis un troisième. Des silhouettes sombres passent devant les bouches d'aération. Des mains puissantes se glissent à l'intérieur et s'attaquent au mur. Goliath laisse entendre un cri de joie : une planche à la fois, le monde qu'il a sous les yeux grandit, et il découvre le ciel, les montagnes et les hautes forêts, son chez-lui.

Les narines de Will sont pleines de neige. Il se débat, sans savoir depuis combien de temps il est inconscient, incapable de démêler le haut du bas. Il se hisse tant bien que mal vers la lumière. Sa tête crève la surface. Haletant, il constate que la neige s'est immobilisée. L'avalanche vient de prendre fin. Un mince voile de brume s'attarde au ras du sol. L'immobilité est remarquable : on dirait une force qui comprime Will de toutes parts. Disparu, le *clac-clac* mécanique qui, depuis quelques jours, était devenu pour lui une seconde nature. Le vent siffle dans ses oreilles et il entend le trille des oiseaux et le grondement lointain d'eaux qui cascadent.

Des yeux, il cherche son père, Maren, Brogan. Sans doute ont-ils été projetés dans les airs, eux aussi, lorsque la locomotive a heurté le mur de neige.

— William ! À l'aide !

— Papa ?

Dans la neige, Will, qui utilise ses bras à la façon de rames, fonce dans la direction d'où le cri est venu, celle de la gorge.

Il se souvient de la neige qui s'y engouffrait, comme dans une chute.

Prudemment, il se laisse glisser le long de la pente et voit son père accroché à un buisson, au bord du précipice.

— J'arrive ! crie Will. Tiens bon !

Il s'approche le plus près possible du bord.

— Prends ma main !

— Tu dois d'abord trouver une prise, dit son père. Sinon, je risque de t'entraîner dans le gouffre !

Will regarde autour de lui. Il y a un arbre, derrière, mais il est hors d'atteinte.

— On va devoir s'en passer, dit-il.

Des versants retentit alors un son que Will a entendu pour la première fois trois ans plus tôt, dans ces montagnes. Un appel animal à nul autre pareil. Il commence par un hululement bas, lugubre, puis, gagnant en intensité et en puissance, il se termine par un terrifiant hurlement. Une deuxième voix s'unit à la première, puis une troisième, et c'est tout un chœur spectral qui flotte dans les pins tapissés de neige.

— Will ! Attends !

Recouverte de neige, Maren nage jusqu'à lui.

Elle agrippe l'arbre et tend l'autre main vers Will. Ils s'accrochent l'un à l'autre. Maintenant, Will peut atteindre son père.

— Bien, grogne celui-ci en prenant la main de son fils.

Will tire. Maren le tient avec fermeté. James Everett grimpe tant bien que mal, bat des pieds pour se hisser sur le bord. Il y parvient au prix d'une dernière secousse et les trois se réfugient dans les branches de l'arbre.

— Ça va ? demande Will à son père.

Il a un peu de sang autour d'une oreille. Sinon, il a l'air indemne.

— Bien. Et toi ?

— Oui.

James Everett secoue la neige de ses épaules et de sa poitrine. Des papiers bruissent dans la large poche de sa salopette et il les sort pour les débarrasser de la neige fondue. Will reconnaît le carnet à dessins relié à la main qu'il a offert à son père, trois ans plus tôt.

— Je ne veux pas qu'il se mouille, explique son père.

Will ne peut s'empêcher de sourire. Un autre chœur animal descend vers eux. Près de la voie ferrée ensevelie sous la neige, Will voit la silhouette solitaire de Brogan qui patauge dans la neige en direction de la locomotive.

Dans la brume, d'autres silhouettes apparaissent. Au début, Will croit que ce sont des employés du *Prodigieux* venus donner un coup de main. Mais il se rend bientôt compte qu'ils sont trop grands pour être humains, que leurs épaules sont trop larges. Ils restent étrangement immobiles. Puis le plus rapproché de la bande bondit brusquement et, à quatre pattes, pousse avec ses jambes arrière. Il atterrit à dix pieds de Brogan et ne bouge plus.

Will plisse les yeux.

— Mais c'est…

— … Goliath, souffle Maren. Il a dû s'échapper.

Brogan recule de quelques pas, le couteau à la main. Goliath s'avance. Brogan se retourne gauchement et cherche à fuir. Goliath le rattrape facilement et l'enfonce dans la neige. Will voit l'homme s'agiter, battre des pieds et des mains, mais le sasquatch se penche, on entend un cri, puis c'est le silence.

Les entrailles de Will sont tour à tour brûlantes et glacées. Il a peur d'être malade. Goliath lâche le cadavre de Brogan et lève les yeux sur eux.

— Ne bougez pas, dit le père de Will.

Les autres sasquatchs restent silencieux.

Will entend Goliath respirer par le nez. Il jurerait que le sasquatch le fixe.

Puis un coup de feu traverse l'air, suivi d'un autre. Un homme vêtu d'un uniforme écarlate et chaussé de raquettes apparaît du côté du train. Les sasquatchs se dispersent aussi rapidement que des feuilles mortes sous la brise – tous, sauf Goliath. Il se penche et, d'un geste brusque, arrache la tête de Brogan et la plante sur la branche d'un arbre. Il pousse un dernier hurlement avant de disparaître dans la forêt.

Et ensuite le lieutenant Samuel Steele et deux chauffeurs interpellent Will et son père et Maren, et ils leur lancent des cordes pour les aider à s'extirper de la neige épaisse.

CHAPITRE 16

ON DÉGAGE LA VOIE

— Vous ne pouvez pas l'arrêter ! proteste Will en voyant le lieutenant Steele passer les menottes à Maren.

— Elle a elle-même avoué avoir participé au cambriolage du *Prodigieux*, explique le policier.

— Mais c'est M. Dorian qui l'y a forcée ! insiste Will.

— Il ne m'a pas forcée, déclare calmement Maren.

— Oui, en un sens ! riposte Will, qui lui en veut de ne pas corroborer son mensonge.

Ils sont dans le dortoir de la locomotive, où, grelottants, ils tentent de se réchauffer autour du poêle. Le père de Will y jette une pelletée de charbon et pose une bouilloire dessus. Autour de leurs bottes, des flaques se forment. Assise, Maren observe ses menottes avec une curiosité amusée. Les deux chauffeurs ont posé une couverture sur le cadavre de Mackie. Dans la cabine, il a sans doute eu le cou cassé au moment de l'impact, tandis que tous les autres, projetés dans les airs, ont eu la vie sauve. Le tender, le wagon dortoir et le fourgon funéraire sont restés sur les rails, à peu près indemnes.

— De plus, poursuit l'agent de la Police montée, elle a mis en danger la vie d'autrui en ne révélant pas plus tôt l'existence du complot ourdi par Brogan.

— Mais moi non plus! s'exclame Will.

— Je sais, répond le policier. Nous nous sommes croisés à trois reprises et tu ne m'as rien dit.

Imprudemment, Will demande :

— Pourquoi ne m'arrêtez-vous pas, moi aussi?

— J'y songe, mon jeune ami, dit Steele.

Will hésite un moment, puis persiste.

— Elle m'a sauvé la vie dans le muskeg. Sans elle, je n'aurais pas pu prévenir mon père. Et, il y a quelques instants, je n'aurais pas réussi à l'empêcher de tomber dans le ravin!

— Héroïsme remarquable, sans aucun doute, concède Samuel Steele. Je suis sûr que le magistrat de la ville de la Porte des lions en tiendra compte.

— Est-ce vraiment nécessaire, lieutenant? demande le père de Will.

— J'en ai bien peur, monsieur Everett. La loi, c'est la loi. Lorsque nous serons un peu mieux organisés, elle sera incarcérée dans la prison de deuxième classe.

— Je peux avoir une couverture? demande Maren en frissonnant.

Will prend une grande couverture sur l'une des couchettes et la drape sur ses épaules.

— Merci, dit-elle.

— Je suis désolé, déclare Will, maladroitement. Ce n'est pas la fin que j'envisageais.

— Moi non plus, concède-t-elle en souriant. Au moins, ça te fera une bonne histoire à raconter. Une histoire bien à toi.

Il hoche la tête.

— Oui, je suppose.

Il regrette d'avoir utilisé le mot «fin». Tout est donc terminé?

Sur le poêle, la bouilloire se met à hurler.

— Je vous offre une tasse de thé, mademoiselle Amberson? demande le père de Will en se dirigeant vers la bouilloire. Ça vous aidera à vous réchauffer.

Se tournant vers elle, Will s'aperçoit qu'elle a tiré la couverture sur sa tête en l'enroulant à la façon d'un tipi. Elle doit être drôlement gelée.

— Maren? dit le père de Will en lui tendant une tasse de thé.

Elle ne répond pas, ne bronche pas. Will fixe la couverture en retenant son souffle.

— À quoi tu joues, petite? demande le policier.

D'un coup sec, il tire sur la couverture, révélant une paire de menottes sur une couchette vide.

— C'est inadmissible, marmotte le lieutenant Steele.

Pendant que le policier et son père fouillent le wagon en toute hâte, Will fonce vers la porte et grimpe sur le toit pour mieux voir. Nulle trace de Maren dans le paysage envahi par la neige. Il est partagé entre l'envie de l'acclamer et celui de la rappeler auprès de lui.

— Je crois qu'on appelle ce numéro la Disparition, dit James Everett en grimpant sur le toit avec Sam Steele.

Will pense déceler un infime sourire sur les lèvres de son père.

— Si elle croit pouvoir s'échapper, surtout avec un sasquatch en liberté, déclare Steele, c'est qu'elle est vraiment téméraire.

Will regarde autour de lui, soudain abattu. Maren ne se serait tout de même pas aventurée toute seule dans la nature sauvage, non ? Personne ne peut survivre dans un environnement aussi hostile. Elle a sûrement un plan. Le vide en lui se referme sur une douleur aiguë. C'est tout ? Est-ce le dénouement qu'elle avait prévu ? Après le vol, elle lui dirait adieu et ne le reverrait plus jamais ?

— Nous n'avons pas le temps de nous soucier d'elle, tranche le policier. Je dois envoyer une équipe à la recherche des hommes qu'on a forcés à sauter de la locomotive. Ils ont sans doute été blessés. Et j'ai besoin d'adjoints pour appréhender les trois autres serre-freins.

Il se tourne vers Will.

— Deux hommes menottés l'un à l'autre ou avec des bleus au poignet. C'est bien ça ? Ils ne devraient pas être trop difficiles à trouver.

Will suit le regard de son père jusqu'au fourgon funéraire, resté ouvert.

— Fermons cette porte, dit-il. Après, nous n'aurons plus qu'à dégager la voie.

— Je vais réunir une équipe, déclare Steele.

— C'est déjà fait, je crois, lance Will en montrant la voie du doigt.

Sur les rails s'avance un flot d'employés et de passagers, des hommes vêtus d'élégants pardessus et des colons drapés d'épais lainages. Parmi eux se trouvent des échassiers et un assemblable hétéroclite de personnages aux habits bigarrés, qui appartiennent forcément au cirque.

— Tout ce qu'il nous faut, crie l'un d'eux, ce sont des pelles !

Will enfonce sa pelle et jette la neige de côté. De part et d'autre de la voie ferrée ensevelie, des hommes armés de pelles, de seaux et même de louches – tout ce qu'ils ont pu dénicher – s'emploient à dégager les rails. Leurs voix et leurs rires assourdis portent loin dans l'air cristallin des montagnes. Les employés des cuisines servent des sandwichs et des boissons chaudes, et l'humeur est à la fête. Will se remémore les matins d'hiver, à Halifax, lorsque tous les voisins s'employaient à pelleter la neige tombée durant la nuit. Il jette un coup d'œil à son père, qui travaille à côté de lui.

— Vous allez pouvoir remettre les deux parties du train bout à bout ?

— Nous allons devoir réparer l'attelage qu'ils ont fait sauter. Par chance, nous avons un soudeur à bord. Ça ne devrait pas poser de problèmes. Je veux qu'on se remette en route avant la tombée de la nuit.

Will se tourne vers le chauffeur juché sur la locomotive. Armé d'une carabine, il épie les montagnes, au cas où les sasquatchs reviendraient. Jusqu'ici, ils n'ont donné aucun signe de vie. Will espère que Maren, où qu'elle soit, est en sécurité. Le plus probable, c'est qu'elle a rejoint ses frères. Il espère que Christian, au moins, est avec elle. Will aime bien l'idée qu'elle se trouve en compagnie d'un dresseur, en particulier d'un dresseur qui a l'habitude des sasquatchs. Et qu'en est-il de la récompense que M. Dorian lui a promise ? Les cinq mille dollars qui lui permettraient de monter son propre spectacle ? Il serait trop injuste qu'elle n'y ait même pas droit. La douleur dans sa gorge se réveille.

— Tu crois que Sam Steele va essayer de la retrouver ? demande-t-il à son père.

— Pas tout de suite, en tout cas. Et peut-être jamais. Je vais revenir à la charge, essayer de le convaincre d'abandonner les poursuites. Pour ma part, je ne tiens pas du tout à ce qu'elle finisse derrière les barreaux. C'est, me semble-t-il, une jeune femme remarquable.

Du coin de l'œil, Will voit son père l'épier du regard. Il continue à pelleter, les joues fiévreuses. Il sait que Maren ne sera arrêtée que si elle le veut bien. Ni chaînes ni serrures pour la retenir. Elle sera toujours libre. Mais si les poursuites étaient abandonnées, elle reviendrait peut-être…

Son père lui donne une tape sur l'épaule.

— Bien joué, William. Je ne connais pas beaucoup de garçons – ni d'hommes, d'ailleurs – qui auraient été capables de ce que tu as accompli.

Will esquisse un large sourire.

— Merci.

— Mais, pour ta propre sécurité, j'aurais préféré que tu demandes de l'aide plus tôt.

— J'avais donné ma parole et j'avais l'obligation d'attendre
que M. Dorian ait récupéré la peinture. Je croyais devoir ça à
Maren. Et à lui, ajoute Will dans un élan de prudence. Il m'a
sauvé la vie, lui aussi.

Son père cesse de pelleter.

— Comment a-t-il pu croire que cette peinture lui assure-
rait une jeunesse éternelle ? Il m'a donné l'impression d'être
beaucoup trop intelligent pour ça.

— Il y a plein de phénomènes tout aussi étranges, répond
Will.

Il songe au cadavre du maître de piste, allongé à l'infirme-
rie. Il a travaillé fort pendant longtemps et n'a pas hésité à se
salir les mains pour changer son destin, mais, en fin de compte,
il n'a pas su déjouer le temps.

— Je me demande, dit Will, si c'est tout ce surmenage qui
a provoqué sa crise cardiaque.

Son père secoue tristement la tête.

— Il n'aurait pas dû mettre en danger la vie de si nombreuses personnes. C'est plus qu'égoïste. C'est monstrueux.

Will suppose qu'il devrait en vouloir davantage au maître
de piste, mais, au souvenir de la frayeur que trahissait le visage
de M. Dorian et de ses terribles gémissements, il n'éprouve
que du chagrin.

— Que va-t-il arriver à son portrait ? demande Will soudain.

— Eh bien, je pense qu'on va essayer de l'effacer de la toile
sans abîmer le Krieghoff.

— Il était réussi, dit Will avec nostalgie.

Son père le regarde.

— Sinon, on va le laisser là où il est. Et le Krieghoff va être encadré de nouveau, avec un secret au verso.

— Elle me plaît bien, cette idée.

— Tu sais, dit son père en s'appuyant sur sa pelle, nous ne sommes plus très loin de l'endroit où tu as planté le dernier crampon.

Will balaie les montagnes des yeux. Il avait en effet le sentiment d'être tout près de Craigellachie, mais il a de la difficulté à surimposer l'image présente à celle qu'il a vue trois ans plus tôt, à l'époque où il n'était qu'un garçon parti à la rencontre d'un père qu'il connaissait à peine.

— Brogan a dit que vous aviez cherché de l'or, lui et toi.

Son père se tourne vers lui.

— C'est vrai.

— Pour sauver la compagnie de la faillite.

— C'est vrai, ça aussi. Si nous n'étions pas tombés sur un filon, le chemin de fer n'aurait pas été complété. Des milliers d'entre nous aurions perdu des mois de salaire.

Avec effort, Will demande :

— Tu en as gardé pour toi ? De l'or, je veux dire ?

— C'est ce qu'a raconté Brogan ?

Will hoche la tête.

Son père prend une profonde inspiration et Will se surprend à retenir son souffle.

— Tous les jours, j'ai été tenté. D'autres en ont empoché autant que possible. Je ne les ai pas dénoncés. Comme nous n'avions pas été payés depuis longtemps, c'était difficile d'y voir un vol. À qui cet or appartenait-il? Peut-être au pays. Peut-être aux autochtones. Peut-être à personne. Mais nous étions tous au service de la compagnie et j'ai suivi les ordres. Je n'en ai jamais volé, William. Tu me crois, j'espère.

— Oui, répond Will sans hésitation.

Malgré le froid, le soleil lui chauffe le visage et il pense au printemps. C'est le retour des odeurs. Celles de l'herbe et de la boue. Ils creusent un moment en silence. Puis son père dit:

— Cette école des beaux-arts à San Francisco… Si c'est important pour toi, tu devrais y aller. Je paierai.

Ahuri, Will se tourne vers lui.

— C'est vrai?

— Absolument. Continue de pelleter. Je vais voir où en est le soudeur.

Will, abasourdi, s'appuie sur sa pelle. L'objet de son désir, qu'il croyait inatteignable, est à portée de main. La situation lui semble irréelle. Pourquoi n'est-il pas plus heureux? Son père accepte qu'il aille à l'école des beaux-arts. En ce moment, cependant, l'idée semble avoir perdu tout son lustre.

Will se gratte le cou. Sur son doigt, il remarque un peu de maquillage. Il a essayé de se débarbouiller, dans le wagon-dortoir, mais le produit est tenace. Lorsqu'il s'est regardé dans le miroir, après avoir frotté sa peau avec acharnement, il a été déçu, comme si, au fond du lavabo, une partie de lui avait disparu en tourbillonnant, en même temps que l'eau sale. Il était simplement redevenu William Everett.

Un objet effleure sa tête et, en se retournant, il voit un petit oiseau rebondir sur son épaule avant de tomber par terre en battant des ailes. En se penchant, il se rend compte qu'il s'agit non pas d'un oiseau, mais bien d'une ingénieuse création de papier, semblable à celle que M. Dorian a réalisée la veille. Le cœur battant, Will la ramasse. Se redressant, il cherche à voir d'où elle a pu venir.

Il déplie le papier avec soin et commence à lire le mot rédigé à la main. Même s'il n'a jamais vu l'écriture de Maren, Will comprend aussitôt qu'il est d'elle.

Il m'a donné le cirque! Il a laissé le testament dans ma poche!

L'ahurissement de Will est tel qu'il doit lire une seconde fois. M. Dorian a *donné* le cirque à Maren? Sa façon de la dédommager des risques qu'elle a courus pour lui?

Avant le départ vers le fourgon funéraire, le maître de piste, Will s'en souvient à présent, a écrit deux messages et en a glissé un dans la poche de son veston. Sans doute celui qu'il a par la suite introduit en douce dans la poche de Maren. Avec empressement, Will lit la suite:

Nous serons à San Francisco dans deux semaines. Prêt à joindre les rangs du cirque pour de bon? Écris ta réponse et renvoie l'oiseau du côté ouest.

Ne sois pas en retard, cette fois.

Will a le souffle un peu court. Il se sent presque accablé. C'est plus qu'une porte qui s'ouvre dans sa vie. La porte, en fait, a volé en éclats, et c'est tout un cirque qui entre, tambour battant, le hisse sur ses épaules et l'emmène.

Il regarde les rails qui, une fois dégagés, conduiront *Le Prodigieux* jusqu'à la ville de la Porte des lions et à son avenir à lui. De quoi sera-t-il fait, au juste, cet avenir? Toutes sortes de bruits résonnent dans sa tête et il respire un grand coup.

Il cherche son crayon dans sa poche, la main tremblante. Au bas de la feuille, il écrit sa réponse et repasse deux fois, pour être sûr que les lettres sont foncées, bien lisibles. Il a peur de ne pas savoir remettre l'oiseau en état de voler, mais le papier semble se plier tout seul.

Soulevant l'oiseau bien haut, il se tourne vers l'ouest et le libère. Il s'envole. Will ne peut jurer de rien, mais il a l'impression de voir battre ses ailes. Cap sur le couchant, il effleure la cime des arbres et emporte sa réponse, son oui.

À LIRE ÉGALEMENT

DEMI-FRÈRE

Quand Ben Tomlin, 13 ans, déménage à Victoria, en Colombie-Britannique, c'est toute sa vie qui est bouleversée. Nouveaux amis, nouvelle école, nouvelles amours, et comme si cela ne suffisait pas, un membre singulier s'ajoute à sa famille. En effet, le père de Ben, chercheur universitaire, adopte un chimpanzé devant servir à ses recherches sur la communication.

L'APPRENTISSAGE
DE VICTOR FRANKENSTEIN,
Tome 1 – Un sombre projet

Âgés de 16 ans, Victor et Konrad sont jumeaux. Dans le château familial, ils découvrent une bibliothèque secrète remplie de livres anciens aux connaissances oubliées. Quand Konrad tombe gravement malade, Victor entreprend d'y trouver la légendaire formule de l'Élixir de Vie pour sauver son frère. Mais un grand sacrifice l'attend.

L'APPRENTISSAGE
DE VICTOR FRANKENSTEIN,
Tome 2 – Un vil dessein

La Bibliothèque obscure n'est plus. Les livres ont été brulés et la cave murée. Pourtant, un livre de métal rouge résiste au brasier et s'avère le point de départ d'une dangereuse et troublante aventure. Et s'il était possible de communiquer avec les morts, de les visiter ou même de les ramener à la vie ? Entre le réel et l'au-delà, Victor aura-t-il enfin sa chance de séduire Elizabeth ?